民初大詞人
況周頤說掌故
眉廬叢話

-全編本-

況周頤 原著
蔡登山 主編

以詞人之筆寫掌故的況周頤

蔡登山

記得在大學時代，讀了王國維的《人間詞話》，其主張：「詩人對宇宙人生，須入乎其內，又須出乎其外，入乎其內，故能寫之；出乎其外，故能觀之。入乎其內，故有生氣；出乎其外，故有高致。」又提出了「境界」說，他說：古今之成大事業、大學問者，必經過三種之境界：第一種境界：「昨夜西風凋碧樹。獨上高樓，望盡天涯路。」第二種境界：「衣帶漸寬終不悔，為伊消得人憔悴。」第三種境界：「眾裡尋他千百度，驀然迴首，那人卻在，燈火闌珊處。」這些話語在詞論界，都已被奉為圭臬，影響極為深遠。尤其是葉嘉瑩教授還寫有《王國維及其文學批評》一書，賡續其詞論。

當時我買的《人間詞話》是和《蕙風詞話》合成一本，因此我得知了況周頤（蕙風）這個人。清詞在中國詞史上被稱為「詞的中興」，上接風騷，蔚為大國；詞人之盛，也超乎前朝。到晚清王鵬運、鄭文焯、朱祖謀、況周頤，被稱為「清末四大詞人」。尤其是況周頤在短短六十八年的生命旅程中，有五十餘年用於詞的寫作中，因此他首先是個詞人，而後才是個詞論家。也由於他是個詞人，因此他將創作的心得，透過他如椽之筆，化為精闢的論述，堪稱知言。《蕙風詞話》和王國維的《人間詞話》以及陳廷焯的《白雨齋詞話》，被譽為「清末三大詞話」，在中國文化史上影響很大，代表了古代詞話的最高水平。

況周頤（一八五九或一八六一～一九二六），原名周儀，以避宣統帝溥儀諱，改名周頤。字夔笙，一字揆孫，別號玉梅詞人，晚號蕙風詞隱。廣西臨桂（今桂林）人。其家族世代書香名宦，是當時臨桂「詩禮簪纓」的望族。況周頤少有夙慧，讀書則輒得神解，六歲已授《爾雅》。九歲補博士弟子員。十歲詩賦可觀。十二歲進入詞學領域，偶得《蓼園詞選》讀之，試為小詞，而沉浸日深，終以填詞為終身事業。

光緒五年（一八七九）中舉人。後官至內閣中書、會典館纂修、江楚編譯局總纂、安徽寧國府督辦等職。光緒十四年（一八八八）自四川入北京，獲觀古今名作，受到端木埰、許玉琢、王鵬運三前輩的指正，尤其與王鵬運同官內閣中書，以詞學相砥礪，寢饋其間者五年。其詞初學蔣捷、史達祖、晚近姜夔。光緒二十一年（一八九五）以知府分發浙江，曾入兩江總督張之洞幕府。光緒二十五年（一八九九）再次接受湖廣總督張之洞之聘。光緒三十年（一九〇四）執教於武進龍城書院，二月再次遊歷蘇、杭，成《玉梅後詞》。鄭文焯嘗竊議之，況周頤大不高興，其於詞跋有云：「為傖父所訶」（按：傖父指鄭文焯），從此況、鄭兩人交惡。

光緒三十二年（一九〇六）入兩江總督端方幕府，備受信任。此因況氏精通金石碑版之學，而端方於此收藏甲天下。況氏為之審定金石，代作跋尾，凡端方之藏書、藏石諸記，皆出況氏手筆，端方極器重欣賞之。因此次年況周頤刻《阮庵筆記五種》，端方為其題簽。況周頤因此遭人嫉妒，張爾田《近代詞人逸事》曾載云：「時蒯禮卿（光典）亦以名士官觀察，與夔笙學不同。每見忠敏（端方）必短夔笙。一日，忠敏宴客秦淮，禮卿又詆及夔笙。忠敏太息曰：『我亦知夔笙將來必餓死，但我端方不能看見其餓死。』夔笙聞之，至於涕下。」宣統元年（一九〇九），端方調任直隸總督，況周頤在南京難以立足，遂至安徽大通掌榷運。宣統三年（一九一一）辛亥九月，於倉促亂擾中，便由大通至上海，而端方入川，為革命軍所殺。

民國成立後，況周頤以清遺老自居，寄跡上海，鬻文為生。時朱祖謀（彊村）居德裕里，與況周頤衡宇相望，兩人過從頻仍，以詞相勵，酬唱之樂，時復得之。然況周頤此時清貧之甚，有無米炊之詞可證。其弟子趙尊嶽《蕙風詞史》云：「自辛亥來滬，與彊村侍郎游，同音切磋，益臻嚴謹，於是四聲相依，一字不易。」時況周頤對詞律態度的轉變，是受朱祖謀的影響所致。民國十三年，《蕙風詞話》五卷校刻完畢。《蕙風詞話》指出「意內為先，言外為後，尤毋庸以小疵累大醇」，即詞必須注重思想內容，講究寄托。又吸收王鵬運之說，表明作詞有三要，曰：重、拙、大。強調「真字是詞骨，情真、景真，所以必佳」。但亦不廢學力，講求「性靈流露」與「書卷醞釀」。此外，論詞境、詞筆、詞與詩及曲之區別、詞律、學詞途徑、讀詞之法、詞之代變以及評論歷代詞人及其名篇警句都剖析入微，往往發前人所未發。龍榆生《詞學講義附記》引朱祖謀稱譽《蕙風詞話》云「自有詞話以來，無此有功詞學之作」並推為「千年來之絕作」。而夏敬觀也說：「夔笙論詞尤工，所著《蕙風詞話》精到處，透過數層。」

民國十五年舊曆七月十三日況周頤完成其最後遺作《詞學講義》，即告病倒。五天後，即七月十八日病逝於上海寓廬，葬湖州道場山。袁寒雲輓聯云：「比夢窗白石，老宿成家，儘低唱淺酌，一代詞人千古在。溯滬尹缶廬，殷勤共話，愴小樓清夜，十年江國幾回逢。」朱祖謀輓聯云：「持論倘同途，詞客有靈，流派老年宗白石。相依在吾土，道場無恙，死生獨往為青山。」

況周頤有詞九種，合刊為《第一生修梅花館詞》。晚年刪定為《蕙風詞》二卷。又輯有《薇省詞抄》十一卷，《粵西詞見》二卷，聯句《和珠玉詞》一卷。此外，尚著有《詞學講義》、《玉棲述雅》、《餐櫻廡詞話》、《歷代詞人考略》、《宋人詞話》、《漱玉詞箋》、《選巷叢譚》、《西底叢談》、《蘭雲菱夢樓筆記》、《蕙風簃隨筆》、《蕙風簃二筆》、《香東漫筆》、《眉廬叢話》、《餐櫻廡隨筆》等。

況周頤晚年定居上海，留戀清室，以舊臣、遺老自居，崇古不苟，馮煦戲呼為「況古人」。民國創立以來，他不問世事，只結交文友、詞友、戲友，按譜填詞，宴飲酬唱。以鬻文為活，窘困潦倒，自悲自憐，鬱鬱而終。故而王國維《人間詞話》感嘆道：「天以百凶成就一詞人，果何為哉！」

《眉廬叢話》是況周頤晚年的著作，也是其最負盛名的掌故筆記著作。該書稿約撰於民國二、三年間，況周頤在《續眉廬叢話》的前言中說：

> 癸丑、甲寅間，蕙風賃廬眉壽里，所撰《叢話》，以眉廬名。乙卯四月，移居迤西青雲里。客問蕙風：「《叢話》殆將更名耶？」蕙風曰：「客亦知夫眉壽之誼乎？眉於人之一身，為至無用之物，此其所以壽也。蕙風之居可移，蕙風之無用，寧復可改。」抑更有說焉：《洪範》：「五福：一壽二富。」蕙風之旨，將使二者一焉，其如青雲非黃金何。孔子曰：「富而可求也，雖執鞭之士，吾亦為之。」如不可求，續吾《叢話》。

《眉廬叢話》刊登於《東方雜誌》第十一卷第五號（新曆一九一四年十一月一日），每期刊出數十則，至三百九十四則之後，因搬家之故，但沒改名，是為《續眉廬叢話》。繼續在《東方雜誌》刊登，至第十三卷第二號（新曆一九一六年二月十日）止。而第十三卷第三號（新曆一九一六年三月十日）《東方雜誌》則連載況周頤另一部著作《餐櫻廡隨筆》，至同年十二月十日止（第十三卷第十二號）。網上有見《眉廬叢話》者，除錯字極多外，並非全貌，因漏收《續眉廬叢話》之故。今翻檢當年《東方雜誌》將正、續兩集合為「全編本」，總計五百一十六則。又原刊登於雜誌上只有斷句，並無新式標點，今乃重新點校。又原稿每則緊接在一起，並無小標題，閱讀搜尋不易，今乃參考郭長保先生所加之小標題，以醒眉目，便於檢尋。此書況氏生前並未單獨成書出版，因此知之者不多也。

《眉廬叢話》之內容極為廣博，舉凡宮廷秘聞、官場秘事、金石考據、典章制度、學人風範、藝林趣談，無所不包。足見其人不僅是詞學名家外，其腹笥之豐，難望其項背也。正如〈況蕙風先生外傳〉一文所云：「先生併治金石文字，凡有碑版，無不羅致，得萬餘本，龍門造像得千餘本，至今獲存。又長於許氏《說文》，名聲韻訓詁，潛造精研。故其治碑版，並為淵源之學，兼工考據。於書自經籍百家，至於稗官家言，無不涉歷。讀書決疑，片言立折。」因此他所記述，或為史料獨特，為世所罕見者；或為他於茫茫書海中獨得之心血精華。再以他詞人之筆，含英咀華地寫出，自然不同於其他專寫掌故者，因他含有不盡之意在文字之外也。如他藉「顧千里、黃堯圃拳腳相加」一事來對比他和王鵬運（半塘）之交往也。他云：「道、咸間，蘇州顧千里、黃堯圃皆以校勘名家，兩公里閈同，嗜好同，學術同。顧嘗為黃撰〈皕宋一廛賦〉，黃自注，交誼甚深。一日，相遇於觀前街世經堂書肆，坐談良久。俄談及某書某字，應如何勘定之處，意見不合，始而辯駁，繼乃詬詈，終竟用武，經肆主人侯姓極力勸解乃已。光緒辛卯冬，余客吳門，世經堂無恙，侯主人尚存，曾與余談此事，形容當時忿爭情狀如繪。洎甲辰再往訪世經堂，則閉歇久矣，為之惘然。憶余曩與半塘同客都門，夜話四印齋，有時論詞不合，亦復變顏爭執，特未至詬詈用武耳，往往指衣而別，翌日和好如初。余或過晡弗詣，則傳箋之使，相屬於道矣。時異世殊，風微人往，此情此景，渺渺余懷。」

況周頤與王鵬運同官中書，每於王鵬運之四印齋抵掌夜談，王鵬運對於況周頤詞之尖艷，常有所規誡。又以刻宋、元詞屬為校讎，十餘年間，王鵬運刻詞三十餘家，況周頤助之校勘者多。王鵬運更傳授心法，以「重、拙、大」之論教之，遂啟況周頤晚年《蕙風詞話》之作。他們二人是由文字訂交，而情逾手足者，因此當王鵬運去世時，況周頤深感椎琴之痛，輓曰：「窮途落拓中，哭生平第一知己；時局艱危日，問宇內有幾斯人？」悼哀之切，又云：「吾兩人十七年交情，若零星辭縷，數千言未可終。嗚呼！半塘以矣，余何忍復拈長短句耶？」一死一生，交情乃見。

據一九一五年八月十日（舊曆六月三十日）出版之《東方雜誌》（第十二卷第八號）得知況周頤於此前已代傅彩雲（賽金花）致函冒廣生（鶴亭）求助。張爾田的《詞林新語》載云：「傅彩雲以絕色負名，某名士媲之，嘗與蕙風同過酩酊，蕙風亦欣賞。迨其官浙東，彩雲少不繼，蕙風為作小箋，詞意婉委，其人為致二百金慰之。」陳聲聰《兼予閣詩話》第二卷〈冒鶴亭〉條云：「民國七、八年間，賽金花老而窮甚，時先生方莞關稅於歐江，詞人況蕙風代其作書向先生求將伯之助，書中有『猥以蒲姿，曩承青睞。落紅身世，託獲金鈴』及『烏衣薄游，寧少王謝』、『有貼乞米，無人賣珠』等語，不知先生有以應之否。」然陳聲聰說致函的時間在民國七、八年間，顯係錯誤，查考瑜壽所作〈賽金花故事編年〉一文（收入蔡登山編《孽海花與賽金花》一書，秀威出版，二〇一三），賽金花是在一九一二至一九一六年間第三次到上海為妓，此時年約五十歲。至一九一六年她已得識新歡參議院議員魏斯靈並一同到北京，住於櫻桃斜街。一九一八年和魏斯靈同到上海結婚，婚後又同回北京。一九二一年七月魏斯靈死，賽金花遷居香廠居仁里十六號，在此居住十五年，直至一九三六年以七十三歲病逝為止，沒再離開北京過。因此當以況周頤之記述為正確，若民國七、八年間，賽金花已再婚，衣食無虞，而需救助乎。

〈況蕙風先生外傳〉又云：「庚申（一九二〇）北上交伶官梅畹華（蘭芳），延賞備至，翌年辛酉，畹華南來，香南雅集，排日聽歌，為詞張之，幾二百闋，所謂《修梅清課》，飲井水者，庶咸知之。畹華藝特高，不必以詞增重，而詞之足以重畹華者實多。」因此當況周頤病逝時，梅蘭芳特發電致唁，文曰：「況蕙風先生之喪，失舉世之導師、詞家之宗伯，聞者悼之，而環堵蕭然。晚華與之交誼素篤，蕙翁生前，尤加契賞，累為詞張之。頃在京得訊震悼，立電致唁……」亦見風義出於伶官者。

又一九一五年十月七日《魯迅日記》有云：「上午寄二弟書二包：《長安獲古編》二冊，……《萬邑西南山石刻記》一冊、《阮庵筆記》二冊、《香東漫筆》一冊、……」其中《萬邑西南山石刻記》、《阮庵筆記》、《香東漫筆》均為況周頤之著作。況周頤除為著名詞人外，亦治金石碑版及考據之學，他《蕙風簃二筆》曾云：「倚聲家為金石家，是魚與熊掌也」，但思其意，他是想兩兼也。而學者鄭煒明在《況周頤年譜（二〇一四年增訂版）》有按語說：「魯迅之留心於先生之文史筆記及金石學著作，具見其舊學之興趣所在。今讀《魯迅全集》，其中多有舊學之研究，其根底深厚，非一般新文學家可企及，是亦不足為怪矣。」而一八九八年況周頤主講於揚州安定書院，九月移居揚州小牛錄巷，後即著名學者阮元的家廟，有阮元重建的「文選樓」，故況氏此時所撰之筆記名為《選巷叢譚》，又因仰慕阮元自號「阮庵」，有《阮庵筆記》。周作人在一九三八年五月三十一日，撰〈題阮庵筆記〉一則云：「二十七年戊寅端午前三日，隆福寺書估攜此書來，乃收得之」，又云「《阮庵筆記》素所喜愛」，加上一九一五年魯迅的寄書，是周作人先後第兩次得《阮庵筆記》。周作人在《書房一角》書中又盛讚況周頤「文筆樸實，風趣閒雅，自有勝地，近代著作中少見其匹」云云。鄭煒明認為可具見魯迅、周作人兄弟二人對況周頤著作之重視與推崇。又說：「向來研究新文學史之學者，皆盛讚周作人散文風格之佳妙，有謂實源於晚明之小品文，然從未有人提及周氏之散文風格，或有受先生筆記文之影響，故特標舉於此，以供治新文學史及研究周作人之學者參考。」

又況周頤有女婿陳巨來（一九〇四～一九八四），號安持老人，齋名安持精舍。是傑出的篆刻家，其篆刻被人譽為「三百年來第一人」。張大千諸多印章都是他刻的。出版有《安持精舍印話》。他寫有《安持人物瑣憶》一書，被譽為民國掌故專家。其中有一小節寫到他的老丈人，對這位被王鵬運稱為「目空一切況舍人」的奇行怪狀，玩世不恭，有極為有趣而珍貴的描述，特抄錄於後，可補前人敘說之不足也。

又：本書原稿中有些字句已經闕漏或無法辨識，只能以□代之。幸望讀者著察之。

記況公一二事

陳巨來

況公周儀，後更名周頤，十三歲進學，當時學使南豐趙某某即以女妻之，早亡，無出；側室卜娛，內子等生母也，至甲子逝世後，始扶正。據況公云，十二歲至姨丈家中，見書架上有一冊《蓼園詞選》，遂攜歸，試作，名家見之群為可造，遂刻意用功，而成詞人云。十八中舉人，十九會試，在隔座一同年朱某某年輕貌美，況公心不在焉，涉及遐想，竟將皇上二字，應三抬頭，而寫在下面了。當時主考只看謄錄，遂以進呈，錄取第二名進士矣，及看原卷，遂撤銷了。

況公生平學生至多，只繆子彬（藝風之子）、林鐵尊二人，寫信時稱仁弟，其他一列仁兄也。自視寫字，認為惡劄，凡題字等等，均鄭蘇堪、朱古丈、鄭讓于三人代筆者。大門上每歲換一春聯，總為鄭、朱、吳缶翁三人輪流所書，舊者絕不取下，故累累然高凸也。其住屋，大廳上不設一几一桌，空空如也，廂房門上貼一集南北史句，上聯「錢眼裡坐」，下聯「屏風上行」。上一橫額貼於壁上曰「惟利是圖」，均吳缶翁篆書也。乙丑春，因娶妾吳門，遷居蘇州（只三月又回上海了），余特請朵雲軒至空房中鐪取吳書，二元工資，只鐪得「惟利是圖」四字，聯句牢粘木門上，競不能得矣。此四字余至今尚保存未失，後遂有朱丈長題原委。余藏缶翁書只此一件耳，亦可寶也。況公性奇乖，玩世不恭，嘗請吳缶翁畫荔枝一幅，上題「惟利是圖」四字，又填〈好事近〉五首，均由缶翁所書，生前總掛在會客室中，逝世後由大兒子以廉值售去，後歸上海西泠印社影印入缶翁遺墨中矣。今不知下落矣。五詞余均抄存者，聿未失也。

況公平日只對一林鐵尊常常提及，今杭州名詞人夏癯禪，林之得意弟子也，於況氏為再傳弟子矣。況公生平所填詞，凡題什麼圖什麼詩文集者無一留稿（草稿都撕光不留），但作文生涯頗不惡，西泠印社出一書，嘉業堂劉氏刊一書，序跋無一非其大筆，但說明代筆始寫也。又不甚肯獎掖後進，故大都恨之不已。黃孝紓，字公渚，福建人，父久任山東知府，故成魯人矣，在黃二十餘歲時，即以駢文名，嘉業堂劉氏聘之為記室。其時另有一駢文名家，蘇州人，名孫德謙字隘庵，亦為劉之記室。孫、黃二人居同一樓，食同一桌，五年之久，見面若不相識者，可云奇事也。黃氏以久仰況公大名，請劉翰怡作介紹，恭謁況公，以文求正。況公收下後，從不啟視，隔三月黃又去求正，況公原封不動還之，云：已拜讀過，佩服佩服云。黃事後逢人必大罵不已矣。解放後任青島大學教授，聞以假造古畫（黃擅山水畫）欺騙博物館，愧而自縊故世了。龍榆生初從江西來滬時，亦先謁況公，為所拒，乃改入朱丈門下者，事後亦深恨不已了。

況公乙丑春居蘇州後，李根源幾每日往訪，叩以金石考據之學，入晚又有曲家吳瞿安訪問，談宋詞元曲為樂。丙寅七月況公逝世後，吳氏來申一度為銀行家王元伯之西席，余每往訪之，吳氏云：夔老之詞，比朱彊村為佳，因朱只擅夢窗一路耳云云。余結婚後，二家照舊風俗須會親，先君幕友出身，不知文學者，與況公格格不入，故特請名翰林沈淇泉太丈、名進士嘉興詩人金甸丞（蓉鏡）作陪客，況公於沈老殊泛泛而談，與金丈先只略談，後談至詩詞，二人大相互談為歡了。後金丈謂余曰，世稱朱、況，其實你丈人好，因朱年長，官尊，故名在上耳。聞馮君木丈告余云，蘇北興化李審言詳當世文學名家也，與況公二人嫌隙至深，況從不提及李名，而李見人輒痛詆不已云。但金壇馮煦（夢華）則最服膺況公者。今事隔數十年之久，何人猶能憶及此等事邪？

況公自內閣中書外放後，初至湖北入張之洞幕，張不重視詞章，況拂袖而去，改入西江端匋齋方幕，端多收藏古碑帖，況專事考據，褚松窗副之，賓主至相得，端乃任之為大通鹽局長，二年獲八萬元。入民國，在三馬路開琅環書室書店，被店員所紿，蝕光了，乃賣文為生矣。第一次生意，乃余朱氏舅父喪愛妾，朱舅異想幻念，囑況公代筆，仿冒辟疆《影梅庵憶語》，為之寫《某某某憶語》，說明每則不問長短（二三十字亦一則）每條潤一元，愈多愈妙。況公想入非非，無中生有，三日成三百餘則之多，朱舅大樂，印數百冊以遺親友云。況公當時親告余者也。

況公撰《詞話》五卷，多談作詞之法，曰有三要：重、拙、大，並云：重者沉著之謂，在氣格不在字句。其卷一，第一、二則即將「詩餘」二字作解釋如下：「……唐宋已還大雅鴻達，篤好而專精之，謂之詞學，獨造之詣，非有所附麗若為駢枝也。曲士以詩餘名詞，豈通論哉。」又曰：「詩餘之餘，作贏餘之餘解。唐人朝成一詩，夕付管弦，往往聲希節促，則加入和聲，皆以實字填之，遂成為詞。詞之情文節奏並皆有餘於詩，故曰詩餘。世俗之說，若以詞為詩之剩義，則誤解此餘字矣。」全書五卷從不將同輩友好或其他近人評譽一番等等，惟於納蘭容若《飲水詞》一再書之，有一則云：「寒酸語不可作，即愁苦之音，亦以華貴出之，飲水詞人所以為重光後身也。」朱丈每告人云：《蕙風詞話》，為況公千秋不朽之作，非若前人袁子才近人陳石遺之詩話等，專以互相標榜為樂之作耳。惟內曾有二一處，寫及外姑卜清似夫人時，頗有佳評，如云：「清似學作小令，未能入格……得劉仲尹『柔桑葉大綠團雲』句……曰，只一『大』字，寫出桑之精神，有它字以易之否？斯語其庶幾乎略知用字之法。」此亦不能免俗，聊復爾爾耶。

朱、況二公，均同葬於湖州道場山，六六年朱丈墓先被掘平，屍骨狼藉，況公墓恐亦難保矣。其長子又韓至今不肯向內子道及也。又：在乙丑春日況公已六十七歲矣，遷居蘇州，為訪豔納姬也，當時朱、馮二丈苦勸不從，不久聘一待詔之女施氏，入秋又遷申矣。至丙寅七月逝世之夕，余始獲見此新太太，固一端莊之小家碧玉也。不久，大先生強令返蘇再醮，渠臨行聲明不嫁矣。至丁卯春突接其父來電云：施氏已死，速來殯殮云云。大先生故意遲遲去蘇，及抵靈前，死者忽張目瞠視，使大先生魂飛魄散，只能從豐辦了後事，並遵從遺言，扶柩至道場山附葬況公之側。故馮君木丈撰況公墓誌銘時，特書曰：「側室施附葬公墓，從其志也。」以一已死三十餘小時之死者，尚能對所懷恨之人張目怒視，斯真不可解矣。

眉廬叢話　第一卷

眉廬叢話　第二卷

眉廬叢話 第二卷

眉廬叢話　第四卷

眉廬叢話　第五卷

眉廬叢話　第六卷

眉廬叢話　第七卷

眉廬叢話　第八卷

眉廬叢話　第九卷

續眉廬叢話

眉廬叢話　第一卷

一　舉止安詳，攸關福澤

舉止安詳，攸關福澤。常熟翁文端未達時，家貧鄉居，偶與二三父老為葉子戲，適雨著釘鞋，竟夕坐博。驗其履印，曾不一移。南皮張文襄督江鄂日，士有呈贈詩文者，當時未即閱看。俟其人來謁，寒暄畢，輒命侍者取出，即於座間從容展誦，自首至末，一字不遺。遇有佳處，一一獎許；稍涉稱頌，必致謙詞。雖文係長篇、詩至百韻亦然。閱畢，仍交侍者，並諭以存貯某處毋忽。即此二事徵之，如文端者，所謂安也；如文襄者，所謂詳也。二公皆富貴壽考，極遇合之隆，是其驗也。

二　以翎枝為冠飾考

以翎枝為冠飾，自明時已有之。江彬等承日紅笠之上，植靛染天鵝翎為貴飾，貴者三翎，次二翎。兵部尚書王瓊得賜一翎，自謂殊遇。是翎之名始於明，但植立於笠上，與曳於冠後者，其式異耳。

三　為官但多磕頭，少開口耳

道光朝，曹太傅當國，陶文毅督兩江，兼鹽政。時以商人藉引販私，國課日虧，私銷日暢，至有根窩之名，謀盡去之，而太傅世業鹽，根窩殊夥，文毅又出太傅門下，投鼠之忌，甚費躊躇。因先奉書取進止，太傅覆書，略曰：「苟利於國，決計行之，無以寒家為念，世寧有餓死宰相乎？」文毅遂奏請改章，盡革前弊，其廉澹有足多者。惟其生平薦歷要津，一以恭謹為宗旨，深惡後生躁妄之風。門生後輩，有入諫垣者，往見，輒誡之曰：「毋多言，豪意興。」由是西臺務循默守位，浸成風氣矣。晚年恩禮益隆，身名俱泰。門生某請其故，曹曰：「無他，但多磕頭，少開口耳。」道、咸以還，仕途波靡，風骨銷沉，濫觴於此。有無名氏賦〈一剪梅〉詞云：

仕途鑽刺要精工，京信常通，炭敬常豐。莫談時事逞英雄，一味圓融，一味謙恭。
大臣經濟在從容，莫顯奇功，莫說精忠。萬般人事要朦朧，駁也無庸，議也無庸。

其二云：

八方無事歲年豐，國運方隆，官運方通。大家襄贊要和衷，好也彌縫，歹也彌縫。
無災無難到三公，妻受榮封，子蔭郎中。流芳身後更無窮，不謚文忠，便謚文恭。

損剛益柔，每下愈況，孰為之前，未始非太傅盛德之累矣。

四　牛奇章畢靈岩憐才

牛奇章鎮維揚，每冬，令街卒衛杜書記夜遊，報帖盈篋。尚書靈岩畢公撫陝，孫淵如居幕府。淵如好冶遊，節署地嚴，漏三商必下鍵，公自督視之。淵如則夜逾垣出，翌晨歸，以為常。或詞以告公，弗問也。二公相距千餘年，晚節蹉跎，後先一轍，論者惜之。然其雅意憐才，則固有未容湮沒者。

五　何紹基典衣償飯錢

道州何蝯叟書名重海內，達官殷賈齎重金求之，弗可得。一日，之永州，訪楊息柯。距城數里，忽飢疲，因憩食村店。食已，主人索值，時資裝已先入城，乏腰纏，無以應。請作書為償，主人弗許。竟典衣而後行。息柯聞之，笑曰：「何先生法書，亦有時不博一飽耶？」

六　殺吾君者吾仇也，誅吾仇者吾君也

清之初年，洪文襄以勝朝魁碩，翊贊新猷，幕府超珣，極一時之選。洎薨於位，行述之作，諸名士各殫所長，於其仕明、仕清，前後勳績，咸能稱述爛然，惟於中間去故就新，措詞極難得體。商略再三，莫衷一是。爰醵重金為濡潤，募有能圓其說者。某名士落拓京師，聞之，褎然往，約字一，值金百，先索金而後秉筆。略云：「歲甲申，聞賊陷京師，烈皇帝殉國。北庭徇平西王之請，爰舉義旗，入關破賊，元凶授首。公於是投袂而起曰：『殺吾君者吾仇也，誅吾仇者吾君也。』」下即接敘是年拜某官之命云云。諸名士為之擱筆，稿遂定。按：《公羊・昭公三十一年傳》曰：「顏夫人者，嫗盈女也，國色也，其言曰：『有能為我殺殺顏者，吾為其妻。』叔術為之殺殺顏者，而以為妻。」是某之說之所本也。

七　以字形決人生休咎

宋陳藏一，名鬱，字仲文，所著《話腴》，醇雅可誦，中有一則云：「今言命者有曰：『丑為破田，戌為負戈，丙丁為平頭，辛卯、甲申為懸針。』嘗以滕強恕命考之丙戌、丙申，丙戌、丙申，平頭矣，官至侍從而無子；以金輝命考之甲午、辛卯，甲午、辛卯，懸針矣，故初為海寇，三遭決配，後為都統制，贈武義大夫。」按：「子平《家言》以五行生剋決人生休咎，未聞以字形為說者。此說絕新，亟記之。

八　杜鵑新說

杜鵑，一名杜宇，一名子規，一名謝豹。自唐已後，多入詩詞，曰啼血，曰勸春歸，曰紅鵑、綠鵑，與紫燕、黃鸝並用，殆禽類中之絕韻絕怨者也。乃宋車若水云：「杜鵑，鴞屬，梟之徒也。飛入鳥巢，鳥見而去。因生子於其巢。鳥歸，不知是別子也，遂為育之。既長乃欲啖母。」誠如所云，詎非甚不宜稱耶，抑同名而異物耶？

九　習詩賦杖一百

《石林燕語》云：「及第必有賜詩，惟莫儔一榜不賜。政和末，御史李彥章言，士大夫多作詩，有害經術，詔送敕局立法。何丞相執中為提舉官，遂定命官習詩賦杖一百，故是榜官家不賜詩而賜箴。未幾，知樞密院吳居厚，喜雪御筵進詩，稱口號。是後上聖作屢出，士大夫亦不復守禁。或問何立法之意，何無以對，乃曰：『非謂今詩，乃舊科場詩耳。』」作詩獲罪，乃至於杖，誠事之絕可笑者。

十　「春荷」獻疑

梁吳均《吳城賦》：「不見春荷夏槿，惟聞秋蟬冬蝶。」荷非春花，未知叔庠何所本也。

十一　糟以諭惡

俗謂事勢舛戾而決裂者曰糟。糟義甚古，《大戴禮記．少閒第七十六》云：「糟者猶糟，實者猶實，玉者猶玉，血者猶血，酒者猶酒。」注：「糟以諭惡，實以諭善，玉者諭善人，血憂色也，酒以諭樂，猶憂其可憂，而樂其所樂。」

十二　「孛相」係吳語

烏程張秋水《冬青館詩》，〈山塘感舊〉句云：「東風西月燈船散，愁絕空江孛相人。」孛相，吳語，今訛為「白相」也。

十三　董文恪及第前奇遇

富陽董文恪少時，以優貢留滯京師，寓武林會館。資盡，無以給饔飧，館人藐之甚。不復可忍，乃徙於逆旅，益復不見容，窘迫無所歸。有劉媪者，自號精風鑒，奇其貌，謂必不長貧賤也。屬假館餘屋，善視之。俾俟京兆試，董日夕孟晉，冀博一第自振拔，且副媪厚期。榜發，仍落第，恚甚，恥復詣媪。徘徊衢市，飢且疲。道左一高門，惘然倚而立，不知時之久暫也。俄有人啟門，問為誰，董以實告。其人色然喜，延入。少憩，出紅箋，屬書謝柬，署名則侍郎某也。書畢，持以入，須臾出，慇懃具雞黍，食次，通款曲，則侍郎司閽僕，以薦初至，適書謝柬，主人亟獎許，因請留董代筆，薄酬資斧。董方失路，欣然諾之。自是一切書牘，悉出董手，往往當意。僕輒掠美以自固，日見信任，不與他僕伍。居頃之，侍郎有密事，召僕至書室，命擬稿。僕惶窘，良久，不能成一字。侍郎窮詰，得實，大駭。亟具衣冠出廳事，延董入見，且謝曰：「辱高賢久溷廝養，某之罪也。」因請為記室，相得甚歡。侍郎夫人有細直婢，性慧敏，略通詞翰，及笄矣，將嫁之，婢不可。強之，則曰：「身雖賤，匹輿隸，非所堪，乃所願，必如董先生，又安可得，寧終侍夫人耳。」侍郎聞之，昕然曰：「癡婢，董先生躡雲䮠騄，指顧騰上，寧妻婢者？」會中秋，侍郎與董飲月下，酒酣，從容述婢言，且願作小紅之贈，勸納為箑室。董慨然曰：「鯫生落魄，盡京師，不獲一青睞。見拔於明公，殊非望。彼弱女子能憐才，甚非碌碌者，焉敢妾之？正位也可。」侍郎益重之，謀於夫人，女婢而婿董焉。逾年，董連捷成進士，官至禮部尚書，生子即富陽相國。相國登庸時，太夫人猶健在。知其事者，傳為彤管美談云。

十四　郭嵩燾論治亂得失

湘陰郭筠仙侍郎學問賅博，明於古今治亂升降之故，尤詳究海外各國形勢。咸豐朝，隨郡王僧格林沁籌防津沽，王於兩岸築炮臺，綿數里，博數丈。輦炮三千具以填之，大者逾萬斤，小者亦二三千斤。又伐巨木，列柵海口，沉以鐵錨，格以鐵絙。無何，敵艦至，遺書為媾，王不許。嵩燾曰：「戰未必勝，不如姑與之和，徐圖自強。」王不聽。嵩燾知邊禍且亟，言之再四，至於涕洟，王執不聽。越日，敵以書來曰：「亟撤爾柵，我將以某日時至。」屆期，王率將佐登臺望之，敵以三艦來，距柵里許，自相旋繞。頃之，柵皆浮起，王大驚，急發巨炮，彈如雨雹，海水沸騰，竟沉其艦。敵引去。明年復來，遂有北塘之敗。嵩燾家居時，好危言激論。攸縣龍汝霖作〈聞蟬〉詩規之曰：

商氣滿天地，金飈生汝涼。撩人秋意聒，忤夢怨聲長。
畏濕悉霜露，知時熟稻粱。隱情良自惜，莫忘有螂螳。

嵩燾和曰：

飽諳蟬意味，坐對日蒼涼。天地一聲肅，樓臺萬柳長。

杳冥通碧落，慘澹夢黃粱。吟嘯耽高潔，無勞引臂螂。

又：

樹木千章暑，山河一雨涼。蔭濃棲影悄，風急咽聲長。
秋氣霑微物，天心飫早粱。居高空自遠，塵世轉蛲螂。

後十餘年，邊事日棘，嵩燾以禮部侍郎出使英吉利國，至倫敦，上書李文忠，論列中外得失利病，準時度勢，洞見癥結，凡所謀畫，皆簡而易行。其論當時洋務，謂佩蘅相國能見其大，丁禹生能致其精，沈幼丹次之，亦稍能盡其實。又自言平生學問皆在虛處，無致實之功，其距幼丹尚遠，皆克知灼見，閱歷有得之言。全書四千二百餘言，茲不具錄。

十五　以水洗水奇聞

揚子江中冷水，世所稱第一泉，其質輕清，非他水所及。然或運致遠方，舟車顛頓，則色味不免稍變，可以他處泉水洗之。其法以大器貯水，鍥志分寸，而入他水攪之。攪定，則濁皆下沉，而上浮之水，色味復故矣。其沉與浮也，其重與輕為之也，挹而注之，不差累黍。以水洗水之法，世鮮知之。

十六　補子胡同

和珅當國時，京朝官望風承指，趨蹌恐後。襜帷所至，俊彩星馳，織文鳥章，夾道鵠立，此補子胡同所由名也。無名氏〈詠補子胡同〉云：

繡衣成巷接公衙，曲曲彎彎路不差。
莫笑此間街道窄，有門能達相公家。

十七　以穢物退敵

道光壬寅，粵海戒嚴，果勇侯楊芳為參贊，懾敵艦炮利，下令收糞桶及諸穢物，為厭勝計。和議成，不果用。有無名氏作詩嘲之曰：

楊枝無力愛南風，參贊如何用此公。
糞桶當年施妙計，穢聲長播粵城中。

十八　咸豐駕幸熱河

咸豐庚申，車駕幸熱河，變起倉卒，警衛不周，從官、宮人，極流離困瘁之狀，詔天下勤王，訖無應者。漢陽黃文琛〈秋駕〉詩云：

秋駕崑崙疾景斜，盤空輦道莽風沙。

檀車好馬諸王宅，翠褥團龍上相家。
剩有殘磷流憤血，寂無哀淚落高牙。
玉珂聲斷城西路，槐柳荒涼怨暮鴉。

此詩聲情激越，骨幹堅蒼，置之老杜集中，駸駸不復可辨。

十九　凌波塘

宋談鑰《吳興志》：「菱湖，在歸安縣東南四十五里，唐崔元亮開，即凌波塘也。」又德清縣永和鄉管，有雅詞里，地名並韻絕。

二十　魏明帝樂府詩

魏明帝樂府詩：「種瓜東井上，冉冉自逾垣。與君新為婚，瓜葛相結連。」世謂戚誼較疏者為瓜葛，與詩意不甚合。

二一　由詹事賜同博學鴻儒科

乾隆朝，高文恪由詹事賜同博學鴻儒科，文恪得君最深，當出特賜。未審他人有同受此賜者否。

二二　卿憐詩辨

「色即是空空是色，卿須憐我我憐卿。」某說部謂是平陽中丞詩句，為卿憐作，余疑非是。上句尤不稱，特卿憐命名，本此下句耳。相傳某太史得京察一等，當簡道員，顧高尚不屑就，旋擢卿曹，空乏不能自給。友人某戲為詩贈之，有句云：「道不遠人人遠道，卿須憐我我憐卿。」語殊工巧。

二三　顧亭林理財

崑山顧亭林先生本明季諸生，國變後，間關襆被，謁南北兩京舊陵。所過訪山川險要，郡國利病，納交其魁傑。時或留止耕牧，致富巨萬，輒復棄去，人莫測其用意。按：此與陶朱公已事略同。理財為百度之根本，亭林固留心經濟者，亦為是牛刀小試，自考驗耳。

二四　清室相國起居之制

清之季年，某相國總制閩浙，政體開通，人才樂為之用，刷新滌舊，百廢具興。相國以龍馬之精神，備鴛鴦之福祿。雖憂勞於國是，公爾忘私，而頤豫其天和，興復不淺。相國勤民如蚡冒，經武如陶公，力矯大僚簡重之習，不數日必駕出。迨其歸也，炮聲砰訇於轅，鼓聲淵填於堂，節署各色人等無崇卑疏戚外內，故事必班而迎，二堂東班，則文案委員，內而京曹，外而監司已次，咸鵠立，必補服數珠。西班稍前，則內文案委員，洋務委員，電報房學生等；稍後則衙官，材官，戎裝劍佩，仡仡之勇夫。咸出一膝，去地不能以寸。相國拾級盡，略佇立，與東班首員周旋數語，略回顧西班首員，仍目注東班，若為皆頷之者，徐行而入。一十三四齡童子肅掖之。二堂東班及西班稍前者，唯朔望謁廟則然。其西班稍後，及在三堂、四堂者，則每出皆然。然當時冀幸承顏之輩，往往不以為優異而以為疏逖，因而不自慊者有之。三堂則司閽典簽，紀綱之仆，面必田，鬚必澤，一視聽，屏氣息，或傴僂呈敬恭，或矜作表幹練。倍其盥漱，時其冠服，部領其次，奔走給使令者如乾人，各以其職司。孖而立，皆鞠跽至地，相國夷然入，目不屬。然設有遲誤不到者必知之，以故無敢或脫疏。四堂則粉白黱綠者，珥瑤碧，曳綺羅，為數逾數十。肥者環，瘦者燕，澹者妝，濃者抹，南洲翡翠，北地胭脂，如箏雁之成行，若梁鴛之戢翼，莫不䙝袖低鬟，曼立遠視。相國及階，略佇立，掖者童子肅退休。首班者亭亭捧杖進，左掖之，右拄杖，步益徐。自茲已還，燕寢深閟，如何如何，外間僅得之傳聞，未必能歷歷如繪矣。

於斯時也，相國之風度，莊者和，肅者溫，斂者舒。進咫，立於咫者隨之；進尺，立於尺者隨之。魚貫而鴻翩，花團而錦簇，鬟影如霧，衣香成風。履整則前者卻，巾墮而後者蹴。贏屏乍轉，麝薰微聞。有精室焉，俗稱內簽押房，相國之所憩也。相國之杖，未至精室數武，即已授之隨而右者，則左掖者若為逾謹。相國固矍鑠，無須杖，並無須掖，而必杖必掖，亦故事也。入室，則自脫其冠，授掖者，置之架，展紅巾謹覆之。由是而數珠，而褂，而佩韠，而帶，而領，而袍，皆解者、接者各一人。或一人攝二事，唯承侍日深體便手敏者為能，往往新進持慎，弗敢兼也。其以褻服進者，人之數，視衣服之重數。同時巾者，茗者，淡巴菰者，尤爭先恐後，以有事為榮。則就養和坐，脫鞋者，左右各一人，又一人以舄進。而巾者，茗者，淡巴菰者荑其手，蘭其息，亦盈盈而前。相國或先巾，或先茗，本無所為厚薄，而先焉者若為色然喜，則從容就榻坐。榻設阿芙蓉，相國夙不嗜此，而具乃絕精，不嗜而必設之，亦故事也。相國自駕出至是，或逾一二時矣。

當是時，自四堂來者，咸集此精室，立者，坐者，所事已畢而如劇者，宜身至前而乍卻者，若喜而淺笑，倦而輕顰者，同輩相關而喁喁私語者，面窗而徘徊，近案而徙倚者，位置筆硯，拂拭書牘，為慇懃者，弄姿而掠鬢絲，選事而撥爐灰者，非霧非花，溫香四塞，相國若欠伸，微呼某名，指煙具謂之曰：「若曷整理此。」又呼某名，謂之曰：「曷相助整理此。」則二人者獨留，其餘皆出。精室之窗，皆嵌白頗黎，淺色綢為衣。迨相助整理煙具者亦出，則窗衣之弛者張，疏者密矣。時則愔愔午夢，簾垂柳絮風前；隱隱春聲，門掩梨花雨外。燕欲歸而詎待，香未散而仍留。後出者只伺於窗外。久之，又久之，見窗衣啟者，約一方頗黎之半，則款步入，捧匜沃盥，進燕窩湯。先是，相國駕出時，傳諭庖人整備者，湯凡三進。相助整理煙具者，亦在朵頤之列。蓋此人即下次整理煙具者。若舊制，簡授差缺，此次擬陪者，下次必擬正，亦故事也。已上各節，或目驗所經，或耳郵所得，不必皆據為事實，而又無秘辛焚椒之筆，足以傳之。言之無文，負此雅故已。

二五　張船山之婦歸

遂寧張船山太守移疾去官，僑寓吳閶，別營金屋藏嬌，夫人不知也。一日，攜遊虎丘，而夫人適至，事遂敗露。大守戲作一詩云：

秋菊春蘭不是萍，故教相遇可中亭。
明修蜀道連秦隴，暗畫蛾眉鬥尹邢。
梅子含酸都有味，倉庚療妒恐無靈。
天孫應被黃姑笑，一角銀河露小星。——見王端履重《論文齋筆錄》

此詩近人傳為韻事，或譜院本以張之，不知船山夫人林氏乃奇妒。相傳船山納姬後，其夫人索諸查小山家，不得，船山之弟旂山攜婦歸視兄嫂。旂山婦見林盛怒，因勸之曰：「如此男子，謂之已死可耳。」因而一室大哄。故船山有句云：「買魚自擾池中水，抵雀兼傷樹上枝。」旂山之友某寄船山句云：「苦為周旋緣似續，更無遺行致譏彈。」皆為此事而發。船山有〈二月二日預作生子〉詩云：

三十生兒樂有餘，精神彷彿拜官初。

頻年望眼情何急，他日甘心我不如。
爪細難勝斑管重，發稀輕倩小鬟扶。
繞牀大笑呼奇絕，似讀生平未見書。——見《船山詩補遺》

其後船山卒無嗣，則亦家庭勃谿，乖戾之氣，有以致之。才人風味，詎悍婦所能領略。可中亭之詩，略同粉飾太平之具，「倉庚療妒恐無靈」，行間句裡，流露於不自覺矣。

二六 汪容甫老羞成怒

江都汪容甫嘗江行，與洪北江同舟論學。北江專崇馬、鄭，容甫兼涉程、朱。辯爭良久，容甫口舌便捷不逮北江，屢為所屈，憤甚，捽北江墮水，舟人救之，僅乃得免。吳縣張商言《碧簫詞》自序云：「故人蔣舍人心餘乞假還，過吳門，飲予舟中，喜讀予詞，納於袖，以醉墮江，寒星密霧，篙工挽救，群呼如沸鼎。既得無恙，而此卷亦不就漂沒。明日心餘詞，所謂『一十三行真本在，衍波紋縐了桃花紙』也。」洪、蔣二公，一則意氣忿爭，一則興會泰甚，其不與波臣為伍幾稀，然至今思之，殊饒有風味也。汪洪倞爭之烈，視黃蕘圃、顧千里世經堂用武，尤為奇特。

二七 以雜劇諷刺貪官

道光間，有侍郎平恕者，蒙古人，督學江蘇，賄賂公行，貪聲騰於士論。當時或編雜劇，付梨園以刺之。托姓名曰幹如，其上場科白云：「忘八喪心，下官幹如是也。」拆字離合，甚見匠心。

二八　浙東三傑

乾隆季年，朱文正督學浙江，以古學見賞拔者，臨海洪地齋、蕭山王畹馨、東陽樓更一齊名，稱為「浙東三傑」。樓君姓名及字就唐人詩一句錯綜為之，求之載籍中，不能有二。

二九　唐三藏尚可活，夔一足庸何傷

無錫錢礎日別號十峰主人，明諸生，甲申後棄去。縣令以事夾其足脛至折，礎日笑曰：「夔一足，庸何傷。」遂為跛足生，自號東林遺老，年八十卒。艾子好飲，少醒日，門人謀曰：「此未可口舌爭，宜以險事怵之。」一日，大飲而噦，門人密袖彘膈置噦中，持以示曰：「凡人具五臟，今公因飲而出一臟矣，何以生耶？」艾子熟視而笑曰：「唐三藏尚可活，況四臟乎？」「唐三臟尚可活，夔一足庸何傷。」屬對工絕。

三〇　以不潔為高者

名人有潔癖者夥矣，亦有以不潔為高者。錢塘陸麗京文采昭爛，吐屬閎雅。客有詣之者，塵羹粗飯，捫蝨而談，亦不覺其穢也。羽琌山民垢面而談詩書，不屑盥漱，嘗作竹西之遊，下榻魏氏絜園之秋實軒。默深先生，給兩走祇伺之。一日晨興，呼主人急。出則怒甚，曰：「若僕嬲我，吾不習沫沐。疇則不知，乃以匜水數數溷我，是輕我也，賢主人乃用此僕乎。」默翁笑謝之。比聞吳郡某方伯，自其太夫人三朝洗兒以還，未嘗試槃浴。其裡衣自新製乃至於朽敝，未或經浣濯。方伯嗜書，尤嗜宋元本。其觀書也，少以案，多以榻。尋常之書，經摩挲循覽者，如覆醬瓿代線夾久，趾之雪者黝，角之楞者垸，字之銀鉤鐵畫者，如霧花雲月，無復分明朗晰，唯宋元本不可知，容或信有而皆秘之，不可得而見也。鄉來劬學妮古之士，其心力有所專壹，朝斯夕斯，往往不暇自潔治，然而若是其甚者亦僅，其諸以告者過歟。

三一　續立人以謗言傳名

林文忠撫蘇時，有續立人者，官蘇州同知兼廁幕僚，頗見信任。或忌之，黏聯語於其門云：「尊姓本來貂不足，大名倒轉豕而啼。」續恚憤，白文忠請究，文忠笑曰：「蘇州設同知久矣，官此者，寧無勝流佳士，顧姓名孰傳焉？君托此聯，庶幾不朽。且屬對工巧，不失為雅謔，何慍為？」續默然退。今事隔數十年，苟無此聯，世孰知續立人者。文忠之言，有至理存焉，何止釋紛之佳妙而已。

三二　王鵬運《四印齋筆記》

同孫王半塘微尚清遠，博學多通，生平酷嗜倚聲，所著《袖墨》、《味梨》、《蜩知》等集，及晚年自定詞均經刻行，其他著述，身後乏人收拾，殆不復可問。曩見其《四印齋筆記》，裒然巨帙，詳於同、光兩朝軼聞故事，稍涉憤世嫉俗之言，偶憶一則，略云：

翰林院衙門在前門內以東，世所稱木天冰署也。大門外有壘培，高不逾尋。相傳中有土彈，能自為增減。適符閣署史公之數，或有損壞其一，則必有一史公赴天上修文者。是說流傳已久，至於土彈之有無，有究作何狀，要亦未經目驗。惟是環柵以衛之，置隸以守之，則固慎之又慎也。某年伏陰，大雨破塊，竟有數土彈被衝決而出，余詢之往觀者，其形蓋如卵云。

三三　「土匪名士」與「斗方名士」

道、咸間，京朝士夫太半好名，猶善俗也。或有科目進身，以不治古文為恥，乃捃摭帖括浮詞，雜以案牘中語，牽合成篇，當時目為「京報古文」。曾文正督兩江時，開閣延賓，群才雲湧，清奇濃澹，莫名一格。有同鄉某太史，記問極博，倚馬萬言，惟矜才使氣，自放於繩尺之外，文正戲以「土匪名士」稱之。同、光以還，樸學凋謝，小慧之士，粗諳叶韻，輒高談風雅，自詡名流。間或占一絕句，填一小令，書畫一扇頭，怏然自足，不知井外有天，於是乎有「斗方名士」之目，出於輕薄者之品題，要亦如其分以相償也。土匪名士，斗方名士，皆可與京報古文作對。

三四　剛毅嗜錢

梁蕭宏有錢癖，百萬一黃榜，千萬一紫標，當時有「錢愚」之目。然以厚封殖，非以供賞鑒也。光緒季年，剛毅南下，調查江、鄂等省財政，怙勢黷貨，賄賂公行。剛尤酷嗜紙幣，盈千累萬，裝潢成冊，暇輒展玩，若吾人對於法書名畫者然。往往省局銀數皆同之幣，亦務累牘連篇，以多為貴。蓋其貪鄙之性，與生俱來，有未可以常情衡論者。相傳，剛為刑部尚書，初蒞任，接見諸司員。談次，稱皋陶為「舜王爺駕前刑部尚書皋大人皋陶」，又提牢廳每報獄囚瘐斃之稿件，輒提筆改「瘐」為「瘦」，而司員且以不識字受申斥。蓋入於彼必出於此，二者無一，不成其為剛毅矣。

三五　「相思病」考

「相思病」三字，元人製曲，有用之者。以曲之為體，不妨近俗也。按：《周易》疏：「損卦六四，損其疾，使遄有喜。」正義曰：「疾者，相思之疾也。」元曲中語乃與經疏暗合，當然雅訓，何止非俗。

三六 王夢樓有五雲

王夢樓有五雲，曰素雲、寶雲、輕雲、綠雲、鮮雲，年皆十三四，垂髫弓足，善歌舞。越數年，輕、綠、鮮三雲各遣嫁，自攜素、寶二雲至鄂，以贈靈巖畢公。諦審，則美男耳。為返初服，署為小史，絕警慧解人意。

三七 王可莊大材小用

閩縣王可莊，文勤之孫，丁丑狀元。造科名之極峰，兼勳舊之嫡裔。傳聞玉音褒美，指顧「大用可期」。會館課，賦題〈輔人無苟〉，中有一聯云：「危不持，顛不扶，焉用彼相。進以禮，退以義，我思古人。」觸閱卷者之忌，以竟體工麗，得置一等末。王固知名士，下月課題，名士如畫餅賦，則為王而發也。未幾，外放蘇州遺缺知府，終鎮江府知府，論者以未竟其用惜之。

三八 蘇州機神廟

織業盛於蘇、杭，皆有機神廟。蘇州祀張平子，廟在祥符寺巷。杭州祀褚登善，廟在張御史巷。相傳登善子某遷居錢塘，始教民織染，後遂奉為機神，並其父祀之。今猶有褚姓者為奉祀生，即居廟側。阮文達撰〈褚公廟碑記〉，詳載此事，當必有本。惟蘇州祀張平子不知其由。史稱平子善機巧，嘗作渾天儀、候風地動儀等。崔瑗為撰碑文，稱其製作侔造化。又云，運情機物，有生不能參其智。意者，機杼之製當時或有所發明。而載籍弗詳，未可知耳。按：唐時以七月七日祭機杼，奉織女為機神，則尤名誼允叶，所謂禮亦宜之也。

三九　沈德潛軼事

長洲沈文慤少時家貧，無僮僕，每晨必攜一筐自向市中購物，售者索值若干，悉照付，無稍爭執。久之，市人知其寬厚，亦無復敢欺者。吳縣某巨公未達時，每晨沽米於市，輒脫破帽如盂仰而盛之，捧持以歸。衣敝而貌癯，離蓰如病鶴也。未幾，廷對首選，官至大學士。晉秩師傅，其貴盛視文慤有加。乃至世易滄桑，猶安富尊榮如故。閶門父老，多有能言其軼事者。凡此皆士林佳話，獨惜名德碩學，未免文慤專美於前耳。

四〇　稱謂之誤用

某太守加道銜，有貽書稱觀察者。一小史粗諳文義，見之憤然曰：「彼藐吾官已甚。觀察者，捕役之別名也。」眾皆不解，則檢《水滸傳》「緝捕使臣何觀察」云云為證，眾亦不能非之。蓋元、明之際固確有此稱也。按：世俗稱謂，一經研究，舛戾良多。如中丞為唐女官之名，宗伯非禮部尚書，司空非工部尚書，沿用皆為未合。至大帥尤賊渠之稱，而可屬之疆圻長吏乎。又小姐二字，古者以稱宮人侍姬，《玉堂逢辰錄》：「有宮人韓小姐。」下至於樂妓，今時為宦女之美稱，失之甚矣。

四一　嘲縉紳曲

咸豐朝，變起金田，東南鼎沸，練兵籌餉，日不暇給，疆臣節帥，握吐求賢，縉紳先生咸出而相助為理。向所謂仰望林泉者，亦復手版腳靴，隨班聽鼓。大約為鄉閭計者十之二三，為身家計者十之七八，或作〈字字雙〉曲嘲之曰：

花翎紅頂氣虛囂，闊老。
打恭作揖認同僚，司道。
鳌金軍務一包糟，胡鬧。
果然有事怎開交，完了。

四二　《荊釵記》奇字

劉蔥石屬校《荊釵記》，見一字絕新，左從骨，右從上皮下川，在第二十九齣，錢孫交哄曲文中叶韻處。此字各字書所無，雲齋博洽，必有所本。

四三　宋代神弩弓，明代連發槍

宋代神弩弓，亦曰克敵弓。立於地而踏其機，可三百步外貫鐵甲。元滅宋，得其式，曾用以取勝，至明乃失傳。《永樂大典》載其圖說。又紀文達筆記，載前明萬曆時，浙江戴某有巧思，好與西洋人爭勝，嘗造一鳥銃，形若琵琶，凡火藥鉛丸皆貯於銃脊，以機輪開閉。其機有二，相銜如牝牡，扳一機，則火藥鉛丸自落筒中；第二機隨之並動，石激火出而銃發矣，計二十八發，火藥鉛丸乃盡。據此，則製造槍炮之法，吾中國舊亦有之，特道德之蓄念，仁厚之善俗深入人心，由來已久，或尼以好生惡殺、因果報施之說，遂不復精研擴充之，尤不肯傳之子孫。其人往，其半生精力所寄，乃與之俱往，為可惜耳。戴某曾官欽天監，以忤南懷仁坐徙。

四四　王昶親歷之世態炎涼

青浦王述庵侍郎少時家綦貧，體貌不逾中人，瘦削而修長，玉樓峻聳。鄉人無親疏，以寒乞相目之，遭白眼者數矣。未幾，捷南宮，入詞林，謁假錦旋，則曰：「王公鶴形，故應貴也。」二十年前舊板橋，薄俗炎涼，又奚責焉。其後薦歷清華，益復斂抑。某年，省親珂里，肩輿過外館驛，適值某典史到任，輿衛儼然，鉦鍈鍠而蓋飛揚也。亟命停輿讓道，而騶從或呼之出，重譙呵之。公於是局蹐路隅，而珊珠孔翠與青金練雀相照映也。典史駭絕，亟降輿，蒲伏泥途，俟公登輿去遠，而後敢起。吾謂典史或過矣，典史雖末秩，地方命官也，述庵誠巨公，在籍薦紳也，停輿讓道，即謂禮亦宜之，可也，為典史者當坦然乘輿行，抵署，亟懲責此冒昧之從者，以謝王公，庶不失卑亢之宜焉。述庵通人，為里閈計，得如是風力之典史，方契賞之不暇，而顧有意督過之乎？吾知述庵必不然矣。

四五　誤書諧語

有致書何秋輦者，誤書「輦」為「輩」；書中用「研究」字，又誤「究」為「宄」。秋輦友人某君，戲撰聯語云：「輦輩同車，夫夫竟作非非想；究宄各蓋，九九還將八八除。」又某君為之改定云：「輦輩同車，人盡知非矣；究宄各蓋，君其忘八乎。」改聯尤雋妙，然而虐矣。

四六　為俄兵闢地納妓

癸卯日俄之戰，戰地屬中國領土，而中國乃以中立國自居，誠千古五洲未有之奇局也。明年，有俄國兵艦三艘，一名阿斯歌，一名奧斯科，一名滿州，為日本春日艦所迫，駛入吳淞口。當道嚴守中立，盡收其器械軍火及艦中行駛緊要機器，存製造局，而任保護其艦隊。是時南洋大臣為周玉山，蘇松太道為蔡和甫，洋務律法官為羅誠伯。一日，洋務局得俄領事公牘，謂「該艦兵士等離家日久，歸國尚未有期，比以陰陽失調，多生疾病，非醫藥所能奏功。敝國向章，凡海軍士卒，每月准其上岸遊戲運動數次，所以便衛生，示體恤也。夙仰貴國尚武恤兵，凡可以加惠赤籍者，無微不至。王道不外人情，區區法外之意，用敢為兵請命。查《萬國國際公法》，彼國一切人等，居留此國，營業之暇，出入行院，例所弗禁。從前貴國廣東省濱海地方聞有一種土妓，名曰蜑戶，頗能熟習外情，外國商民孑身旅寄者，常有與之往還。現在上海地方，有無前項蜑妓，能否設法暫時招集，以應急需。貴國昔在姬周時代，晏嬰相齊，設女閭七百，以招徠遠人。今推而仿之，至於交通中外，僅範圍加闊耳，於政體無傷也。敝領事為優待軍人、慎重衛生起見，事雖瑣屑，情實迫切，為此商請貴洋務局，查照辦理。實為公便，立候惠覆施行。」牘文到局，法律官已下咸駭笑。繼思之，亦屬實情。不得已，商同滬道，具稟南洋大臣，並抄錄原牘黏附。未幾，奉准南洋批飭，遵於東清碼頭以南，覓隙地一區，圈拓廣場，為該兵士練習之所。並搭蓋蘆柵，俾資憩息，惟不許越界他往，以免日人嘖有煩言。建設甫畢，一時蜑妓寓滬者，聞風麕集，不待洋務局之羅致也。彼於思棄甲者流，不得為跋浪之鯨，差幸為得水之魚，凡為留髡而來者莫不纏頭而去，絕無嗔鶯叱燕，搗麝拗蓮之舉，殆勢絀情見使然耶。是誠海邦師律之異聞，而亦震旦外交之趣史矣。

四七　日藏先秦本《孟子》之說

某名士遊寓日本有年，近甫歸國。據云，曩在彼都，曾見秦火已前古本《孟子》，與今世所傳七篇之本多有不同。因舉其首章云：「孟子見梁惠王，王曰：『叟，不遠千里而來，仁義之說，可得聞乎？』孟子對曰：『王，何必仁義，亦有富強而已矣。』」

四八　跪禮雖一，其義有別

中國以跪拜為禮，禮無重於跪者，跪亦有可傳者。松陵吳漢槎兆騫，以事戍寧古塔，其友錫山顧梁汾貞觀極力營救，嘗賦〈金縷曲〉二闋寄之，詞意惋至。納蘭容若成德者，相國明珠公子，亦善漢槎，見顧詞，殊感動。顧因力求容若，為言於相國。而漢槎遂於五年內得賜還。既入關，過容若所，見齋壁大書顧梁汾為吳漢槎屈膝處，不禁大慟。此跪之攸關風義者矣。句吳錢梅溪泳，藏漢「楊惲」二字銅印，歙汪訒庵啟淑欲得之，錢不許，汪遂長跪不起。錢不得已，笑而贈之。此跪之饒有風趣者也。

四九　某知縣魯莽

鄉先生林貞伯官貴州臬使時，有即用知縣某，到省未久，詣撫軍衙參，誤入兩司官廳。值藩司先在，貿然一揖。時丁國制，彼此著青袍褂無少異，而於其頂珊瑚，則未遑措意也。旋促坐，問姓字，藩司以實對，某亦不甚了了，唯曰：「兄乃與藩臺同姓乎？」又問貴班，藩司怫然曰：「余布政司也。」某駭絕，亟趨出，適貞伯至，甫及門，某力阻之，曰：「老兄切不可入，藩臺在內，弟頃冒昧獲重咎，決非欺兄。」貞伯曰：「吾正欲見藩臺，吾入，無妨也。」某仍力挽之，再申前說，意若甚誠懇者。伯貞不得已，實告之。某益惶駭，釋手，大奔。貞伯亟呼之，欲稍加慰藉，不復聞。此事余聞之貞伯之公子，當時能舉其姓名，非杜撰也。寒士甫膺一命，來自田間，未節少疏，爰又奚責？其人天良未斲，本色猶存，得賢長官因材造就之，深之以閱歷，而後試之以事，以視工顰妍笑，輕身便體者，宜若可恃焉。勿以其僿陋而遽棄之如遺也。

五〇　金礦與銀礦

乾隆丙戌，甘肅高臺縣民胡暖、楊洪得等於武威縣山中掘得金山一座，經山西民任天喜引驗繳官。此即金礦也。當時風氣未開，幾詫為祥異矣。宋彭百川《太平治跡統類》云：「北漢鴻臚卿劉融於伯谷置銀治，募民鑿山取礦烹銀，北漢主取其銀以輸契丹，歲千斤。因即其治，建寶興軍。」此即銀礦也。烹銀二字絕新。吾中國礦政舊矣，曩撰《惠風簃二筆》，嘗謂疇若予上下草木鳥獸，上下是礦字誤寫為令橫，又誤分兩字。

五一　特異功能

吳孫休時，烏程人，有得困病。及瘥，能以響言者，言於此而聞於彼。自其所聽之，不覺其聲之大也；自遠聽之，如與對言，不覺甚聲之自遠來也。聲之所往，隨其所向，遠者至數十里。其鄰有責息於外，歷年不還，乃假之使責讓，懼以禍福，負物者以為鬼神，即畀還之。其人亦不自知所以然也。事見《晉史》。此必電氣之作用，不儼然無線電話乎？顧何以必得之困病之後？世之精研電學者，必能推究其故矣。

五二　三科狀元策如出一手

中外交通之初，西國某文學士遊寓北京，於廠肆購新科狀元策，譯而讀之，佩仰甚至。謂中國狀元誠曠世鴻才也。及次科又購之，亦大同小異焉。於是詫絕，謂三科狀元策，何如出一手也。同治癸亥殿試，南皮張之洞策，盡意敷奏，不依常格。先是，江蘇貢生吳大澂應詔上書，言殿試對策，或有儻論，試官匿不以聞，請申壅蔽之罰。及見張策，讀卷官頗疑怪。久之，乃擬第十進呈，及臚唱，則拔置第三人，蓋特達之知也。

五三　辜鴻銘撰《葉成忠傳》

辜鴻銘部郎居張文襄幕府久，向知其精通西國語言文字。及見所作〈尊王篇〉及〈葉成忠傳〉，則於國文亦復擅長。其葉傳之作，以諷世為宗旨，尤卓然可傳。傳曰：

自中國弛海禁，沿海編氓，因與外人通市。而暴起致資財者不一而足。然或攻剽椎埋，弄法買奸，宗彊比周，欺凌孤弱，類皆鄙瑣齷齪不足道。獨滬上富人葉氏，初赤手掉扁舟，而卒起致巨萬。又慷慨好義，清刻矜已諾，猶是古之任俠，隱於商且隱於富者也。葉氏名成忠，字澄衷，先世居浙之慈溪，後遷鎮海沈郎橋，遂家焉。父志禹，世為甿之邱氓。後因成忠，三代皆贈榮祿大夫。成忠六歲失怙，母洪氏撫諸孤，刻苦僅以自給。成忠九歲始就學，未幾，以貧故，仍從母兄耕。年十一，受傭鄰里。居三年，主婦遇之酷，成忠慨然曰：「我以母故，忍此辱，丈夫寧餓死溝壑耶？」遂辭去，欲從鄉人往上海。臨行，無資斧，母指田中秋禾為抵，始成行。時海禁大開，帆船輪舶，麕集滬瀆。成忠自黎明至暮，棹扁舟往來浦江，就番舶貿有無。外人見其誠篤，樂與交易，故常獲利獨厚。同治元年，始設肆虹口，迎母就養。肆規綦微，然節飲食，忍嗜欲，與傭婦共操作，又能擇人任事。越數年，肆業益擴充，乃推廣分肆，遍通商各步。又在滬北漢鎮創設繅絲、火柴諸廠，以興工業。且養無數無業遊民。既饒於資，自奉一若寒素，絕無豪侈氣象，若構洋樓、集珍玩之類。言必信，行必果，交友必誠。與巨公大人言，闇闇如也，絕無諂諛意。又好引重後輩，善體人情，各如其意之所欲，故人樂為用。性好施予，無倦容，無德色。客外雖久，戚倘有緩急，罔不佽助。待族人尤篤，捐金置祠田，建義莊，以贍貧乏。附以義塾、牛痘局，蕆事，則曰：「是吾母之志也。」凡里中善舉，必力任其成。購大地滬北，立蒙學堂，教貧窮子弟，撥十萬金充經費，又倡捐二萬金建懷德堂。凡肆業中執事，身後或有孤苦無告者，必歲時存問，俾免飢寒。各省有水旱偏災，必出巨資助振款。疆吏高其義，請於朝，屢邀寵賜。光緒己亥十月，在滬病篤。詔其子七人曰：「吾昔日受惠者，各號友竭誠助吾任事者，汝曹皆當厚待勿替，以繼吾志。」辛年六十。先是，由國子監生加捐候選同知，賞戴花翎，薦升候選道，加二品頂戴。余謂王者馭貴馭富之權，操之自上，日漸陵夷，則不馴至一商賈之天下而不已，悲乎。然世之賢豪不能立功名、布德澤於蒼生，若富而好行其德者，此猶其次耳。故司馬遷曰：「無岩處奇士之行。」而長貧賤，同好語仁義，亦足羞也。

云云。蕙風曰：據余所聞，葉氏起家販果蓏。其致富之由，無辜傳殆猶有未盡。若如辜氏所云，則亦唯是勤奮敦篤，積累而底於成，無甚異聞奇節也。

五四　曾文正力薦左文襄

駱文忠撫湖南，左文襄居幕府，言聽計從，將吏憚而忌之。曾文忠嚴劾總兵樊燮，燮疑出自文襄主持，訴之京師，復構之督部。事竟上聞，幾陷文襄於罪。賴南書房翰林郭嵩燾、大理寺卿潘祖蔭斡旋之力，僅乃得免。其後曾文正力薦之，授太常卿，督兵浙江。初，文忠疏辯文襄無罪，奉有「劣幕把持」之諭，不逞者或署左門曰：「欽加劣幕銜幫辦湖南巡撫左公館。」及閩、浙敉平，文襄駸駸大用，聲譽日隆。昔之謗之者，群起而趨承恐後矣。

五五　左文襄腋氣重

左文襄體貌魁梧，豐於肌，腋氣頗重。某年述職入都，兩宮召對，文襄陳奏西北軍務情形及善後方略，縷析條分，為時過久。值庚伏景炎，兼衣冠束縛，汗出如瀋，僅隔垂簾，殊蒸騰不可耐。語次，玉音謂：「左大臣殊勞苦，宜稍憩息。未盡之意，可告軍機王大臣。」隨命內監扶掖之。文襄不得已，退出，意極憤懣，謂身為大臣，乃不見容傾吐胸臆，而不知其別有所為也。

五六　嘲交遊詩

道光時，疆圻大吏猶知宏獎風流。有湖南廣文某，博學工詩，撰《湘沅耆舊集》，文名藉甚，交流綦廣。無名氏嘲之以詩曰：

藩司昨日拜區區，頃接中丞片紙書。
南省無如卑職者，東齋敢說憲綱乎。
一聯春海傳家寶，兩字如山鎮宅符。
惟有新來陶太守，揭開手本罵糊塗。

眉廬叢話　第二卷

五七　繆祐孫出國軼事

光緒初元，以曾惠敏言，選派部員傅雲龍、繆祐孫等出洋遊歷。丁丑歸國，雲龍、祐孫各著有日記，可資考鏡。祐孫階主事，遊歷俄國。甫抵俄境，謁某總督，已出見矣，忽返身入，遣侍者語翻譯曰：「此人戴白頂，官太小，我見之何為？曩吾在中國，見金將軍執水菸桶之侍者，亦皆戴白頂矣。」翻譯為辯明：「此人之白頂，係由考試得來，與金將軍之侍者之白頂，迥乎不同。」乃復出見。語次，猶屢以屈在下位，為祐孫惜。蓋當時交通未久，吾中華制度文為，外人猶未深知也。

五八　張文襄雅量

張文襄督鄂時，提倡學堂不遺餘力。某年，某學堂行畢業禮，闔省官僚、各學堂教員、學生畢集。某書院監督、粵人太史某特製長篇訟詞，道揚盛美，令畢業學生劉某朗誦之，環而肅聽者數百人，雖咳唾弗聞也。誦甫畢，忽有狂生某，應聲續曰：「嗚呼哀哉，尚饗。」聞者莫不駭笑，群集視於發聲之一隅。頃之，亟斂笑收視，肅立如初。某監督則艴然變色者久之。唯文襄夷然自若，若充耳不聞者，亦未嘗旁瞬也。

五九　翁同龢潘文勤雅趣

常熟翁叔平相國，少時由監生應鄉試。某年，同潘文勤典試陝西，內廉正副考官分住東西房，每日同在堂上閱卷。至第三日，叔平曰：「吾明日在房閱卷，不到堂上矣。」文勤問其故，叔平曰：「君閱卷，見不佳者，則曰：『此監生卷也。』棄之。吾亦監生也，豈監生而皆不佳者乎？」相與一笑而散。明日，仍同在堂上閱卷。不時許，文勤見不佳者，又如昨者之言矣。老輩真率，不斤斤於世故，風趣可想。

六〇　鮑忠壯事曾文正始末

咸豐軍興，鮑忠壯超本胡文忠部曲，其鄉人李申甫，曾文正門人也，薦之於文正。未幾，由文忠給咨，率所部，詣文正大營。初進見，文正以兩營相屬。鮑少之，退而言於李曰：「曩胡帥之遇我也，推心置腹，視諸將佐有加。兵若干，餉若干，凡吾陳乞，不吾稍靳也。吾兵有功，則賞賚隨頒；有疾，則醫藥立至。吾乏衣甲，帥解衣衣我；我闕鞍馬，帥易騎騎我。以是感激，遂許吾帥以馳驅，而所向亦往往克捷。今吾觀曾帥，未若胡帥之待人以誠也。且兩營何能為役？君愛我，速為我辦咨文，願仍歸胡帥。」李溫語慰勸之，為言於文正。文正曰：「鮑某未有橫草之勞，何遽嫌兵少？姑先帶兩營，儻稍著成效，雖十倍之，吾何吝？」李再三言之，乃得加一營，覆於鮑，且語之曰：「吾帥待人，未遽不如胡公。公獨初至，未款洽耳。姑少安，觀其後。」鮑僅不言去，意殊未慊也。明日，文正招鮑飲，文正嗜肚膾，宴客則設肚膾，佐以家常雞鶩而已。席間，鮑首座，屢以兵少為言。文正輒曰：「今日但圖飲，勿言兵，且食肚膾。」於是舉杯相屬，慇懃勸進，鮑竟不得復言。退而又謂李曰：「曩胡帥宴我，皆盛饌，列珍羞。寧為口腹之欲，禮意重也。吾非孟嘗食客，彈鋏歌無魚者，而顧以肚膾屢勸進，殆所謂大烹養賢者非歟？幸則晤對，又不令布胸臆。僕武夫，性伉爽，安能鬱鬱久居此。君愛我，速為我辦咨文，願仍歸胡帥。」李又慰勸之，至於舌敝唇焦，而去住之間，鮑猶徘徊歧路也。俄警報至，賊攻撲某城急，文正檄鮑赴援，竟全勝以歸。文正亟獎藉之，立加數營，禮貌優異。自是，始絕口不言去，而文正亦倚之如左右手矣。其後，文正克復金陵，論功行賞，鮑忠壯與彭剛直未得膺五等之榮。後人滋遺議焉，謂夫當日者，苟無剛直水師及忠壯游擊之師，則金陵之克復，或猶需以歲時也。

六一　曾文正輓門生婦聯

輓聯之作，有措詞極難得體者。曾文正輓其門生某婦云：「得見其夫為文學侍從之臣，雖死何恨；側聞人言於父母昆弟無間，其賢可知。」語莊而意賅，斯為合作。

六二　弈山兄弟與劉韻珂駐守海防

道光壬寅，海氛不靖。弈山以靖逆將軍駐廣東，弈經以揚威將軍駐浙江，擁兵自衛，久而無功。二弈，兄弟也。時浙撫劉韻珂竭蹷籌防，畢殫心力，輿論翕然。浙人某制聯云：「逆不靖，威不揚，兩將軍難兄難弟；波未寧，海未定，一中丞憂國憂民。」

六三　饒知縣善諛

友人某君告余：某年，謁某大府，同見者六人。有知縣饒某與焉，昔為大府幕僚，今選安徽池州府屬某縣者也。坐間，各問對數語。次及饒，問何日赴任，則鞠躬對曰：「卑職情願伺候大帥，不願到任，專候大帥分示，求大帥栽培，不作赴任之想，故尚未有期也。」。頃之，六人者皆辭畢，已舉茶送客矣。饒忽作而言曰：「卑職尚有要話回大帥。」則又皆坐。饒乃繼續言曰：「卑職此次投供在京，見日本小田公使，渠佩仰大帥甚至。」大府輒曰：「渠佩仰我者何也？」饒於是歷舉興學、練兵、理財、外交各大政，洋洋灑灑，舌本瀾翻，其辭不能殫述。大府為之掀髯笑樂，歡愜而散。某君出而詫駭者久之，謂夫某大府，信非不學碌碌者，而顧可罔非其道若是，所謂大人不失其赤子之心者非耶。好腴惡直，賢直不免，而況其下焉者耶。

六四　唐人飲酒貴新不貴陳

唐人飲酒貴新不貴陳。白居易詩：「綠蟻新醅酒。」儲光羲詩：「新豐主人新酒熟。」張籍詩：「下藥遠求新熟酒。」皆以新酒為言。杜甫詩：「尊酒家貧只舊醅。」且於酒非新醅，深致歉仄。李白詩：「吳姬壓酒勸客嘗。」白以飲中仙稱，而嘗吳姬新壓之酒，尤為酒不貴陳之確證。白又有句云：「白酒新熟山中歸。」

六五　鴻儒一名值二十四兩

康熙朝，舉行鴻博特科，一時俊彩星馳，得人稱盛，乃《鄭寒村集》云：「時新任臺省者，俱補牘續薦，內多勢要子弟。聞有鴻儒一名，價值二十四兩，遂作〈告求舉博學鴻儒〉二詩云：

博學鴻儒本是名，寄聲詞客莫營營。
比周休得尤臺省，門第還須怨父兄。
補牘因何也動心，紛紛求薦竟如林。
總然博得虛名色，袖裡應持廿四金。

按：鄭寒村，名梁，字禹湄，慈溪人，黃梨洲弟子，所著見黃集，為受業梨洲已後作，有〈曉行〉詩最佳，稱為「鄭曉行」。此二詩雖諷切時事，難免打油釘鉸之誚。

六六　武人善校勘之學者

校勘之學，近儒列為專門，非博極群書，而性復沉靜能伏案者不辦。故遐稽載稽，以武人而多藏書者有之，以武人而能校書者未之聞焉。余舊藏《百川書志》二十卷，明古涿高儒子醇撰。其自序作於嘉靖庚子，有云：「叨承祖蔭，致身武弁。」此武人多藏書者也。其武人能校書者，唯康熙朝武進士楊愷，儀徵人，以文學受特達之知，召入南書房，同蔣文恪、何屺瞻諸名輩校讎書史，時論榮之。愷後提督荊湖，許登瀛作聯贈之云：「天祿校書名進士，岳陽持節老將軍。」

六七　割裂試題而褫職

某學使喜割裂試題，某場試兩屠，以「牛未」、「馬皆」為題。一卷〈牛未〉題破云：「物有生於醜者，可以觀其所衝也。」一卷〈馬皆〉題破云：「午與戌合，純乎火局矣。」並用子平家言，新穎殊絕。某場，以「鰲生焉」為題。一卷破云：「以鰲考生，生真不測矣。」此場蓋試生員者，破題語涉機鋒，亦出題者有以自取矣。又咸豐朝，某學使以試題割裂褫職。其最觸忌諱者，嘗試某屬，以「賢聖之君六」為題。其他題雖割裂，罪猶不至褫職也。

六八　《雙梅景闇叢書》首列異書三種

南陽銓部刻《雙梅景闇叢書》，首列異書三種，曰《素女經》，曰《玉房秘訣》，附《玉房指要》，曰《洞玄子》，皆絕豔奇麗之文。求之古人，非庾、鮑以次克辦，而至理所寓，尤玄之又玄，通乎天人性命之故，合大《易》微言、《黃庭》內景而一以貫之，其殆庶幾乎。刻成，以贈某尚書，尚書語人曰：「南陽之才信美，獨惜其不莊耳。」南陽之友聞之曰：「不莊者見之謂之不莊。」囊余得見是書於十韃齋，求之南陽，至於再三，弗可得也。

六九　百文敏軼事三則

囊閱各說部，見百文敏菊溪軼事三則。

其一云：

總制江南時，閱兵江西，胡果泉中初與之宴，百嚴厲威肅，竟日無言。自中丞以下莫不震懾。次日再宴演劇，有優伶荷官者舊在京師，色藝冠倫，為百所昵。是日承值，百見之色動，顧問：「汝非荷官耶，何以至是？年稍長矣，無怪老夫之鬢皤也。」荷官因跪進至膝，作捋其鬚狀，曰：「太師不老。」蓋依院本貂嬋語。百大喜，為之引滿三爵，曰：「爾可謂荷老尚餘擎雨蓋，老夫可謂菊殘猶有傲霜枝矣。」荷官叩謝，是日，四座盡歡。核閱營政，少所推劾。

其二云：

有女伶來江寧，在莫愁湖亭演劇，聞者若狂，皆走相告。公飭縣令驅之出境，並占一絕示僚屬云：
宛轉歌喉一串珠，好風吹出莫愁湖。
誰教打槳匆匆去，煮鶴焚琴笑老夫。

其三云：

乾隆五十八年，公陳臬浙江，李曉園河帥知杭州府，兩公皆漢軍，甚相得也。忽以事齟齬，李大慍，至一月不稟見，告病文書已具矣。時居伏暑，公遺以扇，並書一詩，有句云：「我非夏日何須畏，君似清風不肯來。」李見詩釋然，遂相得如初。

閒嘗綜而論之，其第二事，若與第一事相反，其實無足異也。一則春明夢華，偶然之棖觸；一則憲司風紀，當然之維持。而且禁令之具，即寓風雅之貽，其於道德齊禮，庶乎近焉。其第三事，尤為溫厚和平，非挽近巨公所及。嘗謂「薄俗」二字相連，「厚雅」二字亦相連，不雅不能厚也。文敏之為人，要不失為賢者，風趣亦復爾爾。

七〇　護印夫人

滇、黔、蜀、粵各土官，娶妻以五色瓔珞盛印為聘，過門時懸之項下，謂之掛印夫人。娶後印即掌於其妻，呼為護印夫人。築高樓以居之，曰印樓。民間稅契，例價千錢外，折錢百五十，名印色錢，護錢夫人之花粉錢也。光緒朝，兩淮都轉某公，其先官漢黃德道。某年，道署不戒於火，時夜逾半，而覺察又甚遲，振臂一呼，熊熊者燭霄漢矣。群驚起睡夢中，太半索褲履弗及。其文孫甫周歲，由乳媼倒抱而出，其匆遽可想。當是時，火正熾於上房，親丁畢集於大堂，查點未竟。俄幕府某君疾趨至，問印救出否，眾無以應，都轉惶急不知所云。蓋印若被毀，則處分彌重也。先是，都轉長公子娶於延陵，有媵婢豔而慧，襌袖低鬟，輒顧影自負，謂必不久居人下也。是日以印故，自都轉已下，舉相覷無策，則亭亭自眾中出，近都轉立，從容出印懷袖中，莊肅而奉上之，黃袱宛然，薌澤溫香，微聞鼻觀。都轉喜極，若無可為之獎藉者，第高舉其印，以示眾人，其為欣慰，殆並未熄之火，而亦忘之。凡所損失，一切金玉錦繡，耳目玩好，微塵視之弗若矣。錢塘某尚書，都轉兒女姻也。方枋樞要，道署之火，印與大堂皆未毀。樞臣復為之地，僅予薄譴。未幾，擢都轉兩淮，而昔者護印之功人，始猶肅抱衾裯，繼且榮膺珈服。蓋都轉久虛嫡室，至是竟敵體中闈。其後數舉丈夫子，皆成立，女亦作嬪名門，每年都轉攬揆之晨，祝百齡，稱雙壽，以及元辰令節，舞彩稱觴，延陵少夫人，當然領子婦班行，不能獨異，亦無可如何也。揚人士作《護印緣》院本事張其事，謂夫以護印得夫人，非尋常護印夫人比。夫人性慷慨，樂施予，御下以寬，而內政殊井井，持滿戒溢，絕無驕奢侈靡之習。飛上枝頭變鳳凰，要亦其德有以致之。其護印一節，《參同契》所謂神明告人，心靈自悟，偶然而非偶然也。

七一　清末財政紊亂

清之季年，財政紊亂。如某省官報局、某省官書局皆冗散之尤，而虛糜絕巨，弊竇甚多。往往盤踞數年，因而致富者有之。某太守起家翰林，為某省官書局總辦，而總纂則某紳也。一日，某書刻成，呈樣本於總辦，甫幡帘，見第一卷弟字，不作「第」，遽加寸許紅勒，並於書眉批「白字」二字。總纂大慍，白之中丞。中丞不得已，改委某守某府釐金局總辦。約計每歲所入，視官書局相差五千金，總笑語局員曰：「俗云，一字值千金。今吾一白字，乃竟值五千金耶。」

七二　妙對

托活洛忠敏官霸昌道時，有直隸順德府知府重陽谷，與端午橋作對，天然巧合。又歪、扁二字，昔人以狀隸書者，或以對忠敏之名，亦工。

七三　孫淵如匡正畢靈岩

靈岩畢公撫陝，孫淵如居幕府。淵如素狂，靈岩實能容之。然亦有時匡正靈岩，非唯阿取容而已。有長安生員某，揭咸陽生員某偽造妖書，結黨謀逆，已捕置獄中矣，並搜獲妖書及名冊，刑幕縱臾窮治之，將興大獄。淵如聞有妖書，約洪稚存同往，就請假觀，則皆剽襲佛門福利之說，為誘脅箕斂計，並無悖逆字樣，名冊乃編造門牌底稿也。時方隆寒，爐火甚熾，二公出其不意，遽雜燒之。刑幕以白中丞，中丞坦然，事竟冰釋。

七四　審賊妙法

嘉慶朝，四川簡州牧宋靄若，佚其名。有積案猾賊，不畏嚴刑，以不能得其實事，乃於公案取錦箋十幅，詩韻一部，前列四役，旁侍一童，以訊賊事。賊無言，先作絕句二首。再訊之，賊無言，繼作五七律各一首；又訊之，賊無言，乃作短古一首。賊竟無言，更作長七古一首，朗誦不已。遂不復訊賊。時漏已三轉，役倦如醉，童癡如木，而賊不覺泣下，自言賊不畏嚴而畏清也，乃具言所事。大興舒立人作〈折獄篇〉，而為之序如此。余意此案得其情實信有之，此賊殆意氣豪邁者，靜夜聞咿喔聲，其為不可耐，有甚於桁楊刀鋸，故不惜傾吐底裡，藉免目前之阨厄，安所謂不畏嚴而畏清者，且公案吟詩，亦何與於清也。

七五　李香君小影述聞

錢塘陳退庵《熙道堂詩．題李香小影序》云：「丙寅冬日，梅庵宮保勘河雲梯關，於安東行館壁間得明李香小影，寫在聚頭扇面上。長身玉立，著澹紅衣，碧襦，白練裙。圖中梅樹二，映以奇礓。憑梅佇立，眉宇間有英氣恨色。」後署「辛卯四月，為香君寫照」。款曰「洛生」，印曰「馬振」。按：余澹心《板橋雜記》云：「李香身軀短小，膚理玉色，慧俊婉轉，調笑無雙，人名之為香扇墜。」澹心贈詩，有「懷中婀娜袖中藏」之句。此云身軀短小，彼云長身玉立，詎初時嬌小，後乃苗條耶？辛卯香君年約十九二十。

七六　柳如是勸錢牧齋殉節

柳如是勸錢牧齋殉節，牧齋不聽。牧齋卒，如是殉焉。方芷生歸楊龍友，勸龍友殉節。陳退庵〈秦淮雜詠〉有云：「勸郎殉國全忠義，更有當年方芷生。」葛嫩，字蕊芳，歸桐城孫克咸。江上之變，克咸移家雲間，間道入閩，授監中丞楊文驄軍事，兵敗被執，並縛嫩。主將欲犯之，嫩不從，嚼舌碎，含血噀其面，將手刃之。克咸見嫩抗節死，乃大笑曰：「孫三今日仙登矣。」亦被殺，何舊曲之多烈媛也。意者，明之季年，士大夫敦尚氣節，一時眉嫵西家，燕支南部，舞餘歌闋，多聞忠義憤發之談，有以潛移默化於不覺耶。

七七　王翹雲軼事

秦淮校書王翹雲嘗以舌血染絹素，贈汪紫珊。松壺道人仿《桃花扇》故事加點綴焉。郭頻伽、陳竹士並有詞紀之。陳退庵〈後秦淮雜詠〉云：

畫筆空勞點染工，尚留餘恨在春風。
桃花潭水深千尺，不及羅巾一捻紅。

七八　甘文焜殺妾饗士

睢陽殺妾，後人或議其忍，不圖後世，乃有仿而行之者。甘文焜，遼東人，康熙十二年為雲貴總督。吳三桂反，致書貴州提督李本深，慷慨數千言，約共剿御，而本深以安順應賊。甘知貴陽不可守，遂馳下鎮遠，殺其妾以饗士，冀招楚兵扼隘。而副將姜議先已從賊。甘知事不可為，乃自縊於吉祥寺。事聞，贈兵部尚書，謚忠果。

七九　嘉慶張鐵槍

五代時，梁將王彥章以鐵槍稱，雖屢建奇功，躋身將帥，而不令其終。嘉慶朝，淮寧有張鐵槍，名永祥。丁巳二月，白蓮教賊婦齊王氏自楚掠豫，勢將南趨襄城葉。賊五千人，張以鄉兵三百，破之於盧氏。賊遂潰竄秦蜀間，而中州無賊矣。當事者給張把總銜，棄之而去。又十年，儀徵文達阮公撫河南，乃羅致麾下。洎文達再撫浙，命從行，教習溫寧營槍法。文達內召，張送別至儀徵，乃應儀徵知縣屠孟昭之聘，捕縛蔣光斗等若干人置諸法，皆十餘載漏網之戎首也。其他渠梟積滑，擒治略盡。張諸技皆長，而槍法尤絕，其人則恂謹若書生，忠信出於天性。大興舒立人賦詩贈之，當是時，蓋猶在儀徵縣署也。夫王鐵槍見用而非其時，張鐵槍懷才而不見用，其為不盡其才，一也。夫張鐵槍挾不可一世之慨，落拓風塵，至樂為儀徵縣令之用，若猶有知己之感然，詎不重可悲夫。

八〇　文鏡堂官道遇合之奇

光緒戊子，滿洲文鏡堂以潼商道兼權陝西巡撫。越十年，戊戌在川臬任，值將軍出缺，總督藩司，均新簡，未到任，文又得護督篆。向來臬司首道，護理督撫，亦事之常，無足異者。惟至於再則僅見，亦遇合之奇也。

八一　誤書致嘲

某督部初蒞任，凡候補道稟見，延入廳事，必令先寫履歷呈閱，然後出見。某道員曾榷鹽綱，所寫履歷於鹽字鹵中之四點，布置不勻，幾不成字。無名氏作詩嘲之云：

鹽差原不是鹽差，鹵莽塗成草草鴉。
一個臣兮猶簡便，何如點爾怪紛拿。
毫揮苦恨歪田窄，汗出應沾半面麻。
屬吏風流喬太守，鴛鴦簿上也交加。

八二　張之洞幕僚多才俊

光緒乙未、丙申間，張文襄權江督，幕僚多才俊。值暮春佳日，觀察數公相約踏青，訪隨園故址，謁簡齋先生墓，七姬墓亦在焉。隨園大門外有石碣，刻王夢樓先生撰序，姚姬傳先生題名，或摩挲憑弔久之。歸途集顧石公寓園，縱談遊事，石公亦秣陵耆宿也。某觀察者夙有通才之目，席間謂石公曰：「袁公七姬，其一姓姚，頃見石碑上有姚姬傳字樣。此傳公曾讀過否？」石公瞠目不能答，越日而此事乃盛傳白下。

八三　古錢幣見聞

曩余少時，往往於行用制錢中得古小平錢佳品，如平當五銖，永安五銖，二面乾封泉寶，二面天啟之類，占畢之餘，以為至樂。自銅元盛行，孔方戢影，此樂不復可得。比閱某官書有云：「廣東雷州府向來行用古錢。」就令其說信然，今亦未必然矣。

八四　潘文勤論書

曩寓京師，於廠肆得舊鈔三冊，皆考論金石書畫之作，太半未經刻行。內有潘文勤與諸姪論書數葉，老輩風趣，流露於楮墨之表，茲錄一則如左。

天涼後，吾欲令姪輩看吾寫大字。凡此七人，吾當各為寫一扁一對一屏，須用磠箋、白磠黃磠均可，勿用生紙，紙由尊處備，墨由尊處研，若伺候則兄帶人來。蓋尊處人，向不慣伺候寫字。兄寫字易怒，如《儒林外史》末卷，季君一怒，則不能寫。雖在懋勤殿寫字，亦未嘗改乎此度，而太監等亦服者。蓋伺候三十年，深知之也。若不知者，越巴結，越怒，則一字亦不能寫。吳人自以為機靈，其實大愚也，但能放膽作契耳，此外何能哉！姪輩小字可以言說，大字必須目睹，乃能得其旨也。雖不必好，亦勝於盲人瞎寫焉。若不須，則亦不必，兄非以此求售。姪輩即能書，亦無用，人之動名不在書，且亦貤封不到我。

八五　戲嘲名士

《板橋雜記》云：「劉元佻達輕盈，有一過江名士與之同寢，元避面向裡帷，不與之接。拍其肩曰：『汝不知我為名士耶？』元轉面曰：『名士是何物，值幾文錢耶？』相傳以為笑。」皐蘭朱香孫《瞑庵二識》云：「某官素惡名士，嘗曰：『名士名士，能辟穀乎？』余聞之，戲為詩曰：『名士原無辟穀方，貴人休替達人忙。冰山我有天公在，勝似人家沈部堂。』」同一鄙夷名士之言，受之美人可忍，聞之俗吏不可耐，彼拍肩人，博得劉元一轉面，寧非幸乎。

八六　和珅善揣摩聖意

純廟晚年，每多忌諱。當修乾清宮上樑之日，預敕奏事處：「是日凡直省章奏，不必進呈。」蓋恐有觸忌語也。時和珅管奏事處，獨進直隸總督一摺，摺中皆吉祥事，督臣梁肯堂也。即日和與梁皆蒙嘉獎。和之揣摩迎合，大率類此。

八七　購先人書進呈

庚寅正月某日，中班入直，過廠肆東火神廟，匆匆入內瀏覽。見地攤有篆隸書一冊，用極精竹紙，間黏高麗箋。篆徑不逾四分，隸稱是。所書或古文一段，或陶詩、杜詩一二首，必兩段相同，後段末署「臣汪由敦書」，前段蓋宸翰也。議定價五金，約翌日往取，因未攜資，又不能返寓，迨下直則向夕矣。明日以午前往，甫抵廟門，值常熟相國自內出，手攜此冊，詢其價，則十金矣。常熟行走毓慶宮，購此冊以進呈，甚為得體也。

八八　繆嘉蕙供奉慈禧軼事

繆嘉蕙，字素筠，雲南人，善篆隸書，尤工畫。歸於陳，早孀。光緒十五年五月四日，奉特宣入儲秀宮，供奉繪事。庚子西幸，隨駕至長安，仍居宮中。太后幾暇無事，輒召入寢宮，賜坐地上，間論今古。內監皆稱為繆先生。有兄嘉玉，由舉人教習某官學，期滿可得知縣，嘉蕙為言不勝外任，冀特予京秩，詎竟以教職用。未幾，入貲為內閣中書舍人，事在壬辰、癸巳間。嘉蕙隨駕至秦，有姪留滯北都，姪婦年二十餘，嘉蕙攜以自隨，居於太后寢宮東偏小室中，終日不得出戶。嘉蕙參承禁闥，入陪清宴，出侍宸遊，垂二十餘年，國變後不聞消息矣。有《供奉畫稿》，武進屠寄為之敘。

八九　潘曾沂習虛靜而成通照

大凡中人以上之姿，大都具有慧根焉。能善葆其清氣，涵養其性靈，可以通於神明，彰往察來，而知變化之道。吳縣潘功甫舍人，文恭冢子，值文恭當國，深自韜匿，就所居鳳池園，構一椽曰船庵，鍵關謝人事，終日焚香讀書，澆花洗竹，一家如在深山中。一童子應門，客至受柬門隙，無貴賤一不報。中間省視京邸者再，往返數千里，亦不見一客。俗所用署名小紅箋，擯不具者二十餘年。中歲以後，長齋禮佛，究心內典。生平不為術數之學，而自言夢輒驗，仿東坡《夢齋》，作正續《三十六夢龕圖》。弟曾瑩舉京兆，從子祖蔭捷南宮，咸預知次第不爽。壬子春，趣工治義井，鑿新濮舊，凡四五十區，人莫測也。無何，秋八月不雨，至冬十有一月，城中擔水值百錢，遠近賴以得飲，始大異之。殆佛家所謂習虛靜而成通照耶？抑吾儒所謂至誠之道，可以前知耶？見馮桂芬撰墓志。又石埭楊仁山生平耽悅內典，寓江寧碑亭巷有年，專以刻經為事。辛亥八月十八日，置酒集親朋䜩飲。談次，屢示話別之意，皆以為暮年人常態也。翌日，竟無疾而逝。其屬纊之時，即革命起事之時，亦云異矣。

九〇　閻文介性喜樸質

閻文介性喜樸質。管戶部日，吾邑謝春谷官主事，雲南司主稿，兼北檔房。一日，文介謂謝曰：「取名何必用華字，謝固別有奧援者。」從容對曰：「中堂以華字為嫌，然則取名當用夷字耶？中堂異日若奉命轉文華殿，抑亦拜命焉？否耶？」文介默然，未嘗以為牾也。某司員工於揣摩，故用舊憲書，夾名片置袖中，於堂見時，誤墜於地。文介問攜此何為，則對曰：「買一護書，需京錢數千，為節費計，以此代之。」文介獎藉有加，自後屢予烏布。相傳其撫晉時，屬吏中有以衣冠華整及帶時辰表名列彈章者，官無大小，皆著布袍褂。有知縣某，獨綢袍緞褂，文介大不謂然，亟以崇儉去奢誡之，詞色俱厲。某鞠躬對曰：「卑職非敢不儉也，近來布袍褂，未易購求。有之，價亦絕巨，以購者眾也。卑職貧寒弗克辦，綢緞者，屬舊有，故用之。」文介亦無以難也。嗟乎，其在於今，華服帶表之風，亦已古矣。采采西人之衣服，熒熒寶石之約指，不知文介見之，又將何如。

九一　慧由靜生

慧由靜生，一切不學而能。釋敬安，字寄禪，楚人，農家子。幼誓出家，然指求法，精進甚苦。初識字無多，未幾，忽通曉經論，尤工吟詠，以〈白梅〉詩得名，詩十首，錄其六云：

其一

覺繁華夢，惟留澹泊身。意中微有雪，花外欲無春。
冷入孤禪境，清於遺世人。卻從煙水際，獨自養其真。

其二

而我賞真趣，孤芳只自持。澹然於冷處，卓爾見高枝。
能使諸塵淨，都緣一白奇。含情笑松柏，但保後凋姿。

其三

寒雪一以齊，浮塵了不生。偶從溪上過，忽見竹邊明。
花冷方能潔，香多不損清。誰堪宣淨理，應感道人情。

其四

了與人境絕，寒山也自榮。孤煙澹將夕，微月照還明。
空際若無影，香中如有情。素心正宜此，聊用慰平生。

其五

絕壑無尋處，高寒是我家。苦吟終見骨，冷抱尚嫌花。
白業宜薰習，清芬底用誇。卻憐林處士，只解詠橫斜。

其六

人間春似海，寂寞愛山家。孤嶼淡相倚，高枝寒更花。
本來無色相，何處著橫斜。不識東風意，尋春路轉差。

詩境清空沖穆，非不食人間煙火不辦。有《八指頭陀詩集》二冊刻行，其他作亦稱是。王湘綺為之序，以賈島、姚合比之，非溢美也。惜乎行間字裡，間有某中丞、某尚書、某布政、某考功，為明鏡之塵埃耳。

九二　沈文肅夫人乞援書

沈文肅夫人，林文忠之女也。咸豐丙辰，文肅守廣信，時髮逆楊輔青連陷貴溪等縣，郡城危在旦夕。文肅適赴河口勸捐，歸恐無及，夫人刺臂血作書，乞援於饒總兵廷選。饒得書，星夜馳赴，甫抵郡而文肅亦歸，城賴以全。向來閨媛工詩詞者夥矣，能文者不數遘。夫人此書，尤為義正詞嚴，不能有二之作，亟錄之：

將軍漳江戰績，嘖嘖人口，里曲婦孺，莫不知海內有饒公矣。此將軍以援師得名於天下者也。此間太守，聞吉安失守之信，預備城守，偕廉侍郎往河口拜餉招募。但為勢已迫，招募恐無及；縱倉卒得募而返，驅市人而戰之，尤為難也。頃來探報，知昨日貴溪失守，人心惶惶，吏民舖戶，遷徙一空，署中童僕，紛紛告去。死守之義不足以責此輩，只得聽之，氏則倚劍與井為命而已。太守明早歸郡，夫婦二人荷國厚恩，不得藉手以報，徒死負咎，將軍聞之，能無心惻乎？將軍以浙軍駐玉山，固浙防也。廣信為玉山屏蔽，賊得廣信，乘勝以抵玉山，孫吳不能為謀，賁育不能為守，衢嚴一帶，恐不可問。全廣信即以保玉山，不待智者辨之，浙省大吏不能以越境咎將軍也。先宮保文忠公奉詔出師，中道齎志，至今以為心痛。今得死此，為厲殺賊，在天之靈，實式憑之。鄉間士民，不喻其心，以輿來迎，赴封禁山避賊，指劍與井示之，皆泣而去。太守明晨得餉歸後，當再專牘奉迓。得拔隊確音，當執爨以犒前部，敢對使幾拜，為七邑生靈請命。昔睢陽嬰城，許遠亦以不朽。太守忠肝鐵石，固將軍所不吝與同傳者也。否則賀蘭之師，千秋同恨，惟將軍擇利而行之。刺血陳書，願聞明命。

云云。光緒甲申，江西撫臣潘霨奏請以夫人附祀廣信府文肅專祠，報功也。

九三　諧聯

同治、光緒間，寶文靖當國，有內閣中書蘇州人吳鋆，因與文靖同名，改名均金。適其婿某捷禮闈，得內閣中書，無名氏撰聯云：「女婿頭銜新內翰，丈人腰斬老中堂。」相傳以為笑。

九四　晚清時勢與書法風尚

道光朝，風尚柳誠懸書法，時稱翰林院為柳衙，南書房為深柳讀書堂，清秘堂為萬柳堂。當時士大夫猶稍知名節為重。迨同治朝，則專取光圓。光緒朝，尤競尚姿媚，而風骨日見銷沉。仕途為之波靡，勿謂藝事罔關風會也。

九五　清太廟樹木鳥類保護有加

清太廟在午門內，廟內樹木陰森，歷二百數十年。不惟禁止翦伐，即損其一枝一葉，亦有罪。樹上棲鴉，亦托芘蕃育，為數以萬億計，日飼以肉若干。有成例：凡鴉晨出暮歸，必在開城之後、閉城之前，由禁門內經過，絕無飛越城垣之上者。余嘗目驗之，信然。自辛亥已還，未知鴉類亦革命否耳。

九六　動植物寄生趣談

桑有寄生，葡萄、枇杷有寄生，皆入藥。吾廣右興安、全州一帶有紅蘭，寄生古松樹上，開時香聞數里，奇矣。此植物類之寄生也。鰻乃寄生烏鱧鬣上，春深有細蟲即鰻，稍能游泳即脫去，鋃魚亦蜆蚌口上寄生，此動物類之寄生也。

九七　光緒帝以社稷壇牧羊

德宗某年謁東陵，帶二山羊回京，不知何所用也，以牧養之處問御前太監。某監以社稷壇對，謂地方空曠，且多青草。時福相為內務府大臣，以羊付之，福唯唯遵旨，牽羊至壇，交九品壇官德某。德毅然曰：「社稷壇何地，乃可牧羊乎？有上諭否？」福以僅奉玉音對。德不受，福無以難之，遂置羊他所，羊旋斃。後有旨索羊，福輒購二頭以進。此壇官殊可傳，惜其名記憶不全矣。

九八　李蓮英窺視福相

光緒中葉，內監李蓮英怙寵滋甚。儀鸞殿側有斗室，為大臣內直憩息之所。一日，李在此室，於頗黎窗中見福相將至，故含餘茶於口俟福至。甫及簾，李驟揭簾，對福噴茶，若吐漱然，淋漓滿面，亟笑謝曰：「不知中堂到此，殊冒昧。」福無可如何，徐徐拭乾而已。李之窺視大臣，所以示威福，福尤其所狎而玩之者也。

九九　公主尊貴視親王有加

公主尊貴，視親王有加。京朝官遇親王於途，停車讓道而已；惟遇公主杏黃轎，則車若向東，必須勒回向西。凡執御者知之，無庸車中人為之區別也。相傳公主下嫁，閫闈之內禮節煩苛，絕無伉儷之樂。惟九公主力矯此習，對於額駙，悉脫略繁文，夫唱婦隨，與尋常家庭無以異。宮眷或嘲笑之，不以為意也。

一〇〇　王陳二人同考異遇

清時雲貴兩省公車例得馳驛。人各一車票，若二人共乘一車，則其一車票可轉售與人，得資貼補旅費，計甚得也。道光間，有貴州王生肇桂、陳生濬明，平素交情款洽，鄉闈同捷，遂同車北上，不第，仍同車南旋。次科復同車北上，則乙巳恩科也。甫頭場，陳忽於號舍自縊，於試卷上寫冤單，略謂：「己與王舉人肇桂交誼甚深，前科北上南旋，及本科北上，皆同車，事誠有之。詎有不逞之徒，揑造穢褻不堪之言，橫加誣蔑，至謂吾二人互相待遇，有同餘桃斷袖之為。肇桂慚憤至極，因而自縊。其鬼有靈，來索同死。吾二人情同膠漆，肇桂死，某原不願獨生。」云云。一時外簾各官莫不傳聞此異。明日，二場點名，至貴州省，乃竟有王肇桂其人。當事者大異之，亟舉陳事以問。肇桂對曰：「姑無論事之有無，舉人固生存，何嘗自縊也，何庸辯？」榜發，肇桂竟中式，旋以殿試懷挾，褫革貢士，交刑部枷杖。此事誠奇絕古今。王、陳方同應會試，安得有王之鬼索陳之命，而陳固真死。荒唐中之荒唐，誠百思不得其解。曩閱某說部載有一事，某甲與某乙積憾甚深，甲之膂力強於乙。某日向夕，相遇於某橋。甲四顧無人，亟擠乙墮水，惶遽而歸。越數日，下流數里，有屍浮出，男也，面目已不可辨。甲聞之殊忐忑，而人固未有疑之者。未幾，甲忽發狂疾，時時自撾撲，甚至刀劃錐刺，幾無完膚，並誦言其隱事，謂乙之鬼來索其命也。乙家鄉僻寒微，本無力訴訟，鄉愚之見，謂早已罹冥罰，必不久於人世，益復姑置之，乃乙忽挾青蚨數貫歸。蓋墮水後，被救於舟人，第委頓不遽能語。載至二十里外某村，值農忙，遂留於彼傭工。田事畢，始告歸，青蚨則傭資也。聞甲病狀，亟自往見之，詢解明白，甲病亦尋癒，彼此釋夙怨焉。此與王、陳事略相類，然較王、陳事為有因，而王、陳事尤離奇。其殆挽近新學家所謂關涉心理者非耶？又某醫案，謂凡病人昏瞀中見神鬼，無論如何奇特，皆不可信，仍是臟腑發見之疾，其消息至微，於此等事可參。

一〇一　科場之幸與不幸

黟縣俞理初博學多通，久困膠癢，夙蜚聲譽。道光辛巳，江南鄉闈監臨蘇撫某公遍諭十六同考官，某字號試卷切須留意。是科正主考湯金釗，副主考熊遇泰，同考某，呈薦於副主考，並面稟中丞之言，熊公大怒曰：「他人得賄，而我居其名，吾寧為是。中丞其如我何？」竟擯棄不閱。同考不敢再瀆，默然而退，以為卷既薦，吾無責焉矣。填榜日，監臨主考各官畢集至公堂，中丞問兩主考：「某字號曾中式否？」湯公曰：「吾未之見也。」熊公莞爾而笑曰：「此徽州卷，其殆鹽商之子耶？」中丞曰：「鄙人誠愚陋，亦何至是。乃黟縣俞正燮，皖省績學之士，無出其右者也。」熊公爽然，亟於中卷中酌撤一卷，易以俞卷，未嘗閱其文字也。凡人意氣太盛，往往誤事。熊公誠侃侃剛直，惜乎稍未審慎出之。向使監臨以面問為嫌，不幾屈抑真才耶？越十二年，癸巳會試，阮文達以雲貴總督入為總裁，異數也。理初卷，同考王菽原薦於曹文正，文正素惡漢學，抑之。文達以未得見，深為扼腕。菽原為刻所著《癸巳類稿》十五卷，而為之序。夫科第雖微物，信有命焉。文達以未見理初卷為惜，就令見之，安知不為東坡之目迷五色者。唯是當理初時，有一文達而不克遇為可惜耳。若並無文達之可遇，不更無怨無尤哉。

一〇二　通人韻士不掩貧

在昔通人韻士未嘗以貧為諱，往往形諸楮墨，藉可考見其清德，而亦流傳為佳話。明王雅宜借銀券文曰：

立票人王履吉，史文壽承作中，借到袁與之白銀五十兩。按月起利二分，期至十二月，一並納還，不致有負。恐後無憑，書此為證。嘉靖七年四月日，立票人王履吉押，作中人文壽承押。

錢竹汀為賦七言長篇，有云：「詩人多窮乃往例，四壁蕭然了無計。雅宜山色難療飢，下策區區憑約契。」朱竹垞析產券云：

竹垞老人雖曾通籍，父子只知讀書，不治生產，因而家計蕭然，但瘠田荒地八十四畝零。今年已衰邁，會同親族分撥付桂孫、稻孫分管，辦糧收息。至於文恪公祭田，原係公產，下徐蕩續置蕩七畝，並荒地三分，均存老人處辦糧，分給管墳人飯米。孫等須要安貧守分。回憶老人析箸時，田無半畝，屋無寸椽，今存產雖薄，能勤儉，亦可稍供饘粥，勿以祖父無所遺，致生怨尤。儻老人餘年再有所置，另以續析。

此可與蘇文忠馬券，香光居士鬻田契並傳不朽矣。

一〇三　繆蓮仙所輯文章遊戲

仁和繆蓮仙所輯文章遊戲多至四十餘卷，雖無關大雅，而海內風行。蓮仙工豔體詩，有〈春日郊行即事〉云：「阿誰行露手雙攜，窄窄弓鞋滑滑泥。願化此身作筇杖，替伊扶過板橋西。」為時傳誦，有「繆板橋」之稱，或曰當改「繆筇杖」，可與「蘇繡鞋」作確對也。曩余賦〈臨江仙〉詞有句云：「願為油壁貯嬋娟，願為金勒馬，寧避紫絲鞭。呼我為馬，應之曰馬，可耳。」

一〇四　謎詩四首

先輩有言，文藝之事，惟燈謎與圍棋。今人突過古人，機心勝也。先大父花矼公有《燈謎》二巨冊，大都渾雅有餘，尖巧不足。錄謎詩四首如左：

其一

永嘉徐照與徐璣，翁卷還連趙紫芝。
解奉唐人為軌范，是何名譽在當時。
（《禮記》一句，謂之四靈。）

其二

鹵汁杭灰細酌量，摶沙不惜屢探湯。
黃金變作琅玕色，白玉凝為琥珀光。
圓象渾成丸可擬，花紋隱映畫難方。
縱然融化如膠漆，也合黎祈與共嘗。
（物一，皮蛋。）

其三

楮生滿腹貯粃糠，野艾從茲不擅長。
既有微雲生氣燄，全無利喙肆鋒芒。
解嘲權比梅花帳，謬獎居然龍腦香。
昔日高郵如爇此，露筋何至歎紅妝。

（物一，紙蚊煙。）

又一字至七字詩云：

好，
工。
是寶，
非銅。
堪拂拭，
謝磨礱。
分臨秋水，
近隔眉峰。
邊隨長纜繫，
上有小橋通。
說者名為靉靆，
看來不復朦朧。
助彼綠窗挑繡姥，
資予棐几讀書翁。
（物一，眼鏡。）

詩體平正穩成，雖餘事末技，亦具先正風格。

眉廬叢話　第三卷

一〇五　名字絕對

李季，宋人，見《廣川書跋》。林材，明人，著《福州府志》七十六卷，見《千頃堂書目》。二人姓名，可稱絕對（季增李一筆，材減林一筆），不能有二。

一〇六　半臂非胡服

半臂非胡服也。葉石林云：「即褙子，古武士之服，後又引長其兩袖。」云云。

一〇七　祖孫同日而亡

江陰炮臺官吳祖裕以營謀得差，對於所部軍隊嘗以利歆動之。未幾，臺兵嘩變，祖裕竟被戕，時四月十三日也。先是，祖裕之祖名瑛，字仲銘，於咸豐庚申督鄉兵禦髮逆殉難，亦四月十三日。無名氏制聯云：「正款一萬二千，雜款一萬二千，好兄好弟大家來，青天鵝肉。陰曆四月十三，陽曆四月十三，乃祖、乃孫同日死，泰山鴻毛。」

一〇八　王相國屍諫議和

道光壬寅，朝議與英吉利媾和。蒲城王相國文恪力爭不獲，遂仰藥死，以尸諫。遺疏力薦林文忠，痛劾琦善。其門人渭陽張文毅芾以危詞恫喝其公子溉，竟匿不上。溉官編修，以此事為時論所輕，迄不復能顯達。芾後守江西最有功，江西人作廟祀之，比於許旌陽。而茲事實為盛德之累，論者惜之。

一〇九　黎培敬因左宗棠及第

咸豐時，駱文忠撫湖南，左文襄居幕府，適總兵樊燮以貪儒被嚴劾，燮疑文襄所為，因熒惑某督部，構文襄急。值庚申會試，亟入都以避之。闈中各考官相約毋失文襄。未幾，得湖南一卷，文筆絕瑰瑋，皆決為文襄，亟取中之。及揭曉，乃湘潭黎培敬也。後由編修官貴州學政。時貴州大亂，培敬募壯士百餘人，擊賊開道。三年按試皆畢，朝廷以為能，授貴州布政使，經營戰守十餘年。賊平，擢巡撫，盡心民瘼，黔人至今思之。

一一〇　與繆荃孫戲談字誤

偶與藝風繆先生談「而」字典故，有兩事絕可笑。某甲作八股文一篇，自鳴得意。其友請觀，不許；請觀其半，亦不許。乃至小講、承題、破題，至於一句，皆不許。請觀其第一字，許之。及其鄭重出示，乃是「而」字。又道光戊戌科，江南鄉試，首題「博學而篤志，切問而近思」。解元鄭經文，平分四比，抛荒兩「而」字，似「博學篤志、切問思思」題文。殿軍甘熙文純用交互之筆，於四項之首，一律作轉語：似「而博學而篤志而切問而近思」題文。說者謂解元文，題目中兩「而」字移置殿軍文題目二句之首矣。昔有人讀《大學》：「知止而後有定定，而後能靜靜，而後能安定，而後能慮慮，而後能得。「謂」「句」末少一「得」字。迨後讀《論語》：「少之時，血氣未定，戒之在，色及其壯也，血氣方剛，戒之在。鬥及其老也，血氣既衰，戒之在。」謂衍一「得」字。忽恍然悟曰：「原來《大學》中所少『得』字，錯簡在此。」因第二事牽連記之。

一一一 阮元軼事

囊閱某說部有云：

阮元初入翰林時，和珅為掌院學士。一日，玉音從容謂珅曰：「眼鏡別名靉靆，近始知之，」珅退以語元，且曰：「上不御此也。」未幾大考，詩題即〈靉靆〉，元詩獨工，得蒙睿賞，拔置第一。不數年，遂躋清要。

余意此殆當時薄夫嫉忌，誣蔑文達之詞。眼鏡別名靉靆未為癖典，淵博如文達，寧有不知，即其詩句：「眸瞭奚須此，瞳重不恃他。」云云，亦非理想所萬不能到。詩家詠物，用筆稍能超脫，命意略有翻騰，安見弗克辦者。謂之無心巧合則可，詎必受之於和珅。文達夙賦雅性，對於庸庸視肉者流，或不免為青白眼。即如晚歲恒貌聾以避俗，唯龔定盦至，則深談竟日夕。揚人士為之語曰：「阮元耳聾，逢龔則聰。」若斯之類，出於少年，即招尤府怨之道矣。

一一二 八旗會館壁上諧詩

友人某君告余，光緒壬寅、癸卯間，於役吳門，偶遊八旗會館，見壁間黏絕句二十首，惜記憶不全，僅記其較有風趣者。詩云：

進士居然以大稱，南天仗鉞勢崚嶒。
三吳自昔推繁盛，鏟地長鑱也不勝。

眉廬叢話又：

低昂價值視漕糧，州縣繁多費審詳。
一任貪聲騰眾口，奧援賴有慶親王。

又：

專差妥速走京華，十萬腰纏辦咄嗟。
此次並非因節壽，尋常盤盒送親家。

又：

今朝南匯昨陽湖，幾輩寒酸合向隅。
侍婢匆匆傳諭帖，專差上海買珍珠。

又：

口脂面藥學紅人，幾輩爭妍巧笑顰。
畢竟承恩難恃貌，也須腰橐富金銀。

又：

紛紛新政絕張惶，警察徵兵辦學堂。
入告總言經費絀，幾多膏血潤貪囊。

又：

千萬纏腰飽更饞，天威不畏況民岩。
全憑獨斷成公事，那許兼圻不會銜。

又：

銀燭高燒簽押房，牙牌端正未登場。
芙蓉香霧氤氳裡，高唱時聞京二簧。

又：

此事由來甚畫眉，斷無兄弟可怡怡。
劇憐草草埋香日，冠玉陳平淚暗垂。

又：

名花召到近黃昏，小轎直穿東角門。
歸去娘姨傳好語，大人恩典會溫存。

又：

臉兒小白辮長青，袖窄腰纖態鯽伶。
直恁風流似張緒，教人掩鼻是銅腥。

又：

漂亮誰如大紈綺，輕儇合作小司官。
才庸尚是南中福，只夠貪頑不夠奸。

一一三　曾文正自撰墓碑銘詞

曾文正嘗自言：「百歲之後，墓碑任人為之，唯銘詞則自撰：不信書，信運氣。公之言，告萬世。」云云。文正斯言，可謂窮理盡性，以至於命者矣。命者，轉移運氣者也。運氣者，命之否泰之所流行也。凡人智慧具足，事理通達，假我斧柯，烏在弗能展布者。是故阮籍窮途之哭，非哭窮途也，時命不猶，所如輒阻，雖有裁雲鏤月之才華，補天浴日之襟抱，亦唯置之無用之地，甚至俯仰不能以自給。俾吾生有用可貴之光陰，長銷磨於窮愁抑塞中，寧不圖尺寸之進稍自振拔，其於運氣何哉。是則感士不遇，昔人所為廢書而三歎也。

一一四 王之渙〈出塞〉詩可作詞讀

唐王之渙〈出塞〉詩可作長短句讀，唯末句之下，須疊首三字方能成調：黃河遠，上白雲間一片，孤城萬仞山，羌笛何須怨，楊柳春風，不度玉門關。「黃河遠」，近人有仿之者，即以〈黃河遠〉名調，亦可詩、詞兩讀，見張玉穀《昭代詞選》。

一一五 和珅侍姬卿憐

和珅侍姬卿憐，吳姓，蘇州人。先為浙江巡撫王亶望妾，亶望字味陳，平陽人。官浙蕃時，曾刻「米帖」凡四集，梁山舟為之跋，亦大僚中風雅者也。後擢巡撫，適丁憂，應回籍。朝廷以海寧改建石塘，王在浙肯擔當事務，令其在工督辦。與李質穎共事，意見不合。李赴京奏王居喪攜眷，安住杭州。旋奉諭旨，有云：「伊父王師，品行甚正，不應有此等忘親越禮之子，褫王職，仍留工效力。」未幾，甘肅收捐監糧案發，竟服上刑，卿憐為蔣戟門侍郎錫棨所得。時和珅方枋用，以獻於珅。嘉慶己未，珅敗，卿憐沒入官。作絕句八首，敘其悲怨云：

其一

曉妝驚落玉搔頭（自注：正月初八日，曉起理鬢，驚聞籍沒），宛在湖邊十二樓（王中丞撫浙時，起樓閣，飾以寶玉，浙人相傳，謂之迷樓。和相池館，皆仿禁苑）。魂定暗傷樓外景，湖邊無水不東流。

其二

香稻入唇鶯吐日（自注：和府查封，有方餐者，因鶯吐哺），海鼎列陳厭嘗時（自注：和府查封，庖人方進燕窩湯，列屋皆然，食饜多陳几上。兵役見之，紛紛大嚼，謂之洋粉云）。
峨嵋屈指年多少，到處滄桑知不知。

其三

緩歌慢舞畫難圖，月下樓臺冷繡襦。
終夜相公看不足，朝天懶去倩人扶。

其四

蓮開並蒂豈前因，虛擲鶯梭廿九春。
回首可憐歌舞地，兩番俱是個中人。

其五

最不分明月夜魂，何曾芳草怨王孫。
樑間燕子來還去，害殺兒家是戟門。

其六

白雲深處老親存，十五年前笑語溫。
夢裡輕舟無遠近，一聲款乃到吳門。

其七

村姬歡笑不知貧，長袖輕裾帶翠顰。
三十六年秦女恨，卿憐猶是淺嘗人。

其八

冷夜癡兒掩淚題，他年應變杜鵑啼。
啼時休向漳河畔，銅雀春深燕子棲。

以詩考之，卿憐歸王時年十四，和珅籍沒時，年二十九。自茲以往，處境奚若，不復可考。詩筆隱秀，亦賀雙卿、邵飛飛之流亞，閨閣中未易才也。時命不猶，曷勝可惜。陳雲伯〈卿憐曲〉云：

卿憐本是琴河女，生小玲瓏花解語。
十三嬌小怨琵琶，苦向平陽學歌舞。

平陽歌舞醒繁華，移出雕闌白玉花。
倖免罡風吹墮圂，從今不願五侯家。
侍郎華望慇懃顧，移入侯門最深處。
欲使微名達相公，從今卻被東風誤。

言先歸王後歸和也。又云：

獨有紅閨絕代人，網絲塵跡弔殘春。
將軍西第凝紅淚，阿母南樓夢白雲。
哀詞宛轉吟香口，珠啼玉泣嗟誰某。
昨日才歌相府蓮，今朝已歎旗亭柳。

言和籍沒後賦詩悲怨也。曲長不具錄。

一一六　相國陳宏謀

桂林相國陳文恭宏謀，乾隆三十二年三月授東閣大學士，始奏請將原名上一字改用「宏」字，前此揚歷中外，一切摺奏書名，均未改避。乾隆朝政體較雍正為寬大，此其一驗也。文恭精研宋學，著述閎富，《培遠堂全書》為冊百，余家舊有之，後聞書板歸岑襄勤家，稍有殘缺，襄勤為之修補。襄勤逝後，其後人不知愛惜。廣右地濕易蠹，今殆不復可問矣。

一一七　出國工使笑話

自海禁開通已還，吾國出使大臣往往離奇怪誕，騰笑異邦，某大臣身負工詩，嘗用西法攝影，以正坐不露翎頂，因而側坐，並自題絕句云：

巍巍一柱獨擎天，體自尊崇勢自偏。
正是武鄉侯氣象，側身謹慎幾多年。

又過某國時，暫駐使館，與某大臣唱和，詩中有一「夜」字，「夜」下一字寫法在「邑」與「色」之間，自云：「典故本此字不清，作邑作色皆可，故兩從之。」清之季年，官場辦公以模稜為要訣，此公更通之於吟事矣。

一一八　蘇東坡有神智體詩

蘇東坡詩有神智體〈晚眺〉一首：

長亭短景無人畫，老大橫拖瘦竹笻。
回首斷雲斜日暮，曲江倒蘸側山峰。

其法：「亭」字寫極長，「景」字寫極短，「畫」寫作「畵」，「畫」無人，「老」字寫稍大，「拖」字橫寫，「笻」字竹頭寫極細，「首」字反寫，「雲」字上雨下雲，中間距離稍遠，

「暮」字下日斜寫，「江」字寫作汀，「蘸」字倒寫，「峰」字山旁側寫，與「暮」字下日同式。此體後人未有仿之者。先大父花矼公嘗撰〈春景〉一聯云：「青山綠水紅橋小，紫燕黃鸝白日長。」「山」用青色寫，「水」用綠色寫，「橋」用紅色寫小，「燕」用紫色寫，「鸝」用黃色寫，「日」用素紙雙鉤寫長，此擬神智體別開一境也。

一一九　燈謎有絕巧者，亦有奇拙者

燈謎有絕巧者，亦有奇拙者。以「慘睹」二字，隱《四書》人名六，即唐詩一句：「襄陽回望不勝悲。」此謎底不能有二。按：《慘睹》，乃《千鍾祿》院本之一齣，演明建文帝出亡事。雖據野史，近於不經，然詞筆甚佳也。此齣情景，建文飄泊襄陽，回首南都，極傷心慘目之致。原曲云：

〈傾杯玉芙蓉〉：收拾起大地山河一擔裝，四大皆空相。歷盡了渺渺程途，漠漠平林，壘壘高山，滾滾長江。但見那寒雲慘霧和愁織，受不盡苦雨淒風帶怨長。雄城壯，看江山無恙。誰識我一瓢一笠到襄陽。

〈尾聲〉：路迢迢，心怏怏，何處得穩宿碧梧枝上。忽飄來一杵鐘聲，錯聽了野寺鐘鳴當景陽。

曩寓京師，一夕過某胡同，見一家門首設有燈謎，亟下車觀之，有人揭去一條。其一去：「身為萬乘之尊，還挑破銅爛鐵擔子。」底《書經》一句：「朕不肩好貨。」余嘗謂宋人詞拙處不可及，此謎拙處亦不可及。

一二〇　改敕書點金成鐵

孝欽顯皇后六旬萬壽，內閣撰擬諭禮部敕書，有云：「爰從歸政，始遂安貞。萃五福於三辰，屆六旬之萬壽。」呈稿於宗室相國。麟曰：「貞字是孝貞顯皇后尊謚，不可用。」遽提筆改「榮」字，點金成鐵，令人輒喚奈何。向來撰擬文字以平正斋皇為得體，字句稍涉奧衍，即在擯棄之列，本不容有佳構也。

一二一　孝欽皇后擬試帖詩

孝欽顯皇后萬機之暇，留意風雅，精繪事，工吟詠，尤擅長試帖詩。每歲春闈及殿廷考試，輒有擬作。相傳同治乙丑科會試，詩題「蘆筍生時柳絮飛」，得「生」字，擬作云：

南浦篙三尺，東風笛一聲。
鷗波連夜雨，萍跡故鄉情。

又同治癸酉科考差，詩題「江南江北青山多」，得「山」字，擬作云：

雨後螺深淺，風前雁往還。
舍連春水泛，峰雜夏雲間。

惜全首不傳。

一二二　同治朝赴川考官險遇

同治庚午科，濟寧孫尚書文恪典試四川，順德李若農侍郎副之。考官例應馳驛，值秦蜀間盜氛未靖，改道溯荊湖西上。由宜昌遵陸赴萬縣，山路絕險巇，有地名火風箭嶺，尤鬥峻無倫。文恪肩輿竟於是傾跌。輿夫後二人，墜崖致斃。幸輿前有牽夫十六名，並力撐持，賴以不墜，輿前二夫亦倖免。其後，順德嘗語人：「當時情形奇險，幸山神有靈，雙手托住軍機大臣，僅乃無恙。」是夕駐節荒村，庖人無以為饌，於山家得一雞，醢以煮粥，順德食而甘之，自後非雞粥不飽也。

一二三　姓名筆畫最少者

姓名筆畫最少者，同治朝，內閣中書丁乃一，三字只五筆，不能有二。

眉廬叢話　第四卷

一二四　龔芝麓尚書軼事

合肥龔芝麓尚書主持風雅，振拔孤寒，廣廈所需，至稱貸弗少吝。其卒也，朱竹垞輓詩有云：「寄聲逢掖賤，休作帝京遊。」其軼事屢見前人記載中。馬世俊未遇時，落拓京華，無以自給。公閱其文，歎曰：「李嶠真才子也。」贈金八百，為延譽公卿間，明年辛丑，馬遂大魁天下。又尚書女公子卒，設醮慈仁寺。一士人寓居僧寮，僧請作輓對，集梵筴二語曰：「既作女子身，而無壽者相。」公詢知作者，即並載歸，面試之，時春聯盈几，且作且書，至圂廁一聯云：「吟詩自昔稱三上，作賦於中可十年。」乃大咨賞，許為進取計。久之，以母老辭歸。瀕行，公贈一匣，竊意為行李資，發之，則士人家書，具云：「某年月日，收銀若干。」蓋密遣人常常餽遺，無內顧憂久矣。乃頓首謝，依倚如初，卒亦成其名。曩閱武進湯大奎《炙硯瑣談》，有云：「龔芝麓牢籠才士，多有權術。」嗟乎，何挽近巨公大僚，欲求有是權術者，而亦不可復得耶。尚書姬人顧媚，字橫波，識局明拔，通文史，善畫蘭，尚書疏財養士，顧夫人實左右之。某年，尚書續燈船之勝，命客賭鼓吹詞，杜茶村立成長歌一百七十四句，一座盡傾，夫人脫纏臂金釧贈之。

一二五　吳漢槎恃慧狂恣

吳江吳漢槎幼即恃慧狂恣。在塾中，輒取同輩所脫帽溺之。塾師責問，漢槎曰：「籠俗人頭，不如盛溺之為愈也。」師歎曰：「此子他日，必以高名賈奇禍。」後捷順治丙申北闈，坐通榜，謫戍寧古塔，居塞外念餘年。其友人顧梁汾為之地，乃得賜環。按：《史記．酈食其傳》：「沛公不好儒，諸客冠儒冠來者，輒解其冠，溲溺其中。」此與漢槎事絕類。稍不同者，彼竟解其冠，此則其所自解耳。沛公梟雄當別論，漢槎尤不可為訓。

一一六　盛伯熙得恩遇釋禍

宗室祭酒伯熙大雅閎達，立朝有侃侃之節。其母夫人博爾濟吉特氏通經術，嫻吟詠，有《芸香館遺詩》二卷梓行。光緒中葉，某學士承要人風旨，摭《芸香館集》中〈送兄〉詩，謂為忘本。請旨削板，將以傾昱，朝廷不允所請。文字之禍，浸涉閨闥，亦甚矣哉。

一一七　盛伯熙劾彭剛直書

彭剛直中興名將，豐功亮節，世稱道弗衰，未聞有登諸白簡者。光緒九年，補兵部尚書，疏辭不允。講官盛昱以不應朝命劾之，奏云：

兵部尚書彭玉麟，奉命數月，延不到任。而在浙江干預金滿之事。現在兵制未定，中樞需人，該尚書曉暢戎機，理宜致身圖報。較之金滿之事，孰重孰輕，無論所辨非是，即是亦不可也。該尚書托言與將士有約，不受實官，實則自便身圖，徜徉山水耳。古之純臣，似不如此。且現在握兵宿將各省甚多，該尚書抗詔鳴高，不足勵仕途退讓之風，反以開功臣驕蹇之漸，更於大局有礙。請旨敦迫來京，不准逗留，以尊主權而勵臣節。

云云。《春秋》責備賢者，要亦詞嚴而義正也。

一二八　顧千里黃蕘圃拳腳相加

道、咸間，蘇州顧千里、黃蕘圃皆以校勘名家，兩公里閈同，嗜好同，學術同。顧嘗為黃撰字，應如何勘定之處，意見不合，始而辯駁，繼乃詬詈，終竟用武，經肆主人侯姓極力勸解乃已。光緒辛卯冬，余客吳門，世經堂無恙，侯主人尚存，曾與余談此事，形容當時忿爭情狀如繪。洎甲辰再往訪世經堂，則閉歇久矣，為之惘然。憶余曩與半塘同客都門，夜話四印齋，有時論詞不合，亦復變顏爭執，特未至詬詈用武耳，往往指衣而別，翌日和好如初。余或過晡弗詣，則傳箋之使，相屬於道矣。時異世殊，風微人往，此情此景，渺渺余懷。

〈皕宋一廛賦〉，黃自注，交誼甚深。一日，相遇於觀前街世經堂書肆，坐談良久。俄談及某書某

一二九　孝欽皇后獨寵李蓮英

孝欽顯皇后盛時，每逢由宮還海，文武百官跪迎，皆在西苑門外，唯總管太監李蓮英，三品冠服，獨跪於西苑門內。遠而望之，覺其寵異無比。

一三〇　百官迎送慈輿圖

慈輿由宮還海，各官先在宮門外跪送，旋由間道馳赴西苑門跪迎，望見前驅鹵簿，立刻雅雀無聲，呼吸可聞，非復尋常之肅穆。夾道笙簧，更覺悠揚入聽。迨駕過不數武，則跪者起，默者語，眼架鏡，手揮扇，而闗防車方絡繹不絕也。

一三一　午門坐班典禮

午門坐班典禮，猶沿前明之舊，告朔之餼羊耳。各衙門堂派者皆資淺無烏布之員。屆時，齊集朝房，俟糾儀御史至。傳呼上班，則各設品級墊，盤膝列坐，糾儀御史巡視一周。有頃，退班，各投遞銜名而散。

一三二　以楷法工拙為去取太醫院醫士

考太醫院醫士亦用八股試帖，以楷法工拙為去取。時人為之語曰：「太醫院開方，只要字跡端好，雖藥不對症無妨也。」曩余在京時，值考試醫士，題為「知者樂水，仁者樂山」。聞取第一者之文有云：「知者何取於水，而竟樂夫水；仁者何取於山，而竟樂夫山。」只此一卷最佳，通場無出其右。

一三三　時人之言太半不堪入耳

咸、同間都門有斌半聾者，旗人，工篆刻，不輕為人作。半聾不聾，意謂時人之言，太半不堪入耳，故以「半聾」自號，惜其名記憶不全。稍後有宗予美官兵部主事，亦旗人，善詩詞，亦工篆刻，品行端潔。

一三四　入御室吸煙

某大僚述職入都，夙有煙癖。一日，召對候久，癮作，不復可耐，商之內監，求可以御癮者，吸煙非所望也。監曰：「大人貴重，煙非吸奚可者。即吸煙亦非難，顧賞賚何如耳。」某出千金紙幣示之。監欣然曰：「重賞若斯，敢不勉效綿薄。」遽導之，稍東北迤邐行，歷殿閣數重，路極紆折，間不逢人，逢亦弗問，旋至一精室。室中陳設及榻上煙具，悉精絕，監就榻半臥，為燃燈燒著。煙尤精美，超越尋常。大僚平日所御不逮遠甚。頃之，氤氳邑滿，精神煥然，亟付紙幣，匆匆出。中途問監曰：「汝曹所吸之煙與夫吸煙之室，何講究一至於此？」監曰：「吾儕安敢有此？此室此煙，吸之者何人，大人若先知之，殆必不敢往矣。」某聞之憬然悟，為之舌撟不下久之。返至原候處所，心猶震悚不寧，幸未誤召對。蓋駕山時刻早晏，監輩詗之熟矣。

一三五　太和門火災

光緒己丑，太和門災。傳聞內府貂皮、緞匹、鋪墊各庫皆在門之左近，歷年庫儲，盜賣略盡。值大婚典禮，需用各物，典守者懼罹於罪，因而縱火，希冀延燒滅跡。此說未知確否。嘗見太和門之柱之巨，約計三四人不能合抱，即輦致薪蘇，繞之三匝。拉雜而摧燒之，未易遽焜尾。乃以赤熛一怒，曾不一二時頃，頓成瓦礫之場，殆亦不盡關於人事矣。

一三六　四棄香

每歲元旦，太和殿設朝，金爐內所爇香名四棄香，清微澹遠，迥殊常品，以梨及蘋婆等四種果皮曬乾製成。歷代相傳，用之已久，昭儉德也。

一三七　王鵬運宦途坎坷

王半塘清通溫雅，饒有晉人風格。唯早歲放情，增口於群小；中年讜論，刺骨於要津。雖遭遇因而屯邅，亦才品資其磨練，官禮科掌印給事中。某年，屆試俸期滿，百計籌維，得數百金，捐免歷俸，截取道員，旋奉旨以簡缺道員用。向來京曹截取道府，皆以繁缺用，以簡缺用者，不用之別名也，為自有截取之例以來所僅見，半塘泊然安之。是歲樵米之需轉因而奇絀，夫亦甚可笑矣。未幾，復嚴劾某樞相，不見容於朝列，襆被出都，潦倒以沒。山陽鄰笛之痛，何止文字交情而已。

一三八　李鴻藻受孝哲皇后跪拜

高陽相國李鴻藻以理學名臣自居，飾貌矜情，工於掩著。相傳其曾受孝哲皇后跪拜。春明士夫，多有能言之者。當穆宗升遐時，孝哲力爭立嗣，孝欽意指已定，殊難挽回。正哀痛迫切間，適高陽入內，孝哲向之泣告，且謂之曰：「此事他人可勿問，李大臣先帝之師傅，理當獨力維持。我今為此大事，給師傅磕頭。」高陽亟退避而已，卒緘默無言。論者謂高陽受此一拜，不知何日償還也。清季理學名臣吾得二人焉，曰李鴻藻，曰徐桐，庶幾如驂之靳矣。

一三九　賽金花義保琉璃廠

蘇州名妓賽金花，有一事絕可傳。本名傅彩雲，光緒中葉，曾侍某閣學，出使德意志國。歐西國俗，男女通交際酬酢。賽尤瑤情玉色，見者盡傾。德武弁瓦德西，其舊識中之一人也。庚子聯軍入京，瓦竟為統帥，賽適在京，循歐俗通鄭重，舊雨重逢，同深今昔之感。自後輕裝細馬，晨夕往還，於外人蹂躪地方，多所挽救。琉璃廠大賈某姓，持五千金為壽，以廠肆國粹所關，亟應保全，乞賽為之道地。賽慨然曰：「茲細事，何足道。矧義所當為，阿堵物胡為者。」竟毅然自任，卻其金，亟婉切言於瓦。明日，下毋許騷擾之令，而百城縹帙，萬軸牙籤，賴以無恙，皆賽之力也。比者，滬濱棲屑，憔悴堪憐，集菀集枯，如夢如幻，或猶捕風捉影，捃摭莫須有之談，形諸楮墨，恣情污蔑。嗟嗟，無主殘紅，亦既隨波墮溷。彼狂風橫雨，必欲置之何地，而後快於心耶。

一四〇　拱侯奇遇

近撰《輯藏書話》，得一事絕奇，絕可笑亟錄如左。閱者勿以剿說為罪，經芟繁節要，俾文省事具，非徑剿說也。

常熟毛斧季嗜書不減其父，嘗手跋趙孟奎《分類唐歌詩》殘本，略云：「此書乃先君藏本，按照目錄僅存十一。因思天下之大，好事者眾，豈遂無全書。傳聞武進唐孔明有之，托王石谷往問，無有也。先是，托王子良訪於金壇。甲辰二月，子良從金壇來，述於子荊之言曰：『唐氏舊有是書，索價百金。因思於與唐，姻婭也，果能得之，鳩工付梓，公之天下，樂事孰逾於此，盍再訪諸。』內兄嚴拱侯曰：『此韻事，亦勝事，吾當往。』翌日即行。道丹陽，宿旅店。丙夜聞戶樞聲，雞初鳴，鄰壁大呼失金，諸商旅皆起。將啟行，戶皆扃鐍，不得出。天明，伍伯來，追宿店者二十三人，拱侯居首，與失金者比屋也。匍匐見縣令，命客各出囊金，布滿堂下，多者數百，最少者，拱侯也。召失金者驗之，皆非，遂出。拱侯曰：『可以行矣。』曰：『未也。當質之於神。』舁神像坐廣庭，架巨鍋熾炭上，傾桐油於中，火熊熊出油上，趣拱侯浴。拱侯歎曰：『毛斧季書癖害人，一至此乎？《唐歌詩》有無未可知，予其死於沸油乎。』一老人曰：『若無恐，苟盜金，必糜爛；否，無傷也。』以手探之，痛不甚劇，醮油塗體殆遍，無恙。以飲二十二人驗皆畢。拱侯曰：『人謀鬼謀，計殆無復，今可行矣。』又一人亦去，其二十一人與旅店哄。及事白，盜金者店家也。拱侯抵金壇，促子荊寓書孔明，答曰無之，竟不得書以歸。予趨迎，問《唐歌詩》，拱侯曰：『焉得歌，不哭，幸矣。』因縷述前事。」

云云。按：此事尤奇者，沸油不灼，豈鬼神之說，竟可信乎。拱侯雅人，且身自嘗試，宜非讆言也。

一四一　金陵訛言城門現巨人影

光緒戊申某月，金陵訛言聚寶門城門上現巨人影如繪，兼目有淚痕，似聞往觀者甚眾，未詳果有所見否也。不數月，兩宮升遐，或云兆朕在是矣。洎辛亥國變及癸丑亂事，金陵以衝要必爭之地，首攖其鋒，劫掠淫殺之慘，誠有如昔人所云，雖鐵石亦為之垂淚者，尤目有淚痕之應矣。國家將亡，必有妖孽，民之訛言，殆亦古時童謠之類，有觸發於幾先，不知其所以然而然者耶。

一四二　都門石刻有絕香豔者

都門石刻有絕香豔者。香塚碑陰題云：

浩浩劫，茫茫月，短歌終，明月缺，鬱鬱佳城，中有碧血。碧亦有時盡，血亦有時滅，一縷煙痕無斷絕。是耶非耶，化為蝴蝶。

又詩云：

飄零風雨可憐生，煙草迷離綠滿汀。
落盡夭桃又濃李，不堪重讀瘞花銘。

有絕模稜者，五道廟碑云：

有天地然後有萬物，五道廟者，萬物中之一物也。人謂樹在廟前，吾謂廟在樹後，何則。謹將捐資芳名，開列於左。

香豔可愛，模稜尤不俗，細審其筆端，饒有疏宕簡勁之致，非不能文者之所為也。滑稽玩世耶，抑有所為而然耶，殆不可知矣。

一四三　內閣、翰林院、南書房撰文有別

內閣撰擬文字多主於慶，如恩詔、誥命、敕命之類。翰林院撰擬文字多主於弔，如諭祭文之類。唯南書房應制之作，不在此例。

一四四　御前大臣翻穿之皮外褂

御前大臣翻穿之皮外褂有上下兩截，用兩種皮聯綴而成者。遠而望之，第見其顏色不同，不獲審定其皮之名類也。

一四五　胙肉須帶回齋宮

大祀天於圜丘，受福胙後，必須納之懷中，帶回齋宮，以示祗承天麻帝賚。惟時長至屆節，北方隆寒，胙肉冰凌堅結，不至沾漬袞衣也。

一四六　鑾儀衛鹵簿

歲首御殿受賀，鑾儀衛陳設鹵簿，太半故敝不堪，蓋舊制相傳，每逢登極改元置備一次，自後不再更新，亦毋庸添補修整。即如光緒中葉所用，已歷十有餘年，乃至傘扇之屬或用繒帛續畫者，僅撐持空架而已。在昔康、乾晚季，六十年前之法物，其為故敝，當又何如。

一四七　屠者驅豕先入東華門

東華門向明而啟，屠者驅豕先入，是日膳房所需用也。次奏事御史隨之入，次百官及供差人等皆入。入不先豕，由來已久，不知其故何也。曩待漏東華門，宿黃酒館中，東方未明，反側無寐，遠聞豕聲呦呦，則館人趣起盥漱，館門之外，車馬漸殷填矣。

一四八　內閣中書早班制度

軍機直房門簾非軍機人員，擅揭者罪。內閣早班中書每日到軍機處領事，行抵簾次，必先聲明職事，然後揭簾而入。直日章京起立，彼此一揖，出黃綾匣，當面啟封。諭旨共若干件，一一點交。旋出簿冊，俾領事中書籤名畫押畢，然後捧持而出，回內閣直房，上軍機檔。少遲，六科筆帖式到內閣領事，亦有簿冊，簽名畫押。按：山陽阮吾山《茶餘客話》：「明制：六科隸通政司，雍正朝始改隸都察院。」科員到閣領事，蓋尚沿明制也。

一四九　晉銜之罕見者

順治朝，曲阜世職知縣孔允醇以居官廉能加東昌府通判銜，仍任知縣事。道光五年，蒲城王相國文恪以一品銜署戶部左侍郎。通判銜、一品銜及銜上冠以地名今並罕見。康熙朝，江寧黃虞稷、慈溪姜宸英以諸生薦入館修史，加七品銜。乾隆朝，先曾祖纓傳公諱世榮由世襲雲騎尉改七品監生，一體鄉試，七品諸生，七品監生，亦皆僅見。

一五〇　石谷與吳漁山絕交

黃大癡《陡壑密林圖》嚴岫鬱盤，雲嵐蒼潤。王煙客舊藏，後歸石谷，吳漁山久假不歸。石谷索之亟，幾至變顏。漁山語人曰：「石谷，吾友也；《陡壑密林圖》，吾師也。師與友孰重？全友而棄師，吾弗能也。」二人竟因是絕交。漁山名歷，又號墨井道人，繪事與四王齊名。《琴川志》云：「晚年不知所之。」其人品不無遺議，此猶其小焉者耳。

一五一　易哭庵軼事

偶閱近人說部，載龍陽易哭庵所著〈王之春賦〉，其起聯云：「石頭長巷，繩匠胡同。」謂石頭、繩匠，皆妓女集合之所。其實繩匠胡同，絕無妓女。哭庵亦久客京華，此誤甚不可解。又一聯云：「劉坤一，劉坤二，劉坤三，劉坤四；王之春，王之夏，王之秋，王之冬。」杜撰牽合，毫無誼意，何如見身說法，即以魂東集、魂西集、魂南集、魂北集屬對乎？哭庵又有〈上張文襄短章〉云：「三十三天天上天，玉皇頭戴平天冠。平天冠上豎旗竿，中堂更在旗竿巔。」此詩可謂形容盡致，恭維得體，文襄見之，為之掀髯笑樂。

一五二　張之洞於詩賦喜對仗工巧

張文襄於儷體文、近體詩極喜對仗工巧。曩余購得文襄手書楹聯，句云：「未忘塵尾清談興，常讀蠅頭細字書。」即此可見一斑。

一五三　兩湖節署對聯

兩湖節署對聯，間有佳構，偶憶其一二。大堂聯云：「蚡冒勤民，篳路山林三代化；陶公講武，營門官柳四時春。」十桂堂聯云：「六曲闌干春晝永，萬家臺笠雨聲甘。」又織布局聯云：「經綸天下，衣被蒼生。」籌防局聯云：「財力雄富，士馬精妍。」

一五四　姓名三字同韻同音

姓名三字同韻或韻近，古有田延年、高敖曹、劉幽求、張邦昌、郭芍藥，清光緒中葉有進士蹇念典。比閱浙江道光《縉雲志・藝文錄》「碑碣」下〈元儒學題名碑〉有虞如愚，姓名三字同音，尤為罕見。

一五五　洪秀全、李秀成詩文

洪秀全、李秀成輩崛起草澤，一無憑藉，蹂躪八九省，奔走天下豪傑垂二十年僅乃克之，不可謂非一世之雄也。獨惜其以逆取，不能以順守，據有金陵大都，長江天塹之形勝，而無通人正士為之匡弼，日持其天父、天兄之邪說，以寇盜自封，卒乃底於滅亡，而徒貽東南全盛之區，以刻骨剝膚之痛，則不學無術，不諳治體，有以致之。然而狼居虎穴之間，亦猶有藝文之屬可資談柄。且皆渠酋梟桀者之所自為，而非當時脅從諸文士，潤飾諛媚之筆。茲據得之傳聞者，綴錄如左。偽天王府正殿聯云：

維皇大德曰生，用夏變夷，待驅歐美非澳四洲人，歸我版圖一乃統。
於文止戈為武，撥亂反正，盡沒藍白紅黃八旗籍，列諸藩服千斯年。

寢殿聯云：

馬上得之，馬上治之，造億萬年太平天國於弓刀鋒鏑之間，斯誠健者。
東面而征，南面而征，救廿一省無罪順民於水火倒懸之會，是曰仁人。

又楹聯云：

先主本仁慈，恨茲污吏貪官，斷送六七王統緒。
藐躬實慚德，望爾謀臣戰將，重新十八省江山。

相傳正殿聯及楹聯，秀全自撰，寢殿聯則秀成手筆。秀成有《國士吟》一卷，其〈感事〉兩章云：

舉杯對客且揮毫，逐鹿中原亦自豪。
湖上月明青箬笠，帳中霜冷赫連刀。

英雄自古披肝膽，志士何嘗惜羽毛。
我欲乘風歸去也，卿雲橫亙斗牛高。

輦鼓軒軒動未休，關心楚尾與吳頭。
豈知劍氣升騰日，猶是胡塵擾攘秋。
萬里江山多築壘，百年身世獨登樓。
匹夫自有興亡責，肯把功名付水流。

每歲值霜降日，建醮追祭陣亡軍士，秀成自擬青詞云：

魂兮歸來，三藐三菩提，梵曲依然破陣樂；
悲哉秋也，一花一世界，國殤招以巫咸詞。

金陵、蘇州同時被圍甚急，秀成守蘇，不能分兵救援金陵。書一短札寄秀全，略云：

嬰城自守，刁斗驚心，沈灶產鼃，莫餽餽麴劳之藥。析骸易子，疇為庚癸之呼，傷哉入甕鱉，危矣負嵎虎。金陵公所定鼎，本動則枝搖；金閶公之輔車，唇亡則齒敝。一俟重圍少解，便當分兵救援。錦片前程，伏惟珍重。磨盾作字，無任依馳。

札為官軍某弁截獲。弁故重李，賊平，出札鉤勒上石，拓贈戚友。書兼行草，類南宋姜堯章也。

又偽翼王石達開亦通詞翰，曾文正嘗致書勸其歸降，石答以詩五首云：

其一

曾摘芹香入泮宮，更攀桂蕊趁秋風。
少年落拓雲中鶴，陳跡飄零雪裡鴻。
聲價敢云空冀北，文章今已遍江東。
儒林異代應知我，只合名山一卷終。

其二

不策天人在廟堂，生慚名位掩文章。
清時將相無傳例，末造乾坤有主張。
況復仕途多幻境，幾多苦海少歡場。
何如著作千秋業，宇宙長留一瓣香。

其三

揚鞭慷慨蒞中原，不為仇讎不為恩。
只覺蒼天方憒憒，莫憑赤手拯元元。
三年攬轡悲羸馬，萬眾梯山似病猿。

我志未酬人亦苦，東南到處有啼痕。

其四

若個將才同衛霍，幾人佐命等蕭曹。
男兒欲畫麒麟閣，早夜當嫺虎豹韜。
滿眼河山增歷數，到頭功業屬英豪。
每看一代風雲會，濟濟從龍畢竟高。

其五

大帝勳華多頌美，皇王家世盡鴻濛。
賈人居貨移神鼎，亭長還鄉唱大風。
起自匹夫方見異，遇非天子不為隆。
醴泉芝草無根脈，劉裕當年田舍翁。

又洪大全，衡山人，與秀全聯宗誼。起事之初，被擒於永安，獻俘京師。作中賦〈臨江仙〉詞云：

寄身虎口運籌工，恨賊徒不識英雄，漫將金鎖綰飛鴻。幾時生羽翼，萬里御長風。一事無成人漸老，壯懷要□問天公，六韜三略總成空。哥哥行不得，淚灑杜鵑紅。

又捻酋苗沛霖亦能畫工詩，嘗為人畫一巨石，自題二絕句云：

其一

星精耿耿列三臺，謫墮人間大可哀。
知己縱邀顛米拜，摩挲終屈補天才。

其二

位置豪家白玉闌，終嫌格調太孤寒。
何如飛去投榛莽，留與將軍作虎看。

詩筆亦李、石伯仲，故連類書之。

一五六　四風太守吳園次

江都吳園次，順治朝由拔貢生薦授秘書院中書舍人，奉詔譜楊椒山樂府，遷武選司員外郎，蓋即以椒山原官官之。出知湖州，人號為「三風太守」，謂多風力、尚風節、饒風雅也。合肥龔芝麓尚書疏財養士，廣廈所需，至稱貸弗少吝。晚歲囊無餘資，身後蕭條，兩文孫伶俜孤露，幾至落拓窮途。平日門生故吏無過存者。園次獨佽助之，以愛女妻其幼者，飲食教誨，至於成立。其敦風義又如此，當號為「四風太守」矣。

一五七　潘文勤喜誘掖後進

偶閱近人筆記有云：

吳縣潘尚書文勤喜誘掖後進。光緒己丑會試前，吳門名孝廉許某薄遊京師，文名藉甚。一日，文勤治筵，邀許及同里諸公暢飲。酒闌，出古鼎一，文曰眉壽寶鼎，銘字斑駁可辨，顧謂座客曰：「盍各錄一紙，此中大有佳處也。」客喻意，爭相傳寫而出。迨就試時，文勤總司閱卷事，二場經文，有〈介我眉壽〉一題。先期則將眉壽鼎文撫印若干紙，遍致同考官，令有用銘語入文者一律薦舉。各房奉命惟謹，而某房獨與文勤牾，有首場已薦，因二場用銘文而擯棄者，則許某是也。

按：許某，名玉琢，號鶴巢，吳中耆宿。文勤夙所引重，官內閣中書有年，非薄遊京師，後遷刑部員外郎。工儷體文，有《獨弦詞》，刻入《薇省同聲集》，與江寧端木子疇齊名。當時闈作，不肯摭用鼎銘，自貶風格，而文筆方重，又不中試官，故未獲雋，非因某房考與文勤牾之故。而房考中，尤斷無能牾文勤者。

一五八　光緒帝喜食外進饅頭

德宗瑾嬪，志伯愚都護之女弟也。一日，志府庖丁自製籠餅，餽進宮中。德宗食而甘之，謂瑾嬪曰：「汝家自製點心，乃若是精美乎，胡不常川進奉也？」不知宮門守監，異常需索，即如此次呈進籠餅，得達內廷，所費逾百金矣。

一五九　大清門

大清門為大內第一正門，規制極其隆重。自太后慈駕、皇帝乘輿外，唯皇后大婚日，由此門入。文武狀元傳臚後，由此門出，此外無得出入者。

一六〇　旗人科舉

有清一代，科第官階唯旗人進取易而升轉速，其於文理太半空疏。相傳壽耆考差，詩題〈華月照方池〉，有句云：「卿士職何司。」接坐者不解，問之，壽曰：「我用《洪範》『卿士惟月』典。君荒經已久，宜其不知出處。」當時傳以為笑。紹昌為江南副主考，撰劉忠誠祠聯云：「應保半壁地，乃舀九原靈，功無愧乎。君子歟，君子也；可托六尺孤，合寄百里命，利其溥矣。如其仁，如其仁。」又闈中〈中秋即景〉詩云：「中秋冷冷又清清，明遠樓頭夜氣橫。借問家鄉在何處，高升遙指北京城。」則並壽耆而弗若矣。

一六一　紅粉憐才

吳園次《藝香詞》有「把酒祝東風，種出雙紅豆」二語。梁溪顧氏女子，見而悅之，日夕諷詠，四壁皆書二語，人因目園次為「紅豆詞人」。紅粉憐才，允推佳話。相傳明臨川湯若士撰《牡丹亭》院本成，有婁江女子俞二娘讀而思慕，矢志必嫁若士，雖姬侍無怨。及見若士，則頹然一衰翁耳。俞悄然，竟自縊。若士作詩哀之曰：「畫燭搖金閣，真珠泣繡窗。如何傷此闋，偏只在婁江。」此其愛才之專一，亦不可及。妙年無奈是當時，若士何以為懷耶。清季某相國侏儒眇小，貌絕不揚。少時作〈春城無處不飛花〉賦，香豔絕倫。某閨秀夙通詞翰，見而愛之。晨夕雒誦不去口，示意父母，非作賦人不嫁。時相國猶未娶，屬蹇修附蔦蘿焉，及卻扇初見，乃大失望，問相國曰：「〈春城無處不飛花賦〉，汝所作乎？」背影回燈，嚶嚶啜泣不已。不數月，竟抑鬱以歿。此則以貌取人。頓改初心，適成兒女子之見而已。

一六二　吳文節絕命詩

吳文節可讀為立儲事，以尸諫。遺摺經某當道更易太半，然後呈進。其真本必有觸忌諱破扃譎之語，惜不可得見矣。相傳其〈絕命詩〉云：

回頭六十八年中，往事空談愛與忠。
抔土已成黃帝鼎，前星還祝紫薇宮。
相逢老輩寥寥甚，到處先生好好同。
欲識孤臣戀恩所，五更風雨薊門東。

眉廬叢話　第五卷

一六三　李鴻章遭日相侮辱

歲在甲午，東敗於日，割地媾和。李文忠忍辱蒙垢，定約馬關。一日宴會間，日相伊藤博文謂文忠曰：「有一聯能屬對乎？」因舉上聯曰：「內無相，外無將，不得已玉帛相將。」文忠猝無以應，憤愧而已。翌日乃馳書報之，下聯曰：「天難度，地難量，這才是帝王度量。」則隨員某君之筆。某君浙人，向不蒙文忠青眼者，相將度量，繫鈴解鈴，允推工巧。

一六四　特賜莽服與花翎

鮑子年《內閣中書題名跋》：「嘉慶初，李鼎元曾充冊封琉球國王副使，賜一品麒麟莽服。」相傳此項品服，唯自陛辭之日始，至覆命之日止，得用之，所以示威重也。又清初視翎支極重，凡賞戴花翎者，必有非常之功。其花翎確由內廷頒給，只准戴此一支，自己不得購用。

一六五　和珅不喜內閣諸人

方子嚴《內閣中書題名跋》大庾戴文端云：

和相珅執政時，兼掌院事，清秘堂中風氣為之一變，往往有趨至輿前迎送者，獨閣中一循舊例，不為動。用是和相雅不喜閣中人，曾以微事黜張蘭濤倉場。而汪舍人履基、趙青州懷玉、朱溫處文翰皆一時名宿，亦思有以摧抑之。迨和相敗，而閣中無一人波及者。

一六六　傳旨申飭須賄內監

京朝大僚因公獲咎，傳旨申飭者，必須納賄於內監，則屆時一到午門，跪聽內監口宣上諭，即傳旨申飭云云，奉行故事而已。賄之多寡以缺之肥瘠為衡。相傳某年，某總督述職入都，忽因事傳旨申飭。某督未歷京曹，不知行賄，及赴午門跪聽傳旨時，該內監竟盡情辱詈，有僕隸所難堪者，亦無可如何也。

一六七　內閣大庫藏書

文淵閣但聞其名，不知所在，或云在大內，或云即內閣大庫。庫中儲藏書籍書畫甚多，惜太半損壞。有一種白綿紙書，版本皆絕精舊，霉朽尤甚。遠而望之似乎完整，偶一幡帠，輒觸手斷散如絲，不復成葉。蓋北地雖無潮，而深廊大廈，錮陰沉鬱，亦能腐物。兼此種白綿紙尤致而不韌，當製造之時，捶抄之工，殆未盡善耳。

一六八　會試由內閣舉人中書中式者

每科會試，由內閣舉人中書中式者，殿試日，領題後，得攜卷回直房填寫。書籍文具先存直房，不必臨時攜帶，一便也。几案視席地為適，二便也。饌茗有廚役候伺，三便也。刮補托能手代勞，四便也。傍晚得隨意列燭，五便也。唯地屬中秘，外人未便闌入，刮補等事，必同僚相切者為之。即試策中條對排比，亦可相助為理。俾得專力精寫，不至限於晷刻，有此種種使宜。故每科鼎甲由中書中式者，往往得與其選。相傳光緒中葉，某修撰書法能工而不能速，殿試日，甚瞑暗矣，猶有一行半未畢，目力不復克辦。正惶急間，適監場某貝勒至，悅其字體婉美，竟旁立，燃吸煙之紙煤照之，屢盡屢易其紙煤，且屢慰安之：「姑徐徐，勿亟也。」迨竣事而紙煤亦罄矣。殿撰感恩知己，臚唱後，以座師禮謁某貝勒。蓋旗人務觀美，稍高異者，固猶知愛字，尤能愛狀元字也。此殿撰設由中書中式者，則何庸乞靈於紙煤耶。

一六九　對聯工巧者

對聯有絕不吃力而工巧無倫者。某名士少時隨其師入浙，日暮抵武林關，關閉不得入，小飲旅店。師出對曰：「開關遲，關關早，阻過客過關。」某應聲曰：「出對易，對對難，請先生先對。」師為之欣然浮白。

一七〇　香瓷種種

近人江浦陳亮甫瀏所著《匋雅》有云：

香瓷種類不一，凡泥漿胎骨者，發香較多，瓷胎亦偶一有之。要必略磨底足，露出胎骨，而後香氣噴溢。鑒家又安肯一一試之耶。

又云：

香瓷最不易得，有土胎香者，有泥漿胎香者，有瓷胎香者，此自然之古香也。有藏香胎者，有沉香胎者，有各種香胎者，此人工之香也。然亦稀世之珍。有梳頭油香者，古宮奩具，別是一種風流佳話。亮甫嘗得一蘋果綠之印盒，康熙六字雙行直款，顏色妍麗，異香郁發，非蘭非麝，為撰

〈瓷香館記〉，並謂惲南田甌香館，非云茶香，直是甌香。

大抵古物皆有香，唯書之香，尤醇而穆，澹而雋。

一七一　阮元蒙聖諭擢第一

某說部云：「阮文達受和珅之指，以眼鏡詩得蒙睿賞，薦躋清要。」余前已辯之矣。又按：文達以乾隆辛亥大考第一，由編修升少詹事。是年大考，題為擬張衡〈天象賦〉，擬劉向〈封陳湯甘延壽疏〉，並陳今日同不同，賦得眼鏡詩，閱卷大臣極賞擬賦博雅，而不識賦中岴字音義，竟置三等。旋查字典，始置一等二名，奉諭：「第二名阮元，比一名好，疏更好，是能作古文者。」親改擢為一等一名。文達嘗自謂所以得改第一者，實因疏中所陳今日三不同，最合聖意。審是，則文達當日仰邀親擢，實以疏非以詩，詎亦受之於和珅耶。竊意文達贍博，心目中何有於大考，何至乞靈和珅以自污。高宗明察，和珅對於其私人，平日厚賂固結者，或猶不敢多所漏泄，而獨何厚於寒儒冷宦之文達。誠如某說部所云：「吾恐反以覘探干罪戾，文達通人，斷乎不出此也。」

一七二　場屋編號必以僻字

場屋以字編號，未詳始自何時，名臣奏疏，司馬光論囸氈兩號所對策，辭理俱高，是宋時取士編號之字。又劉昌世《蘆浦筆記》載所編字號，尚有𩊥、䵜、䑜、𦨴、虭五字，編號必以僻字，殆亦慎密關防之一道歟。

一七三　順天鄉試中大頭鬼

咸豐間，順天闈中，哄傳大頭鬼事。據稱其頭大逾五斗栲栳，門之小者，不能容出入。同考官有悸而死者。迨後同、光朝鄉會闈，大頭鬼猶間一示現，人亦習聞而不畏之。相傳其面閃閃作金光，團團如富翁，見者試官必升遷，士子必中式，咸謂為勢利鬼裝絕大面孔者。

一七四　和珅專權科場

乾隆朝，陽湖孫淵如星衍以一甲第三授編修，散館題為〈厲志賦〉，孫用「匑匑如畏。」一時和珅當國，指為別字，抑置二等應改官。故事：一甲授編修者，散館居下等，或仍留館，即改官，可得員外。有勸孫謁和者，孫不往，遂改主事。自後凡散館改部，皆以主事用。乾隆庚戌以前，會試有明通榜，例得內閣中書，猶鄉試之有副榜也。長洲王惕甫芑孫素有才名，上計時，和相欲致之門下，王拒之，不通一刺，和銜之甚深。會試王中明通榜，和特奏停止，竟將榜撤回。會試明通榜，遂自庚戌永遠停止矣。和珅權力之偉，能以私意屈抑人才，變更舊制若此。

一七五　考試得失不足為怪

長洲何屺瞻學士焯博極群書，長於考訂，其手校書籍，今人不惜重金購之。康熙朝以李文貞薦，特賜舉人進士，授編修。及散館，竟列下等，應改官，奉旨著留館再教習三年。蒙古烏爾吉時帆祭酒，亦負風雅重名，乾隆朝由檢討薦歷清華。二十餘年未嘗得與直省學政，及鄉會典試分校之役，兩試翰詹，並以三等左遷。相傳祭酒不工書，學士則書名藉甚，號稱能品者也。考試得失不足為據，其信然耶。

一七六　陳兆倫典試軼事

每科各直省鄉試，故事揭曉後，中式者謁見典試，斷無不第者與焉。唯錢塘陳句山太修兆倫，文章德業為世儒宗。乾隆丙辰薦鴻博，授編修。某科，典湖北試，闈中落卷，亦一一別其純疵，明白批示。發卷後，下第士子，多來求見，咸指以要領，各得其意而去。有劉龍光者，聞公講論，感激欣喜，至於泣下，次科聯捷成進士，歷官御史，終其身執弟子禮弗衰。

一七七　以猥褻語入史書者

古以猥褻語入史書者，嘗彙記之，得四事。

一《戰國策》宣太后謂尚子曰：「妾事先王也，先王以其髀加妾之身，妾困不疲也；盡置其身妾之上，而妾弗重也。何也，以其少有利焉。」

一《後漢書．襄楷傳》：「襄上桓帝疏云：『前者，宮崇所獻神書專以奉天地、順五行為本，亦有興國廣嗣之術。其文易曉，參同經典，而順帝不行。』章懷太子注：《太平經典．帝王篇》曰：「問曰：『今何故其生子少也？』天師曰：『善哉，子之言也。但施不得其意耳。如令施其人欲生也，開其玉戶，施種於中，比若春種於地也，十十相應，和而生。其施不以其時，比若十月種物於地也，十十盡死，固無生者。真人欲重知其審。今無子之女，雖日百施其中，猶無所生也。不得其所生之處，比若此矣。是故古者聖賢不妄施於不生之地也，名為亡種，竭氣而無所生成。今太平氣到，或有不生子者，反斷絕天地之統，使國少人。』云云。

一則天朝，張、薛承辟陽之寵，右補闕朱敬則上書切諫，中有「陛下內寵，已有薛懷義、張易之、昌宗，固應足矣。近聞尚食奉御柳模，自言子良賓，潔白美鬚眉；左監門衛長史侯祥自云陽道壯偉，過於薛懷義，專欲自進，堪充宸內供奉。無禮無義，溢於朝聽」云云。則天勞之曰：「非卿直言，朕不知此。」賜彩百段。

一《金史．后妃傳》：「海陵私其從姊妹莎里古真，餘都。莎里古真在外為淫佚。海陵聞之，大怒曰：『爾愛貴官，有貴如天子者乎？爾愛人才，有才兼文武似我者乎？爾愛娛樂，有豐富偉岸過於我者乎？』又海陵嘗曰：『餘都貌雖不揚，而肌膚潔白可愛。』」

已上四事，宣太后之言，托諠罕譬。古人質樸，不以此等語為諱，要亦無傷大雅。《襄楷傳》注近於房中家言，通乎陰陽化生之旨，不得以猥褻論。唯朱敬則一疏及金海陵之言，則誠猥褻不堪，不當載之史冊。敬則疏尤以諫為薦，逢惡導淫，其人品卑污至極，而則天勞之，且厚賜之，可謂有是君有是臣矣。

一七八　巧對

《春明舊事》以著人姓名屬對，有工巧絕倫者，張之洞陶然亭「烏拉布、蠶吐絲」之類。曩余戲仿之，以〈花心動〉對葉志超，拳匪對準良。比又以白墮對黃興。此種對尤難於半虛半實之字，銖兩悉稱。輿對墮，猶匪對良也。漚尹以文官果對武士英，亦佳。

一七九　洪昇等被劾案

趙秋谷以丁卯國喪，赴洪昉思寓觀劇，被黃給事疏劾落職，都人有口號詩云：「國服雖除未免喪，如何便入戲文場。自家原有三分錯，莫把彈章怨老黃。」相傳黃給事家豪富，欲附名流。初入京，以土物並詩稿遍贈諸名士。至秋谷，時方與同館為馬弔之戲，適家人持黃刺至，秋谷戲云：「土物拜登，大稿璧謝。」家人不悟，遂書柬以復。秋谷被劾後，始知家人之誤也。見阮吾山《茶餘客話》。董東亭《東皐雜鈔》云：「錢唐洪昉思，著《長生殿》傳奇，康熙戊辰中，既達御覽，都下豔稱之。一時名士，張酒治具，大會生公園，名優內聚，班演是劇。主之者為真定梁相國清標，具柬者為益都趙贊善執信。虞山趙星瞻徵介，館給諫王某所，不得與會，因怒，乃促給諫入奏，謂是日係皇太后忌辰，為大不敬。上先發刑部拿人，賴相國挽回。後發吏部，凡士大夫除名者，幾五十餘人。」按：此事他書記載，多沿阮說。董云啟釁由趙徵介，挽回賴梁棠村，可補阮氏所略。

一八〇　的對種種

近人有以顯宦姓名屬對者，或工巧絕倫，不亞都門囊所稱述。朱介人對赤髮鬼，朱桂辛對白瓜子，又對赤松子，劉心源對弓背路，蔡鍔對蛇矛，陸鳳石對九龍山，阿穆爾靈圭對又求其寶玉，劉幼丹對康長素，汪精衛對周自齊。又昔人以萬青藜對三白瓜，藜瓜皆平聲，殊乖對體，不如雙紅豆，亦工亦韻。

一八一　某貝子請開去差缺摺

光緒季年，某貝子陳請開去差缺一摺，外間頗有抄傳者，略云：

伏念奴才派出天潢，素叨門蔭，誦詩不達，乃專對而使四方，恩寵有加，遂破格而躋九列。方滋履薄臨深之懼，本無資勞才望可言。卒因更事之無多，以致人言之交集，雖水落石出，聖明無不燭之私。而地厚天高，局蹐有難安之隱，所慮因循戀棧，貽衰親後顧之憂，豈唯庸鈍無能，負兩聖知人之哲。思維再四，輾轉旁惶，不可為臣，不可為子。唯有仰懇天恩，准予開去御前大臣農工商部尚書要缺，以及各項差使。願此後閉門思過，得長享光天化日之優容。儻他時晚蓋前愆，或尚有墜露輕塵之報稱，所有瀝陳下悃。

云云。按：此摺於宛轉乞憐之中寓牢騷不平之意，雖非由衷之言，亦可謂善於詞令者矣。

一八二　腦主慧

新學家言最重腦，謂腦滿則智慧足，凡人屬文構思，汩汩然來時，皆若自腦中來者。乾隆時，天臺齊次風召南性強記，讀書一過，即終身不忘。試宏詞高等，由編修官至禮部侍郎，以文學被寵眷。久之，墮馬傷腦，腦迸出，垂死，蒙古醫取牛腦合之，敷以珍藥，數月始痊，自是神智頓衰，讀書越日即忘矣。此可為腦主慧之確證。

一八三　孫淵如科場軼事

孫淵如由一甲二名授編修，散館改刑部主事。相傳因〈厲志賦〉中用「匔匔如畏」語，和珅指為別字，抑置二等。無錫丁杏舲紹儀《聽秋聲館詞話》云：「淵如自恃文思敏捷，散館前，戲與友人約：『日午交卷出，當宴於某所。』致誤引，登九餘三，為『登三餘九』。改官比部。」此又一說也。淵如以乾隆丁未第二人及第，散館改部曹，出為山東兗沂曹濟道，乞病歸。越六十年，宛平袁訒庵績懋以道光丁未第二人及第，亦緣事降部曹，出為福建候補道，權延建邵道。值髮逆擾閩，稱守順昌，歿於陣。二公科第官階，如驂之靳，唯晚節不同，則遭時之常變使然耳。訒庵亦工詞章，原籍常州。

一八四　清代博學宏詞科之盛

唐代博學宏詞與諸科並列，不甚貴異。清朝則為特科，垂三百年，僅再舉行。康熙己未，初試於體仁閣，特命賜宴，並高卓倚，殿廷常考所無也。乾隆丙辰再試，恩禮如康熙時。一時儒彥彬彬，得人稱盛，媲兩漢焉。偶閱崑山朱以載厚章《多師集》，有〈賦得三才萬象各端倪，得才字〉七言十二韻詩，自注：「江南三院考取博學鴻詞科。」按：以載係乾隆時徵士，未及廷試先卒，當其薦舉之初，須由本省考試，則亦未極隆重，曰考取，殆猶有考而不取者矣。未審康熙徵士如彭羨門、陳其年、朱竹垞、汪苕文諸名輩，亦曾經本省院試否。

一八五　毛西河五官並用，朱以載同作三文

嘗記某說部云：毛西河能五官並用，嘗右手改門生課作，左手撥算珠，耳聽門生背誦，目視小僮澆花，口旋答門生問難，旋與夫人詬誶。比閱《多師集》，沈德潛序：「藥亭（按：朱以載）故豪於才，古歌詩雜文及駢體小詞俱合格，又工八法，嘗於其座間見旁列二人，各執筆磨墨操紙以待，藥亭口授，一成四六序，一改友人長律，而己又謄寫某〈孝子傳〉，約千餘言。中有得，令二人參錯書之。頃之，序成，多新語，長律亦完善，己所謄寫，極工楷，無脫誤。中又與予道別後相思語，以是知五官並用，驚其才能。」云云。則西河不得專美於前矣。西河康熙己未徵宏詞，試列二等。

一八六　查繼佐吳六奇軼事

明孝廉海寧查伊璜繼佐，甲申後家居，放情詩酒，識吳六奇於窮途風雪中，解衣贈金，以國士相蘄許。迨後伊璜因史案罹禍，六奇感恩圖報，既飛章為之昭雪，復持贈至於縐雲，豪情高誼，垂三百年，播為美談。獨惜六奇以萬夫之雄，列貳臣之傳，蒙順恪之謚。六奇誠能報伊璜，其所自處，固有重如泰山者。而唯伊璜之死生禍福是計，乃至於起居玩好，尤末之末矣。雖然，不能得之大雅宏達之君子，而顧以繩蹷張佽飛之勇夫，不已苛乎。據《貳臣傳》：「吳六奇，廣東豐順人。明亡，附桂王為總兵，以舟師踞南澳。順治七年，平南王尚可喜等自南雄下韶州，六奇與碣石總兵蘇利迎降。」當是得伊璜佽助後，先投效桂藩，後歸命清室。蔣心餘作《雪中人》傳奇及《鐵丐傳》，第云梅關途次，投見帥幕，而不及其仕明一節，蓋為六奇諱，且諒之深矣。伊璜詩稿名《釣業》，甚新。

一八七　戲詠與繆荃孫同名者

江陰繆筱珊先生夙學碩望，並世宗仰。辛亥已還，避地申江，寓虹口謙吉東里。甲寅十月某日，余偕吳遁庵閒步新閘橋迤東，見路南一家，門題「繆筱山醫室」橫扁，大小各一。何同時同地，姓字巧合若是。戲占一律云：

點檢同書費審詳，教人錯認藝風堂。
杏林未必留雲在，藥籠何因拾藕香。
緗素家珍標難素，顧黃學派衍岐黃。

還疑史筆餘清暇，得似宣公錄秘方。

他日先生見之，當必為之解頤。

一八八　文武生員互試之制

科場故事有絕新者。康熙甲午，准文武生員互鄉試一次，文武舉人互會試一次。乾隆丙辰，准文監生入武場。辛酉，福建武生某以懷挾文字預藏試院，竟以五經中元，事發，置於理，因停互試及文監生入武場例。

一八九　廣西鄉試軼聞

廣西鄉試題名，每名下注官至某官。順治丁酉科第六名鄧開泰。注云：「湖北有瘴令。」蓋當時知縣缺，有有瘴無瘴之分。以粵人耐煙瘴，故專補有缺，亦故事也。又康熙十一年壬子科廣西鄉試，中式第十二名賈錫爵，滿洲人。是時，隨宦子弟，准與所在省試。

一九〇　「恒」、「甯」考

宋版書凡「恒」字，皆作「恒」。恒缺末筆，避真宗諱。按：恒本同恆。朱子曰：「人心一日為恒。」《周禮．冬官考工記》：「弓人恒角而短。」亦用此恒字，第音義異耳。又「盜」為清時避諱缺筆字。按：《說文》：「安盜盜字，本無末筆。」注：「安也，從宀，從心，在皿上，皿，人之飲食器，所以安人也。」或改寫作「甯」，誼亦近古。《前漢書．王莽傳》：「永以康甯，」第「宀」下從「必」不從「心」耳。

一九一　姜宸英軼事

慈溪姜西溟宸英，以布衣薦入史館，仁廟嘗謂近臣：「姜西溟古文，當今作者。」每榜發，輒遣問姜宸英舉否。年七十，始以第三人及第。西溟不食豬肉，見人食豬肉輒惡避之，致有以回教疑之者。朱竹垞宅戲曰：「假食豬肉，得淡墨書名，則何如？」西溟不答。相傳竹垞宅自定詩集，不肯刪《風懷》二百韻，曰：「我寧不食兩廡特豚耳。」若西溟乃真不食特豚者。

一九二　黃仲則得畢靈岩知遇

武進黃仲則景仁才氣駿發，洪北江以李青蓮比之。乾隆丙甲，駕幸山東，以獻詩召試，選武英殿書簽，敘勞授主薄。陝撫靈岩畢公為入資得縣丞，僅八品枝官，卻歷中外，兼考試勞績捐納三途，亦不數覯也。

一九三　杜于皇言貧

或問杜于皇貧狀，于皇曰：「往日之窮，以不舉火為奇；近日之窮，以舉火為奇。」于皇斯言，可謂不著一字，盡得風流。于皇名濬，黃岡人，性孤傲，好詆訶俗人，著有《變雅堂集》。

一九四　詠美人足詞

宋劉龍洲詠美人足〈沁園春〉詞，「洛浦凌波」一闋，膾炙人口久已。明徐文長〈菩薩蠻〉詞有「莫去踏香堤，遊人量印泥」之句，皆詠纖足也。若今美人足，則未聞賦詠及之者。始安周笙頤夔〈念奴嬌〉云：

踏花行遍，任匆匆，不愁香徑苔滑。六寸圓膚天然秀，穩稱身材玉立。襪不生塵，版還疊玉，二妙兼香潔。平頭軟繡，風翹無此寧帖。

花外來上秋遷，那須推送，曳起湘裙摺。試仿鞋杯傳綺席，小戶料應愁絕。第一銷魂，溫存鴛被底，柔如無骨。同偕識好，向郎乞，借吟舄。

又吳縣某閨媛〈醉春風〉云：

頻換紅幫樣，低展湘裙浪。鄰娃偷覷短和長，放、放、放。檀郎雅謔，戲書尖字，道儂真相。

步步嬌無恙，何必運鉤仿。登登響履畫樓西，上、上、上。年時記得，扶教小玉，畫闌長傍。

兩詞並皆佳妙，亟錄之。

一九五　咸豐佞臣勝保以貪得禍

咸豐時，巡檢某，家本素封，非升斗是需，而以一命為榮者也。所治扼衝要，而戶籍無多。一日，欽差過。欽差者，勝保也。權燄薰灼，不可一世。巡檢奉嚴飭，募人夫六百，翌晨開差，百計殉口弗克辦。方恂懼失厝，忽聞諸傔從，翌日為欽差誕辰。巡檢喜曰「得間矣。」詰朝，欽差坐堂皇，召巡檢跪堂下，問人夫齊集未。對曰：「未也。」欽差則怒甚，謂：「而何人，敢誤吾差？當以軍法從事。」巡檢殊夷然，跪進近膝，從容稟曰：「六百人夫，誠咄嗟未易辦。值欽差華誕，竊願襜帷暫駐，少伸嵩祝之忱。屬王程匆促，即亦未敢挽留，謹薄具摺席，伏乞賞收。」詞畢，叩首至地者再，袖出紅箋封，捧持以進，欽差色稍霽。啟紅封，稍注目，則萬金券也。當是時，左右鵠侍者，呰而集。欽差重轉圜，則厲聲詰巡檢：「吾生日，汝烏知者？」則叩首對曰：「欽差生日，猶父母生日，烏敢弗知。」巡檢固六品頂戴，頂車磲。欽差指其頂，若為斥責之者，謂之曰：「汝知吾生日，胡戴白頂來，其速歸，換藍頂來見我。」巡檢崩角肅退。頃之，欽差啟節，巡檢戴藍頂往送。未幾，以人才保薦，以知縣用，加四品頂戴矣。勝保作威作福，大率類此。及其敗也，朝廷命將軍忠勇多公來拿問，即為之代。將至矣，偵者以聞，勝方擁豔姬，縱羔酒，殊不為意，曰：「彼來，隸吾調遣耳。」俄而忠勇捧詔至，開讀畢，仍傳諭旨，問勝保是否奉詔。勝泥首伏罪稱萬死。隨納印綬，易冠服，即日就道，乘二人竹輿，絙以鐵索十數匝。忠勇推情，特許辦裝資，為馱十有二，寵姬一，得之賊中者，挈以行。從行者，都門數舊僕，及幕僚親厚者一二輩。距節轅數里許，其地某都司駐守，先是，都司固提督，與勝不相能，以微罪，謫今職，奉檄駐守是。勝道出是，當勘驗然後行。都司曰：「而犯官，何得挾重裝，攜眷屬。」既皆扣留，益復促勝行，勝無如何。幕僚者為緩頰，執弗許。亟返奔，陳乞於忠勇，得給還裝資。寵姬者以賊孥，弗得請。勝泣涕如雨，踉蹌北行，聞者快之。其平日養寇自重，誤國殃民，尤不止弄權怙勢而已。

一九六　揚州鹽商捐納翎枝

揚州鹽商皆官也，自咸豐朝開捐納翎枝例，則又皆戴花翎，每日宴集平山堂，翎頂輝煌，互相誇耀。朋從往來，不以輿而以馬，取其震炫道途也。狂生某亦戴其銅頂破帽，帽之後簷，綴以楮鏹，策禿尾瘦驢，日逐隊驪黃孔翠間，或先之，或後之，或並駕齊驅，自謂備極形容之妙。旁觀者輒軒渠。鹽商病焉，而無如何。集資厚賂之，僅乃中止。狂生夙寒畯，自是稍潤澤矣。張丈午橋說。丈真州人，家郡垣。

一九七　結拜兄弟相殘

世俗異姓結為兄弟，各具紅柬，備書生年月日，里居官位，及其三代名氏，兄弟妻妾子女，一一詳載。撰吉蒞盟，彼此互換收執，謂之換帖，或云拜把。殆取手足之誼，願以道義結合者殊鮮。大都揣勢利之見，為不由衷之周旋。往往兄若弟躋貴顯，則卑下者必躬自退帖，受之者亦岸然不以為泰。尤有因以為便，肆行殘賊之奸謀。鴒原之急，無望紓其難；虎日之噬，轉以戕其生。古今來駭魄恫心之事，寧有過於是者乎。

光緒初年，四川東鄉縣民袁騰蛟聚眾抗糧一案，方事初起，東鄉令沈某適公出，令之弟某具牘會垣，以民變告，張惶請兵，意在邀功。時護川督鐵嶺文格，字式崖，素性卞急，漫不加察，輒檄提督李有恒帶兵馳赴，檄文內有「痛加剿洗」云云。有恒尤奉檄操切，戕斃無辜數千百人。適南皮相國張文襄督學西蜀，任滿回京，據情疏劾，有旨交新督丁文誠查辦。或為有恒危，有恒殊夷然，謂人曰：「吾固遵憲檄辦理，吾何患焉。」陝人田秀栗，字子實，於有恒為換帖兄弟，時權成都令，承護督指，蘄賺取前檄，歸罪有恒，別為檄同式，唯「痛加剿洗」改「相機剿撫」，為得間掣換地。一日，秀栗詣有恒，談次及東鄉案，有恒曰：「吾固遵憲檄辦理，吾何患焉。」秀栗曰：「檄安在，曷示我？則是案結束奚若，可一言而決。」有恒武人，無遠慮，重秀栗兄弟行，遽入內，出檄示秀栗。當是時，日向夕矣，客座稍暗，秀栗則持檄從容就門次，若為審諦者，亟納袖中，易別檄，歸有恒，則慰之曰：「誠然，老哥信無患也。」適有他客至，秀栗匆匆遂行。迨有恒覺察，則已痛悔無及矣。未幾獄具，有恒及沈令皆大辟。秀栗以易檄功，擢刺瀘州，旋調忠州。某日，送客至門，忽神色慘變，自言見有恒來索命，從者掖以入，俄暴卒。此事凡宦蜀者能言之。夫秀栗，狗彘耳，烏足責；獨惜文誠以屏臣碩望，與聞陰賊之謀，又復賞惡勸奸，升擢秀栗，對於「誠」字一字，其能無愧色否乎？

一九八　文人近視趣話

文人短視者夥矣，林璐撰〈丁藥園外傳〉云：

藥園先生名澎，杭之仁和人，以詩名。與宋荔裳、施愚山、嚴灝亭輩稱燕臺七子。其讀書處，曰攬雲樓。客乍登樓，樂園伏案上，疑晝寢，迫而視之，方觀書，目去紙不及寸；驟昂首，又不辨誰某。客嘲之，藥園戲持杖逐客，客匿屏後，誤逐其僕，藥園婦聞之大笑。一夕娶小婦，藥園逼視光麗，心喜甚，出與客賦定情詩，夜半披幃，薌澤襲人，小婦卒無語，詰旦視之，爨下婢也。知為婦所紿，則又大笑。藥園世奉天方教，及官法曹，猶守教唯謹，同官故以豬肝一片置匕箸，藥園弗察。吏人以告，獲免。嘗晨入東省，侍郎李公奭棠從東出，藥園從中入，瞠目相視，侍郎遣騶卒問訊，藥園趨謝。侍郎笑曰：「是公耶，吾知公短視，奚謝為。」《外傳》又云：「藥園謫居塞上，茆屋數椽，日晡，山鬼夜啼，飢鼯聲咽。忽聞叩門客，翩然有喜。從隙中窺之，則一虎，方以尾擊戶。」

藥園短視若彼，門隙聽見，殆未必明確以為虎，容或非虎也。余聞某名士，觀書輒黔其準；又二人皆短視，相見為禮，各俯其首，額相觸，則藥園之流亞矣。相傳乾隆朝，某省知府某，入都展覲，召對畢，頓首言：「臣猶有下忱。」上曰：「何也？」曰：「臣有老母，臣來京，別母。母命臣，必仰瞻聖顏，歸以告母。」上曰：「而目朕可。」曰：「臣短視。」曰：「攜眼鏡未？」曰：「有之。」曰：「帶鏡目朕可。」某頓首遵旨。有頃，上曰：「審未？」曰：「審矣。」頓首謝恩出，上嘉其質直。未幾，竟大用，亦短視之佳話也。

一九九　金石家武虛谷軼事

乾、嘉以還，金石專門之學，偃師武虛谷與錢塘黃小松齊名。虛谷博洽工考據，尤好金石，同縣農家掘井，得晉劉韜墓志，虛谷急往買之，自負以歸，石重數十斤，行二十餘里，到家憊頓幾絕。性迂僻善哭，嘗遊京師，主大興朱文正家。除夕，文正餽彘肩、蒙古酒，虛谷食已大哭。主宅驚怪，疑其久客思家，亟慰問之。則曰：「無他，遠念古人，近傷洪稚存、黃仲則不偶耳。」乾隆五十七年，當和珅政，兼步軍統領，遣提督番役至山東，有所詗察。其役攜徒眾，持兵刃於民間凌虐為暴，歷數縣莫敢呵問。至青州博山縣，方飲博恣肆，知縣武君聞即捕之。至庭不跪，以牌示知縣曰：「吾提督差也。」君詰曰：「牌令汝合地方官捕盜，汝來三日何不見吾？且牌止差二人，而率多徒何也？」即擒而杖之，民皆為快，而大吏大駭，即以杖提督差役參奏，副奏投和珅。而番役例不當出京城，和珅還其奏，使易。於是以妄杖平民劾革武君職。博山民老弱，謁大府留君者千數，卒不獲。然和珅遂亦不使番役再出。虛谷之風趣如彼，而其風骨如此。相傳虛谷得《劉韜志》於桃園莊，珍秘特甚。亟仿造一贗石，應索觀及索拓本者，真者則什襲而鞬藏於匱。虛谷歿後，其猶子某，疑其重寶器也，夜盜之出，竭畢生力，幾弗克負荷，及啟視，石也。則怒而委之河。此事殊殺風景，然亦未嘗不有風味，因牽連記之。

二〇〇　撰張之洞壽文不用之字

張文襄開府兩湖，值六十壽辰。仁和譚仲修時主經心書院講席，撰壽文逾二千言，竟體不用「之」字，避文襄名上一字。文襄亟稱賞之。

二〇一　仿滇南大觀樓長聯

滇南大觀樓長聯，膾炙人口久已。庚子五月，北京義和拳匪設立神壇於清涼庵，無名氏仿其體作楹聯云：

五百石糧儲，助來壇裡，登名造冊，亂紛紛香火無邊。看師尊孫臏，祖托洪鈞；神上太公，單傳大士。伸拳閉目，總言靈爽憑依。趁古剎平臺，安排些蘆棚藁薦，便書符念咒，遮蔽那鉛彈鋼鋒。莫辜負腰纏黃布，首裹紅巾，背繞赤繩，手持白刃。萬千人性命，付與團頭。濃夢酣眠，明晃晃刀槍何用。想焚毀教堂，圍攻使館，摧殘民舍，蹂躪官衙，張膽喪心。那得天良發現，矧殺人越貨，直自同猘犬貪狼。縱作怪興妖，今已化沙蟲腐鼠。只贏得臺偃龍旗，門隳魚鑰；宮屯虎旅，道走翠華。

二〇二　滿人多工於應對

滿人多工於應對，而苛其中之所有。無名氏詠四品宗室詩，句云：「胸中烏黑口明白，腰際鵝黃頂暗藍。」又某君贈某國人詩，有云：「窺人鷺眼蘭花碧，映日蜷毛茜草黃。」並工麗絕倫。

二〇三　童試佳句

某縣童試，詩題「多竹夏生寒」。某卷句云：「客來加暖帽，人至戴皮冠。」學使某亟稱賞之，謂吐屬華貴，非尋常寒畯能道。又「潤物細無聲」題，句云：「開門知地濕，閉戶鬧天晴。」某名士亦亟賞之，謂「無聲」二字，熨帖入妙。

二〇四　石達開與處士熊偓

同治初年，洪秀全虎踞金陵，號稱延攬英傑。江南處士熊偓，字屈人，嘗挾策干秀全。秀全奇其才，而不能用，偽翼王石達開與語，悅之，乘間屢言於秀全，卒弗聽，而熊感石氏知己甚深。會洪、楊構釁，楊被收，熊聞耗獨先，亟貽書報石，趣宵遁。石得書，即日微服過熊，欲約與俱，至則已先行矣。石之去洪也，匆匆弗克辦裝，然盡篋所攜，多金玉寶器，所值殊巨。昏夜單騎，走豐碭間，竟為流寇所困，掠其裝資，並致石於其主帥，石亦不自道誰何。帥遙見石，跣而逆，握手若平生歡。石諦視，則熊也，愕眙出意外。熊曰：「公來何暮？僕為公營菟裘久矣。太平非王霸之器，性又多疑忌，不受善，以逆取不能以順守，『一片降幡出石頭』，指顧間事耳。我公誠有意，僕不才，竊願從三軍之後，效一得之愚。如其不然，或遁跡煙霞，放情山水，亦願陪尊俎，奉笑言。僕生平落落難合，所如輒阻，悽愴江潭，生意盡矣。不惜須臾忍死，圖有以報公，冀公不我遐棄耳。」當是時，石固指別有在，無留志，詰旦辭去，熊揮涕送之。未幾，披剃皈釋氏，行腳不知所終。夫石達開，而亦被掠於流寇，絕奇。因被掠而遇熊，頗涉世俗小說窠臼，然而皆事實也。宇內不乏熊生，或並一石達開而弗克相遇，悲夫。

二〇五　再詠與繆荃孫同名者

上海新聞橋迤東，有繆筱山醫寓，揭橥其門者再，與江陰繆筱珊先生姓字巧合，余嘗作詩賦其事。越翼月，先生至自都門，見而賞之。因再占一詞，〈調寄點絳唇〉云：

男女分科，霜紅龕主原耆宿，藕香盈菊，何用參蔆苓劚。八代文衰，和緩功誰屬。醫吾俗，牙籤玉軸，乞借閒中讀。

二〇六　中日名詞對照趣談

日本和文名詞，東云，天曉也；珠霰，雹也；年玉，新年餽贈之物也；粟散國，小國也；裙野，山腳也；裙分，分配也；門並，比屋而居也；雪隱，廁也；素讀，但讀而不求解也；著書，抄本也；歌道，學作詩也；作言，理想小說也；辛抱，堅志也；言叶，言語也；珍聞，奇聞也；米壽，八十八歲也；金持，富翁也；花嫁，新婦也；箱入娘，不出戶之少女也；引眉，畫眉也；步銀，行商所得利也；紺屋，染坊也；蒔繪，金漆也；郎從，侍從也；猿鬆，多言也；淺猿，愚拙也；淺暮，無智也，豬武，過猛而野也；手遊，玩具也；鼻唄，微聲也；鮫肌，粗皮膚也；玉代，纏頭金也；姿見，大鏡也；玉垂，繩線也；竹流，錢也；立花，養於瓶內之花也；徒花，華而不實也；花守，守花園之人也；青立，發芽也；韓紅，大紅也，若綠，新綠也；萌黃，淡青色也；鶯茶，合綠色、棕色、灰色而為色也；茸狩，彩菌也；蓼酢，醬油之一種也；卯花，豆渣也；皆新雋可喜。又天武四年，彼國方崇尚浮屠教，禁食獸肉，有疾則食肉，疾止復初。於吾國《禮經》所云，殆斷章取義焉。市肉者隱其名，曰藥食，亦曰山鯨。所懸望子，畫牡丹者，豕肉也；書丹楓落葉者，鹿肉也。弛禁後遂不復見。黃公度〈日本雜事詩〉云：「甚囂塵上逐人行，日本橋頭晚市聲；別有菜場魚店外，丹楓落葉賣山鯨。」夫牡丹，花之富貴者也，乃以為豕肉之標識，未審托誼何居。

二〇七　劉蕙石得唐製大小兩忽雷

貴池劉蕙石得唐製大小兩忽雷，築雙忽雷閣，繪《枕雷圖》，徵題詠以張之。余為撰彙刻傳奇序，附三絕句。其一云：「取次瑯璈按拍來，尋常弦管莫相催。挑燈笑問雙紅袖，參昴星邊大小雷。」蓋蕙石二姬人龍嬋、柳娉，兩忽雷歸其掌記也。甲寅九月初四，值蕙石四十生日，湘陰左子異贈聯云：「菊酒稱觴，先重陽五日。楚園奏雅，撥四弦雙雷。」殊工切。蕙石滬上所居，名楚園也。

二〇八　示萍齋主人〈感懷〉八首

光緒庚子、辛丑間，友人錄示萍齋主人〈感懷〉八章，步野秋閣學原韻，藏之篋衍久已，茲錄如左：

一夜西風萬木凋，繞枝烏鵲去迢迢。
愁邊淚落銀河水，夢裡心翻碧海潮。
日月乾坤雙照外，干戈天地一身遙。
江關蕭瑟尋常事，銅狄摩挲恨不銷。

又：

太息回天力尚微，乘秋便欲破空飛。
一身詎忍言功罪，萬口偏難定是非。
大澤龍蛇終啟蟄，故山猿鳥莫相違。
三千死士田橫島，南望中原涕淚揮。

又：

軍符一道下從容，宜有昇平答九重。
誰料廣寒修月斧，卻教洛浦應霜鐘。
越禽向暖孤飛去，桀犬驕人反噬凶。
落日營門敞秋色，喧喧笳鼓頌時雍。

又：

久已分封向醉鄉，又憑射獵入長楊。
渭涇清濁雙流合，門第金張七葉昌。
君子何辭化猿鶴，中朝從此有蜩螗。
逢人莫道頭顱好，鏡裡相看半是霜。

又：

漢南司馬今人傑，萬事應非築室謀。
歌舞能銷君國恨，死生空塵友朋憂。
功名白髮仍持節，霄漢丹心失借籌。
遙領頭銜是橫海，忍隨李蔡爵通侯。

又：

周宣車馬中興日，漢武樓船鑿空年。
奉使更無蘇屬國，談兵偏罪杜樊川。
風雲淮海行看盡，子弟湖湘亦可憐。
昨夜欃槍又西指，仗誰搔首問蒼天。

又：

重見詞源三峽傾，幾人聯袂又蓬瀛。
欲隨幕燕營新壘，已與江鷗背舊盟。
未死秦灰猶有燄，僅存魯壁更無聲。
關山直北多金鼓，要借弦歌寫太平。

又：

當年亦是鳳鸞姿，雪壓霜欺歷幾時。
宦味乍同雞肋戀，壯懷應有馬蹄知。

濁醪味薄愁難破，故劍情深夢所思。
風景不殊悲舉目，買山何處彩華芝。

八詩皆雋婉可誦，托誼甚顯，可推按得之。惜萍齋姓名，弗可得而詳耳。

眉廬叢話　第六卷

二〇九　作聯嘲亞伯

浙人有字亞伯者，以京卿致仕家居，頗不理於鄉評。無名氏制聯嘲之云：「包藏惡心，違父命，奪弟財，枉作京堂四品；圈成霸道，拜中丞，揖明府，得來洋餅三千。」惡字藏下心為亞，伯字圈去聲同霸，語殊工巧。

二一〇　李鴻章赴日簽約被傷

甲午中東之役，北洋海軍不戰而降敵。未幾，割地媾和。李文忠蒞約馬關，為彼人不逞者所狙擊，致傷面部。日本皇后一條美子遣使慰問，餽賜藥物，恩禮周至。無名氏〈甲午雜詩〉其一云：

> 憐才雅意出椒房，青鳥傳言到上方。
> 為說深恩銜次骨，唐家面藥祗尋常。

二一一　議和團偽詔逐洋人

凡上飭下曰仰，唯官文書則然，未聞見於諭旨者。庚子拳匪之變，矯詔南中疆吏，仇逐外人。五月某日，鄂督奉廷寄，有「仰該督撫等」云云，一望而知其為偽，不奉詔之計益決。

二一二　倣制藝體做八股文

光緒朝，有詔釐正文體，無名氏倣制藝體，書其後云：

聖朝崇正學，國本不搖矣。夫文體，固與國體攸關者也。釐而正之，不綦要歟？且夫八股之學，創自有宋，盛於有明，至本朝而斐然可觀，燦然大備，固文章之極軌，郅治之鴻規也。乃自喜事之徒，鄙為無用；趨時之士，棄焉如遺。聖人有憂之，光復典章，釐正文體，煌煌硃諭，炳日星焉。君子曰：是之謂女中堯舜。夫人皆知廢八股、復八股之說之是非矣，曾亦知八股之文體，固何在乎。八股為孔教之真傳，待後守先，直延堯舜禹湯之一脈。點竄典謨之字，出入風雅之辭，語貴不離宗。願志士名流，唐宋以來書勿讀。八股為聖朝之定制，震今鑠古，直合學問經濟為一家，局則擬行世之文，調則效登科之稿，言之如有物，恐矜奇好異。朝廷從此法難寬，可勿正哉。論坐言起行之理，儒士精神虛耗，八股誠足以誤人。似也，而不然也。彼則謂大而能通天人之奧，小亦足包格致之精，苟能養到功深，儒將名臣，由此其選，所謂學有本原者視此也。彼習非所用之言，老成者早鄙為惑世之妄談矣。挽既倒狂瀾，不幾賴彤廷之釐剔乎。論拘文牽義之為，學子固執鮮通，八股或足以病國。似也，而不然也。彼則謂出雖無濟世之良才，處可為安貧之願士。苟能讀書守分，人心風俗，即有所裨，所謂學無浮慕者視此也。觀「民可使由」之語，有國者早奉為馭才之妙術矣。作中流砥柱，不仰藉深宮之訂正乎，士習之衰之不可回也。聲光化電，甘師巧藝之為；西地愛皮，競效橫行之字；棼棼泯泯，謬誇有用材焉，恨不能令讀八股耳。今得聖母當陽矣，講求正學，綸綍頻宣，語好新奇，功令有所必黜。吾知培閣左之佳子弟，蔚朝右之賢公卿，在此一舉也。列祖列宗，在天之靈，實式憑之已，聖治之隆之萬不替也。金陳章羅，須為程式，譚林楊宋，在所誅鋤，穆穆皇皇，群上無疆頌焉，何莫非重視八股哉。今又懿旨下降矣，誥誡試官，稟承有自，鑒衡偶舛，磨勘之咎難辭。吾知保四千年中國之文明，壯四千萬士林之元氣，恃此一策也。周公孔子，斯文未喪，保佑命之已，猗歟盛矣哉。文明以正，有道萬年，他邦人士，拭目俟之矣。

此文寓諧於莊，聲調氣機，鈴圓磬徹，允推墨裁上乘。

二一三　「夫堯舜，豈非古今大舞臺上之一大英雄哉！」

某省某學堂學生季考，《四書》義題「堯舜之道，孝弟而已矣」。某卷句云：「夫堯舜，豈非古今大舞臺上之一大英雄哉！」閱卷者商之監督，監督曰：「筆勢尚佳。」遂置高等。

二一四　「今日朱移尊，明日徐家筵」

禾中朱竹垞、徐勝力兩先生為同徵友，竹垞居梅里，勝力居城東甪里。勝力嘗邀竹垞飲，或竹垞攜壺就飲勝力家。二公嘗以名相戲，有「今日朱移尊，明日徐家筵」之謔。見于辛伯《鐙窗瑣話》。曩在金陵，一日宴集，南陵徐積餘，丹徒陳善餘兩君在座，適登盤之品，有鯽魚、鱔魚，座中他客，亦舉以為笑也。

二一五　小樓一夜聽春雨，五鳳齊飛入翰林

乙巳、丙午間，山陰某君字鳳樓薄遊金陵。汝南制府絕禮重之，公餘陶寫絲竹，為秦淮校書小五脫籍。同僚某集句制聯贈之云：「小樓一夜聽春雨，五鳳齊飛入翰林。」並鳳、樓二字，亦作迴鸞舞鳳格，分嵌句中，珠聯綺合，妙造自然。

二一六　撰詩慶新年

新曆四年元旦，蕙風搦管續《叢話》。是日也，風日妍和，雲物高朗。俯仰身世，聊樂我員。口占一律，即以實《叢話》：

陽生一九葉龍躔，寶篆欣開泰運先。
吉語桃符春駿發，清輝桂魄昨蟾圓。
衣冠萬國同佳節，歌管千門勝昔年。
晴日茜窗揮彩筆，歲華多麗入新編。

二一七　歷史上酒米最賤者

向來酒價至賤，以杜少陵詩「速須相就飲一斗，恰有三百青銅錢」為最。其次則漢昭帝罷榷酤之時，賣酒升四錢。又其次則唐楊凝詩云：「湘陰直與地陰連，此日相逢憶醉年。美酒非如平樂貴，十升不用一千錢。」至李太白云「金尊清酒斗十千」，則唐詩人用此語者多矣。米價至賤，以漢宣帝元康間穀斗五錢為最。其次東魏元象、興和中，穀斛九錢。又次唐元和六年，天下米斗有值二錢者。唐太宗時，米斗三錢，後世以為美談。蓋未考尤有賤於此者。新年善頌善禱，以醉飽為第一要義，故記之。

二一八　朱文正與裘文達為至交

乾、嘉間，大興朱相國文正介節清風，纖塵不染，雖居臺鼎，無殊寒素，與新建裘尚書文達為文字至交。某年，歲云暮矣，偶詣文達。談次歎曰：「貧甚，可若何？去冬蒙上方賜貂褂，比亦付質庫矣。」文達笑曰：「君貧甚，由自取，可若何。欲一擴眼界乎？」因出所領戶部飯食銀千兩，陳之几上，黃封熲然。文正略注視，輒起自座間，手攫二巨錁，登車遂行。茲事誠至有風趣，苟非文達，文正斷不出此。其陳銀几上也，固欲周之也。文正會其旨，故取之弗疑。莊生所謂「相視而笑，莫逆於心」，晚近無此交情也。

二一九　日人之崇儒者

甲寅四月，日本澀澤青淵男爵來遊滬上，先之杭州，拜明儒朱舜水先生祠墓。將遊京師，取道曲阜，謁孔林。自言其生平得力，不出《論語》一部，誠彼國貴遊中錚佼者。余嘗賦詞贈之，〈調寄千秋歲〉，云：

> 雲帆萬里，人自日邊至。桑海後，登臨地。湖猶西子笑，江更春申醉。誰得似，董陵澆酒平生誼。
> 九點齊煙翠，指顧停征轡。洙泗遠，宮牆峙。乘桴知有願，淑艾嘗言志。道東矣，蓬山回首呈佳氣。

按：日本自魏明帝時通中國，其主文武天皇，釋奠於先聖先師，尊崇孔子。彼國名儒著有《先哲叢談》一書，恪守程朱之說，於性理之學，多所發明。蓋聖學東漸，由來舊已。又同治時，有雅里各者，籍英吉利國，曾遊歷京師，先迂道山東，謁曲阜孔林。金匱王紫詮〈送雅君回國序〉稱其注全力於《十三經》，取材於馬、鄭，折衷於程、朱，於漢、宋之學，兩無偏袒。譯有《四子書》、《尚書》二種，彼國儒者，咸歎其詳明賅洽，奉為南針云云。則西儒亦向風慕義，尤為難能可貴矣。

二三〇　清制視翰林至重

清制視翰林至重，庶常散館列二等者，輒以部曹改官。康熙十七年，新城王尚書文簡由戶部四川司郎中召對懋勤殿賦詩，次日，遂改侍講；未任，轉侍讀。由部曹改詞臣自文簡始，實異數也。

二三一　曾文正與江南官書局

咸豐十一年八月，曾文正克復安慶，部署粗定，命莫子偲大令，採訪遺書，商之九弟沅圃方伯，刻《王船山遺書》。既復江寧，開書局於冶城山，延博雅之儒，校讎經史。政暇，則肩輿經過，談論移時而去。住冶城者，有南匯張文虎、海寧李善蘭、唐仁壽、德清戴望、儀徵劉壽曾，寶應劉恭冕，此江南官書局之俶落也（《蕙風簃二筆》）。按：杭州錢東生《文獻徵存錄》云：「黃儀，字子鴻，常熟人，尚書徐乾學開書局於江南洞庭山，儀與顧祖禹、閻若璩、胡渭並入幕。」此江南官書局之先河，特在蘇不在寧耳。

二三二　再話近視

林璐撰〈丁藥園外傳〉，屢形容其短視，余前節錄並連綴短視雅故，茲又得二事。昭文邵荀慈目短視，每作書，望之若隱几臥者。冬月脫履擁爐坐，俄客至，卒覓履不得，躡他履以出。履左右各異，客匿笑，荀慈亦自笑，已且復然，不以屑意。吳江吳漢槎性耽書，然短於視，每鼻端有墨，則是日讀書必數寸矣，同學者往往以此驗其勤否。

二二三　立法杖習詩賦者

宋政和末，御史李彥章言：「士大夫多作詩，有害經術，詔送敕局立法」，官習詩賦杖一百，事絕可笑。余前記之，然不過立法而已，未聞受杖者誰也。比閱《文獻徵存錄》，有云：「周篔，字青士，嘉興人，遭亂棄舉子業，受廛糶於市。一日，市有鬻故家遺書者，買得一船，筐筥斗斛權衡紛陳滿肆，每讀之糠秕中，意陶然自適也。嘗客遊嘉善，借寓柯氏園，月夜詩興絕佳，輒吟哦達旦。適郡丞某，以事至部，寓與園鄰，攪吟聲不寐。詰旦，遣隸拘青士至，撻而逐之。」此則吟詩見撻，竟成事實，不尤可笑耶。一說，青士自陳與竹垞善，僅乃得免。余意不如並不自陳，撻則撻，逐則逐，乃益高絕。昔倪雲林被毆於精徒，強忍弗呼嚚。或問之，曰：「出聲便俗。」其旨遠矣。

二二四　過目不忘者佳話

凡人記憶力強，則讀書事半功倍，然而天之所賦，不可強也。茲略舉見於記載者：顧亭林在京師邸舍，王阮亭曰：「先生博學強記，請誦古樂府〈蛺蝶行〉，可乎？」即朗念一過，同坐皆驚。吳江潘次耕幼有聖童之目，覽曆日一過，即能暗誦，無所訛脫，首尾不遺一字。錢塘陳句山幼好學清警，嘗遊西湖淨慈寺，讀門榜三篇，還家試誦，略無遺脫。甘泉焦里堂八歲至人家，客有舉馮夷音如縫尼者，曰：「此出《楚辭》，馮讀皮冰切。」客大驚。陽湖孫淵如年十四，能背誦《文選》全部。之五君者，其資質得於天者獨優，故其才力過乎人者甚遠。又玉峰徐大司寇凡人有一面者，終身不忘，無才藝者，不入門下，有執贄者，先繕帙以進。公十行俱下，頃刻終篇，其有不善處，則折角志之。其人進見，公面命指示，一字不爽，則尤能記憶人之面貌，往往善讀書者之所難也。相傳乾隆時，和珅記性絕佳，每日諭旨，一見輒能默記，乃至中外章奏，連篇累牘，和倉猝披閱，能一一提綱挈領，批卻導窾。以故與聞密勿，奏對咸能稱旨，所謂才足濟奸，聰明誤用者矣。

二三五　擅己所長勿自負

凡人於己所擅長，未可自以為至；即至矣，或反不如未至者之為愈。則夫學問器識之間，深識者必竊之於微焉。比余甄述古人之記性過人者，續獲二事，綴錄如左，而其故可推矣。吳長元宸垣《識餘》云：「南宋肅王樞，與沈元用同使金，館於燕山憫忠寺。寺有唐碑，詞皆偶麗，逾三千言。元用素強記，即朗誦一再。肅王不視，且聽且行，若不經意。元用欲矜其敏，取紙背書之，失記者闕之，僅十四字。肅王取筆盡補之，並改正元用數誤字，置筆他語，無矜色。元用為之駭服。」

黃蛟起西神《叢話》云：「丁松年，字壽夫，惠遠，字懷明，與邵文莊公少皆絕穎。嘗偕遊洞虛宮，見庭有鵝群，入弄之。道士某，戲謂欲為籠鵝右軍耶？因笑指屏風曰：『此王學士耐軒壽先師祖文，幾三千言。向聞三君敏妙，能誦十遍背之，當烹鵝以餉。』松年曰：『一遍足矣。』即起略觀，背之如流，不失一字。惠遠朗誦二遍，訛三四字。文莊細讀三遍，訛八九字。道士甚喜，急宰鵝治具，出佳釀佐之，盡歡而散。謂弟子曰：『邵子深沉不苟，必大臣也。二子質雖敏，氣太浮，恐非遠到器。』後松年以儒士第一人應舉，不第，忳鬱遽卒。惠遠登成化癸卯科，仕終京兆通判。唯文莊登第為宗伯，悉如道士言。」

二二六　崔子忠售史忠正騎沽酒

前話述朱文正攖金事，謂苟非裘文達，文正斷不出此。茲又得一事略相類：北平崔青蚓能詩善書，居恒介節自持，簞瓢屢空，晏如也。史閣部忠正家居，過其舍，見青蚓絕食，乃留所騎馬歸，青蚓牽於市賣之，沽酒，招其友飲曰：「此酒自史道鄰來，非盜泉也。」一日而金盡。蓋可取而不取，焉有君子。而為是矯情，卻之為不恭，對於知己，尤非所敢出也。

二二七　傅山奇遇

北齊所刻佛經，文字勁偉，拓本雖非艱致，然往往不全，為可惜耳。相傳陽曲傅青主晚隱於醫，一日，走平定山中為人視疾，失足墮崖穴，僕夫驚哭。青主徬徨四顧，見有風峪，中通天光，石柱林立，數之得一百二十六，則高齊時佛經也。摩挲視之，終日而出，欣然忘食，其嗜奇如此。

二二八　《長生殿》被劾事再考

《文獻徵存錄》錄洪昉思引趙秋谷之言曰：「昉思為《長生殿》傳奇，非時演於查樓，觀者如雲，而言者獨劾予；予至考功，一身任之，褫還田里，座客皆得免。昉思亦被逐歸。」按：《長生殿》被劾事，見於記載數矣。唯秋谷獨任其咎，俾免他客云云，為他書所未載，是不可弗傳也。

二二九　米海嶽以潔癖著稱

雍正時，錢塘汪積山善為詩，尤工五言。論者謂覽其詩，非徒愔愔有雅致，乃別見貞白之性。有《積山集》六卷。少補諸生，好潔成癖，每受知於學使者，終不肯畢鄉試，以場屋儲積污猥，易沾垢漬也。嘗考昔人以潔癖著者，莫如米海嶽、倪雲林，二公未嘗廁身場屋，從事科舉，殆亦不屑不潔之故歟？

二三〇　王漁洋詩弟子善武功

康熙時，王漁洋詩弟子許子遜由進士官福建知縣。許雖文士，絕擅拳勇，嘗補武平令，縣境與粵東某縣毗連，兩縣民因爭山地械鬥，許馳赴填戢。粵民殊獷悍，群起歐抶許，則敗於許，皆賓服，弗敢肆。後以年老乞疾歸，息影里閭，逾古稀矣。一日，有老僧山東人，踵門請角藝。許延見，從容語之曰：「若與僕皆老矣，心雄髮短，胡競勝為？矧兩敗必有一傷，夙非怨仇，即亦何忍出此。何如各奏爾能，以優劣為勝負也。」僧韙之。於是會射，則皆中的；較力，則舉任相若。旁觀者未由稍稍軒輊。許窺於微，知僧實有勝己處，則與之約：「吾曹孰勝負，以翌日為期。視一事之能否為斷。」則置酒召賓朋，許忽默坐運氣，令髮辮上指，卓立若植竿然。其辮繩菿垂飄拂，若矛戟之繁飾也。僧無辮，謝不敏，竟伏退。此沛公所謂「吾寧鬥智，不能鬥力也」。子遜有《竹素軒詩集》，清新俊逸，不墜漁洋宗法。

二三一　寒食禁火別說

寒食禁火，相傳因介之推事。猶端午競渡，因屈原也。洪武《本草堂詩餘》，陸放翁〈春遊摩訶池〉〈水龍吟〉「禁煙將近」句注云：「《周禮．司烜氏》：『仲春以木鐸，狥火禁於國中。』」此別一說也。

二三二　梁同書膽大

錢塘梁山舟學士父文莊，官至大學士。文莊未達，居鳳凰山麓，夫人夜織，兒嬉於旁。虎突入戶，夫人驚絕，山舟戲如故，神色自若。亟問之，曰：「有大獸來，四顧而去，亦不知為虎也。」其後乾隆五十五年，以在籍侍講，入都祝釐，不肯詣時相門，有以禍福怵之者，勿顧也。其威武弗屈，已於幼不畏虎時徵之矣。靈巖尚書畢公自楚贈大硯，不納，使人委之而去。越數年，友有宦於楚者，仍附還畢公。夫所贈僅大硯，且贈者為畢公，宜若可受矣。而介介若是，詎預知其功名之不終耶。

二三三　嚴九能生而識字

歸安嚴九能生而識字，四歲作書徑尺，有規矩，十齡於屏風上為四體書，擅其藝者莫能及，號為嚴氏奇童。昔白香山七月識「之、無」，元王恂三歲識「風、丁」，蓋亦經人指授，且僅識此二字耳。若夫生而識字，則嚴先生而外，未之有聞。先生父樹蕚，聚書至數萬卷，其涵育有自來矣。

二三四　葉登南避俗如仇

仁和葉登南，乾隆十六年成進士，改庶吉士，散館補江西建昌令，居官口不言阿堵物，避俗如仇，人以為迂，而民甚安之。藩狀貌癯瘠甚，趨府白事，在公所罕與人言，人常怪之。一日，值貲郎在坐，藩殊不耐，閉目坐久。同官問何為，閉目不答，微語曰：「癡人去否？」郎大恨，卒為所中，以微譴罷歸。夫貲郎誠癡，亦復可人；貲郎而不癡，則益弗可耐耳。

二三五　曾文正劾罷縣令

曾文正官翰林時，一日，閱海王村書肆。同時買書者先有二人在。其一人遺一錢於地，一人亟躡之。俟遺錢者行，亟俯而拾之，亦遂行，意若甚得者。文正微詢肆中人，皆得二人姓名。迨後文正開府江南，有知縣新到省來見者，閱其姓名，則當年拾錢人也。文正愀然曰：「若人一錢如命，一旦膺民社，欲無剝民脂膏，得乎？」亟劾罷之。大臣留意人才，淑慝之鑒，操之有素。即其憶力過人，亦迥乎弗可及已。

二三六　「姘」字釋

滬語謂男女私識曰姘頭。按：《倉頡篇》：「男女私合曰姘。」茲字意乃絕古。《漢律》云：「與妻婢姦曰姘。」又別一義。

二三七　從此蕭郎是路人

友人某君告余，某日送某參政北行，歸途宴集某所，晤東陽方伯。東陽自言：「日來甚欲填詞，因叩以近作，則擬賦〈鷓鴣天〉，僅得起句云：『從此蕭郎是路人。』適案頭有〈北山移文〉，雒誦至再。俄而客至，遂不竟作。」此七字含意無盡，真黃絹幼婦也。

二三八　廣右古文家與〈計豢龍傳〉

吾廣右古文家，平南彭子穆，永福呂月滄，馬平王定甫，臨桂唐子實、朱伯韓、龍翰臣皆得桐城嫡傳，所作多名言精理，不同率爾操觚。地本偏僻，士唯治樸學，不屑標榜通聲氣，以故姓名或不出里閈，而其流弊所極，乃至不唯不標榜，而反相傾軋。一二穎異少俊稍脫略邊幅，輒局蹐不見容，往往垂老殊鄉，不敢言旋邦族，言之增於邑焉。因論諸鄉先生，不能無感。定甫先生有《龍壁山房文集》梓行，其〈計豢龍傳〉一首，事屬異聞，移錄如左。

計豢龍，馬平人。先世山東，祖國選，從征粵西蠻，至柳州，以功授五都都亳鎮巡檢。卒，子仲政貧不能以歸，家焉，而熟知猺壯情。知縣張霖薦其材，以諸生承父職。溪洞反者，多所擒滅，諸蠻畏之。仲政卒，子永清業於農，日行龍溪隴上，拾巨卵異之。歸翼以鵝，生龍子，畜之缽，缽盈，泳以池，將溢焉，乃縱之冲豪山潭間，日投飲以牛羊之血，人皆馴之。一日，女紅裳者過潭側，龍謂血也，起吞之。永清怒，偽為投牛羊血者，龍出飲，而遽手刃斷其尾，龍自是潛不出。或言大風雨晦冥之日，昇天行矣。永清死，將出葬，龍降於庭，家人駭奔，徐寤其為缽中物也。前而祝曰：「爾不忘豢者耶？」則往卜諸幽。將舁葬焉，龍蜿蜒，眾尾之，龍伏計東寨山之崖下，眾以永清窆焉。

余幼聞諸父老言，與志傳小異。吁，亦神怪矣哉。嗣計氏子孫，為馬平望族，天順、成化間，登甲乙科者不絕云。

一三九　〈紫韁頌〉

閱蕭山湯紀尚《槃薖文乙集》，有〈紫韁頌〉一首，為合肥相國李文忠作。偶與漚尹談及，謂羌無故實，殊難工也。漚尹因言近有一紫韁掌故。先是，浙中某閨秀矢志，非極品大臣不嫁，職是桃夭摽梅，芳期屢愆，迨後仁和相國王文勤由樞相告歸，有續膠之舉，竟如願相償焉。文勤曾蒙賞用紫韁，結褵日，其公子某先意承歡，備極優禮，彩輿八座，特換紫韁，其他鹵簿稱是。旁觀者咸嘖嘖稱羨，新夫人尤躊躇滿志云。

二四〇　玉溪生像硯及蘇翠觀

海虞沈石友自號鈍居士，有硯癖，藏硯絕夥。比貽余二拓本，因記之。玉溪生像硯，高七寸五分，寬五寸二分，厚一寸三分。琢池方式，近趾處稍狹，背面琢圓式凹下，而像凸起。像半身右向，結帶巾，衣後有花紋方式，略如補服而稍下，其上方題云：

予得宋人寫無題詩卷子，首列玉溪像，脫失過半，落墨瀟灑，非龍眠一輩子不能到。因屬包山子摹此硯背，及刻成而陸已謝世矣。仲石記。

右下角有「秬香心賞」白文印。左邊稍下，有「憲成」朱文印。右側題云：

秬香兄以玉溪生像硯拓本求題，視其神采飛騰如女子，製作之精，可想見矣。愚有上官周《唐宋詩人像》一冊，至玉溪谷微病其多態，今始知上官氏之學有淵源，非妄為者。仲石不可考。嘉慶二年，歲次丁巳，秋八月二日，北平翁方綱。

「蘇齋」白文印，硯趾左偏，石友題云：

我讀韓碑詩，頂禮玉溪像。
千古翰墨緣，神交結遐想。

阿翠像硯，高六寸七分，寬四寸四分，厚一寸五分，池琢圓式。四周隆起而中凹下，上方蓄水處亦凹下，占高一寸六分，凹中左偏，有「半山一侶」白文印。背面刻阿翠像，倚几右向側坐，右手持卷軸，全身不露足。左方題「咸淳辛未阿翠」六字，分書，像及題款皆凸。右側題云：

綠玉宋洮河，池殘歷劫多。佳人留硯背，疑妾舊秋波。己丑三月得此硯，墨池魚損去之，背像眉目似妾，面右頰亦有一痣，妾前身耶？阿翠疑蘇翠，果爾，當祝髮空門，願來生不再入此孽海。守貞記。

馬字朱文橢圓小印，左側石友題云：

片石歷四朝，兩美合一影。
想見畫長眉，露滴玉蟾冷。
洗汲綠珠井，貯擬黃金屋。
若問我前身，為疑王百谷。
刻畫入精微，脂香泛墨池。
漢家麟閣上，圖像幾人知。

硯趾安吉吳昌碩跋云：「石友示蘇翠像硯，馬守貞題，可稱雙絕。翠樂籍，工墨竹、分隸。咸淳辛未，宋度宗七年。己丑，明萬曆十七年也。」

蕙風按：《畫史會要》云：「蘇氏，建寧人。淳祐間流落樂籍，以蘇翠名。嘗寫墨竹，旁題八分書。如倚雲拂雲之類，頗不俗。亦作梅蘭。」今此硯像題款，正作分書，則阿翠即蘇翠無疑。《畫史》云淳祐間，則咸淳之誤也。

二四一　壽星五聚

嘉慶《涇縣誌》，洪北江為總修，體例精審，卓然可傳。其《人物志・志壽考》有云：「明查萬綱，九都人，年一百二歲；季弟萬彩，年一百歲。萬綱兄弟四人，仲萬紀，叔萬芒，皆年九十餘。子友爵，年八十餘，五老一堂。知縣何大化贈以扁額云『壽星五聚』。又查永闊，九都人，年百歲，知縣李日文，以「天賜百齡」扁額旌之，縣誌記永闊，與萬綱相連，蓋為時相去不遠也。」夫人壽期頤，世不多覯，若查氏一門，躋百齡者三人，誠山川間氣所鍾，求之志乘中，殆不能有二焉。

二四二　章高元失青島

有清之將亡也，叉雀之嬉成為風氣，無賢愚貴賤，捨此末由推襟抱，類性情，而其流弊所極，乃不止敗身謀，或因而誤國計。相傳青島地方，淪棄於德，其原因則一局之誤也。當時青島守臣文武大員各一：文為山東道員蔣某，武則總兵章高元也。歲在丁酉，蔣以闔差調省，高元實專防務。某日日中，炮臺上守兵，偶以遠鏡瞭望海中，忽見外國兵艦一艘鼓浪而來，亟審睇之，則更有數艘，銜尾繼至，急報高元。高元有雀癖，方與幕僚數人合局，聞報夷然曰：「彼自遊弋，偶經此耳，胡張惶為？」俄而船已下碇，辨為德國旗幟，移時即有照會抵高元署，勒令於二十四點鐘內，撤兵離境，讓出全島。高元方專一於雀，無暇他顧，得照會，竟姑置几上，其鎮靜情形，視謝安方圍棋得驛書時，殆有甚焉。彼特看畢無喜色，此則並不拆視也。久之，一幕客觀局者，取牘欲啟封，高元尚尼之，而牌已出矣。幕客則極口狂呼怪事。高元聞變，推案起，倉皇下令開隊，則敵兵已布通衢踞藥庫矣。將士皆挾空槍，無子藥。既不能戰，詣德將辯論，亦無效，遂被幽署中。於是德人不折一矢而青島非復中國有矣。事後，高元疊電總署，謂被德人誘登兵艦，威脅萬端，始終不屈，皆矯飾文過之辭耳。嗟乎，青島迄今再易主矣。吾中國亦陵谷變遷，而唯看竹之風，日盛一日。尤足異者，舊人號稱操雅，亦復未能免俗。群居終日，無復氣類之區別，則此風伊於胡底也。俯仰陳跡，感慨繫之矣。

二四三 《木民漫筆》掌故

宜興許午樓囑審定其尊人《木民漫筆》，泰半詩話及異聞，間涉災祥果報之說，關係掌故者絕少。茲節錄數事如左：

壽陽相國祁文端易簀日，胸微溫，越六日復甦，索筆題詩云：「聖駕臨軒選異才，八方平靖物無災。上元世業十年後，自有賢豪應運來。」

長白青墨卿督學江蘇，無名氏製聯云：「白旗丁偏心真可怕，青瞎子無目不成睛。」頗工，然非實錄。青公鑒衡殊允也。

周迪號藕塘，鄉試薦卷，以「心腹腎腸」，為滿洲某公所黜，曰醫書不可入文。曹鐵香太中朝考以「薀」字見抑，鐵香詩云：「御須詩韻從頭檢，薀字何曾作蘊書。」

楚某貴人，蚤歲不善治生，簞瓢屢空，高尚其志，不受嗟來之食。有戚某官江蘇，往探，兼為山水之遊。抵金陵，其戚早引歸。資用既罄，幸逆旅主人不甚索逋，且時來就談，曰：「相君之貌，非久困風塵者。」因教以卜，設肆於店門，日用粗給無贏餘。開年首春，主人致酒曰：

「今歲值大比，請復理舊業。」主人日來勸讀，若師保，端陽後餞行，贐白金三十兩。貴人歸而舉於鄉。次年成進士，入翰林，即郵書報主人而未得達。後十數年，貴人總制兩江，微服訪之，主人老不復識客。久之始悟，握手如平生歡。出酒同飲，貴人徐告之故。主人驚起欲拜，貴人捺令坐曰：「貧賤交勿拘形跡。」遂邀主人為食客。甚長子固營卒，旋擢守備；次子略識字，為納資得縣丞，官於浙，後至司馬。

二四四 捷辯

漚尹言，朱九江有猶子酷嗜錢。一日，九江謂之曰：「錢之為物，有何佳處，汝顧愛之若是？」猶子者亦請問九江曰：「錢之為物，有何不佳處，叔顧不愛之若是？」斯言饒有哲理，猶子者亦復不凡。因憶吾鄉桂林，清議絕可畏。舍兄東橋所居，距吾廬不數武，某日向夕詣兄，值盛暑，未易長衣。甫出門，遇一友，遽訶余曰：「汝何故著短衣出門？」余亦笑詰之曰：「汝何故著長衣出門？」當時此友，竟急切不能答也。

二四五 年少不知詩即作詩

余年十三四，不知詩為何物，輒冒昧屢為之，有句云：「薄酒並無三日醉，寒梅也隔一窗紗。」姊丈蔣君梓材，見而誡之曰：「童子學詩，胡為是衰颯語？」因舉似其近作，句云：「有酒且拚今夕醉，好花不斷四時春。」自謂興會佳也。詎蔣君不數年即下世，余雖坎廩無成，然而垂垂老矣。因憶及訶余之友，牽連記之。蔣君雅人，其規我，其愛我也。

二四六　某太史遺事

近人某氏撰野乘，有「某太史遺事」兩則。某太史者，故相國某之館賓也。相國晚節不可道，方隆盛時，則庬然講學家也。太史貌理學迎合之，其遺事野乘殊未備。相國邸第，在前門內東城根，太史寓所在前門外西河沿，相距非甚遠，而亦未為甚近。太史固英年，堂上猶具慶，自到館已還，下榻相國邸，每日授讀餘閒，必回寓省親一次。往還時間，不差繭發。且無論寒暑風雨，必步行不乘車，相國以是益重之。而不知其去時，出相邸數武即顧車；回時，未至相邸數武，僅捨車而徒。且未必果回寓，即回寓，亦未必非別有所為也。太史尊人近耄耋，患失明。一日，太史夫人炙牛脯，雜紫蘭丹椒，芬馨撲鼻觀。尊人問焉，且曰：「幸分而翁一杯羹也。」適太史省親在寓，則對曰：「吾家近戒食牛犬，安有是？其殆東鄰殺牛乎？」太史以相國奧援，入清秘堂，京察一等，出守大郡。嘗語友人曰：「居官要訣，唯穩、冷、狠三字。」友人徐曰：「其如別有三字，不能兼顧何？」曰：「何也？」曰：「君、親、民也。」太史慍甚，而無如何。先是，太史之捷於鄉也，年甫十七，其尊人持重特甚，囑一老僕衛之北行。老僕者，與太史尊人年相若，其尊人幼年入塾時，僕即為僮伴讀者也。其行也，以仲冬，由東大道遵陸。當是時，風氣猶未甚開，視航海猶畏途也。太史為節費計，與友人共賃一車，而命老僕徒步以從，風雪長途，踉蹌歷十八站。甫抵都門，僕以積勞病歿，太史夷然，薄斂叢葬之而已。太史自應童子試，至於散館考差，皆出手得廬，未嘗枉拋心力。年未三十，一麾出守，東南繁富，宦橐甚充，其福命誠加人一等。國變以後，不聞消息。意者，坐擁厚資，優遊林下矣。

二四七　陝西巡撫西琳優禮裁縫

有清一代，滿大臣昏庸陋劣，見於載籍，不勝僂指。定遠方子嚴《蕉軒隨錄》所記一事，尤為奇絕。雍正間，陝西巡撫西琳接見僚屬，有二裁縫旁坐縫衣，不但司道恭輯，二裁縫穩坐，至府廳以下，或長跪白事，二裁縫穩坐如故，凡地方緊要事件，一一聽聞。大小官員，莫不駭異。見陝西糧鹽道杜濱奏摺。意者，滿人好修飾邊幅，雖苛其中之所有，而於章身之具，務求熨帖安詳。茲事非裁縫不辦，宜其待之有加禮也。雖然，若西琳者，殆猶有質直之風焉。優禮裁縫，即不妨令眾人見之，以視工於掩著，貌為尊嚴，而其中不可問者，猶為襟懷坦白已。

二四八　演戲與做官不同

滿大臣軼事，尤有絕可笑者。乾隆季年，山東巡撫國泰年甫逾冠，玉貌錦衣。在東日，酷嗜演劇，適藩司于某，亦雅擅登場，嘗同演《長生殿》院本。國飾玉環，于飾三郎，演至「定情窺浴」等齣，于自念堂屬也，過媟褻或非宜，弄月嘲花，略存形式而已，詎舞餘歌闋。國莊容責於曰：「曩謂君達士，今而知迂儒也。在官言官，在戲言戲，一闋目，一科諢，戲之精神寓焉。苟非應有盡有，則戲之精神不出，即扮演者之職務未盡。君非頭腦冬烘者，若為有餘不敢盡，何也？」于唯唯承指。繼此再演，則形容盡致，唐突西施矣。國意殊愜，謂循規赴節，當如是也。其後國為御史錢南園所劾，旋解任去，而鵲華明湖間，猶有流風餘韻，令人低徊不置云。

二四九　戲提調

光緒朝，江西巡撫德馨酷嗜聲劇，優伶負盛名者，雖遠道必羅致之。節轅除忌辰外，無日不笙歌沸地也。新建令汪以誠者，有能吏名，專為撫轅主辦劇政，即俗所謂戲提調也。邑署中事無大小，悉付他員代之。是時贛人為制聯曰：「以酒為緣，以色為緣，十二時買笑追歡，永夕永朝酣大夢；誠心看戲，誠意聽戲，四九旦登場奪錦，雙麟雙鳳共銷魂。」額曰：「汪洋欲海。」四九旦、雙麟雙鳳，皆伶名也。稍後，柯逢時撫粵西，頗不洽輿情。無名氏制聯云：「逢君之惡，罪不容於死；時日曷喪，予及汝偕亡。」額曰：「執柯伐柯。」兩聯額皆嵌姓名同格，粵聯集句尤渾成。

二五〇　作聯嘲地方官

道光時，浙江巡撫烏某蒞任有年，唯留意海塘工程及考試書院二事，浙人作對譏之曰：「畢生事業三書院，蓋世功名一海塘。」康熙朝，商丘宋牧仲撫吳十九年，嘗修滄浪亭，刻〈滄浪亭小志〉，又修唐伯虎墳，然似有不慊輿情處。其撫署東西兩轅門榜曰：「澄清海甸，保障東南。」時有加三字成聯句云：「澄清海甸滄海水，保障東南伯虎墳。」右兩事略相類，然如烏某者，固猶有一二善政；如宋公者，尤不失文采風流。求之晚近巨公中，殆猶未易多得焉。又宋中丞題滄浪亭聯曰：「共知心似水，安見我非魚。」或改水為火，改魚為牛，暗合其名，亦堪一噱也。

二五一　陳圓圓陰魂再現

客歲秋冬間，纂〈陳圓圓事輯〉，得萬餘言。比閱長沙楊朋海《詞餘叢話》，有云：

嘉慶間，蘇州鄭生客遊滇，春日踏青商山，訪圓圓墓不得，崩榛荒葛中，忽迷歸路。俄而落照西沉，暮煙籠樹，遙望前途，似有人家，思往借宿。至則朱門洞開，玉瑱金鋪，儼然王侯第宅。乃使閽者轉達，良久而出，導入東廂。為設食，尊酒簋貳，亦極精潔。飯已，有老嫗出問：「客操吳音，是何鄉貫？」具告之。少頃，嫗秉燭而出，肅客登堂，有女子容色絕代，羽服霓裳，如女冠裝束，降階而迎曰：「妾即邢氏，埋香地下，百有餘年。時移物換，丘隴就平。念君是妾同鄉，有小詩十首求為傳播。」因命侍女取詩付鄭。其末章云：「鴛鴦化盡魚鱗瓦，難覓當年竺落宮。」鄭問「竺落」之義，曰：「竺落皇笳天，為十八色界天之一。載在《道經》，妾舊時所居宮名也。」取翠笛一枝以贈，並吟一詩曰：「歎息滄桑易變遷，西郊風雨自年年。感君弔我商山下，冷落平原舊墓田。」遂命送鄭出。時東方微明，向之第宅，俱無所見。唯西面隱隱若有垣墉，諦視之；則深林掩映而已。然袖中玉笛故在，視其詩箋，則多年敗紙，觸手欲腐，墨色亦暗澹，迥非人世之物。鄭以幽會荒唐，刻圓圓遺詩，托諸箕筆。東海劉古石傅會作《商山鸞影》傳奇，彌失其真。蘇人蔣敬臣為予言如此。

右楊氏《叢話》所述，跡涉幽渺，未可據為事實。曩閱長樂謝枚如《賭棋山莊詞話》，載朱淑真降箕，賦〈浣溪沙〉詞，其後段云：「漫把若蘭方淑女，休將清照比真娘。」朱顏說與任君詳，余嘗輯〈淑真事略〉，亦未採入。

二五二　弔康有為寵姬聯

康南海寵姬何女士栴理，殤於滬寓邸第。其門下客某制聯恭輓云：「天若有情亦老，人難再得為佳。」南海亟獎藉之，時方歲晚，餽遺有加。

二五三　吳三桂厚贈故人

近人某筆記載吳三桂為前明武舉，出江南某公門。某公歿，其子奉母貧甚，間關抵滇，既半載，寄食於藩下護衛。得間通謁，吳立待以殊禮，留邸第數月。旋以母老告歸，則大集賓僚祖道，餽贐逾二萬金，別扃一篋為母壽，皆珠寶。某歸，遂為富人。按：延陵軼事，此類非一。少時曾為毛文龍部將，既貴，與毛氏久不相聞。浙帥李某，強奪毛氏宅，毛無如何。事聞於吳，立責令李還宅，且輸金謝毛氏。傅宗龍亦三桂舊帥，其子汝視之如兄弟。王府門禁嚴，汝非時出入，無敢詰者。寧都曹應遴於三桂有恩，其子傅燦遊滇，以十四萬金贈行。三事見南昌劉健《庭聞錄》。

二五四　北京政事堂聯

北京政事堂地望高絕，以簡為重。某君擬撰楹聯云：「竟日淹留佳客坐，兩朝開濟老臣心。」屬對工切，集杜工部句，尤天然巧合。

二五五　瓊花豔遇

曩撰《臼辛漫筆》，有「瓊花豔遇」一則，蓋聞之於皖友。歲在甲寅，晤廣陵吳嵇翁為言此事於道、咸間，事之究竟，有出吾舊聞外者，因並前所記述焉：

瓊花觀未焜時，皖人米客某春日獨遊，忽逢麗人，相與目成。夕詣客所，自言我仙女也，遂諧燕好。客設肆仙女廟，挈女同歸，它人不之見也。其後漸泄，同人有求見者，客為之請，女曰可。某日會坐，忽聞香風郁然，彷彿麗人立數步外，宮裝繡裙，腰如約素，雙翹纖削若菱，腰已上輕雲蔽之，神光離合，倏忽不見。會客經營失意，謂女曰：「卿仙人，曷為我少紓生計？」女曰：「世間財物各有主，詎可妄求？」郡城有售呂宋票者，囑客往購，謂當稍竭綿薄，比客詣郡購票歸，不復見女，票亦旋負。一月後，消息杳如，望幾絕矣。女忽自空飛墮，短衣帶劍，雲鬢蓬飛，氣息僅屬，謂欲飛渡呂宋，為君斡旋，詎該國多神人守護，斥逐良苦，歸途又為毒龍所劫，僅乃得免。客亟捧持慰藉之，女亦從容復其故常。自是，與居越二稔，雖琴瑟在御，未足方其靜好也。一日，客因事外出，洎歸，女則置酒麴房，囑客共飲。江東之臛，漢南之臇，紫翼青髻，瓊漿玉膏，不知其致奚自也。酒間，自取洞簫吹之，聲不同於引鳳，曲乃犯乎離鸞。蘇長公所謂如怨如慕，如泣如訴，其為愴怳淒悒，殆無以逾焉。簫闋，復倚聲而歌之，歌曰：「明月清風兮夜如何其，醉不成歡兮我心傷悲。執子之手兮黯然將離，桑田滄海兮後會難期。更進一杯兮勸君勿辭，千秋萬歲兮人天相思。」歌畢，捧觴囑客，哽咽而言曰：「離多會少，恩深怨長。吁嗟郎君，緣盡今夕。比以巨涇之國，將丁末運，應運降才，天帝殊難其人。不圖仙官某，率以吾輩進，謂夫有媚骨，無剛腸，膺斯選至宜稱也，帝可其議。吾祖師方侍直上清，奉敕下，籍所屬，候進止，業發遣如乾輩，皆以男身降生浮提。妾幸名叨牒末，稍得稽遲，今則無可復延，蓋天符已下矣。夫以應龍建馬之末裔，無健走千里之殊能，而一代托以興亡，九閽知其名姓，誠曠古罕有之奇遇。矧帝心慈恕，念茲殘劫，雖假手吾輩造成，然實運會使然，不當吾輩任咎。迨至紅桑閱盡，銷除位業，特許從容騎鶴，逍遙海上仙山。徐俟乘化歸真，仍還本來面目。妾與君聚處數年，雖金爐共香，瓊佩同照，甚愧未能有益於君。然微審陽消陰息之間，庶幾秕糠去而精粹大來，非復天壤王郎、吳下阿蒙可比。君幸自愛，勸力前修，天上人間，未必不復相見。悲莫悲兮生別離，此時此際難為情耳。」語次，淚隨聲下，客亦涕泗汍瀾，因問巨涇之國何在。女曰：「此天機，時未至，毋泄也。」於時四目相注，依黯無語，聞雲中隱隱有笙鶴聲。俄而樺燭異色，光景淒戾，若金風鐵雨將至，而瓊雲璧月不可復留也。客為之心目震眩，一徊徨間，遽失女所在。亟開戶引睇，唯見彩雲如蓋，冉冉向東南而去。久之，回精斂魂，收視返聇，唯有月落參橫，秋聲在樹而已。客悲惋垂絕，旋亦謝絕人事，披髮入山，不知所終。

二五六　百歲翁恩賜進士

有清一代，視翰林至重。一若人而翰林，則無論德行節操，學問事功，無一不登峰造極者。持此見解，深入肺肝，根深蒂固，牢不可拔，雖通儒巨子不免。光緒甲午恩科會試，有欽賜進士湘人某翁，年一百十四歲，殿試後，欽賜國子監司業，蓋寵異之也。某翁意殊不慊，謂某某年僅百齡，某某且未逮百齡，皆蒙欽賜翰林，何獨於吾靳弗予也。時余客京師，偶與半唐老人夜談及此，余曰：「璞哉是翁，唯其不知司業翰林秩位之崇卑，乃能壽命延長至是。」半塘亟拊掌然余說。迨後己亥、庚子間，余客荊湖，聞是翁猶健在矣。

二五七　《淮南子》所稱九州

《禹貢》九州：冀、兗、青、徐、揚、荊、豫、梁、雍。按：《淮南子．墬形訓》云：

天地之間，九州八極。何謂九州？東南神州曰農土，正南次州曰沃土，西南戎州曰滔土，正西弇州曰並土，正中冀州曰中土，西北臺州曰肥土，正北濟州曰成土，東北薄州曰隱土，正東陽州曰申土。

此九州之名與《禹貢》不同。

眉廬叢話　第七卷

二五八　雜種之名見《淮南子》

北語詈人曰雜種，此二字見《淮南子・墬形訓》云：

暖濕生容，暖濕生於毛風，毛風生於濕元，濕元生羽風，羽風生暖介，暖介生鱗薄，鱗薄生暖介。五類雜種興乎外，肖形而蕃。

二五九　詠美人詞十二首

始安周笙頤撰錄宋以來詠美人詞為《寸瓊詞》，得一百七十闋，凡前人未備之題，皆自作以補之。其詠今美人足〈念奴嬌〉一闋，已錄前話矣。〈菩薩蠻・美人辮髮〉云：

同心三綹青絲綰，絲絲比並情長短。背立畫圖中，巫雲一段鬆。羅衫防污去卻，巧製烏綾托。私問上鬟期，平添阿母疑。

〈定風波・美人渦〉云：

容易花時輾玉顏，柔情如水語如煙。春意欲流人意軟，深淺，藏愁不夠恰嫣然。都說個儂禁酒慣，防勸，無端掩笑綺筵前。吹面東風梨暈懶，妝晚，鏡波無賴學人圓。

〈減字浣溪沙．美人唇〉云：

記向瑤窗寫韻成，重輕音裡識雙聲，石榴嬌欲競珠櫻。
笛孔膩分脂暈浥，繡絨香帶唾花凝，憐卿吻合是深情。

〈沁園春．美人舌〉云：

慧茁心苗，欲度靈犀，溫香自然。恰鸚簾客去，香留茶釅。鸞箋句秀，粲說花妍。金鑰深扃，玉津蜜漱，消得神方長駐顏。圍曾解，羨瀾翻清辯，巾幗儀運。簪花格最嬋娟，更妙吮香毫越恁圓。甚小玉偏饒，幽懷易泄。阿侯乍學，泥語輕憐。一角溪山，廣長真諦，只在紅樓斜照邊。閒憑弔，憶楚宮淒怨，捫竟三年。

〈減字浣溪沙．美人頸〉云：

延秀洛川鶴未翔，蝤蠐玉映鏡中妝。低垂膩粉卻羞郎。
書雁遲回勞引望，繡鴛偎傍慣交相。溜釵情味嚲鬟香。

〈鳳凰臺上憶吹簫．美人胸〉云：

酥嫩雲饒，蘭薰粉著，羅裙半露還藏。乍領巾微褪，一縷幽香。依約玉山高並，皚皚雪，宛在中央。難消遣，填膺別恨，積臆春傷。

　閨房，別饒光霽，只風月叨陪，僥倖檀郎。更三生慧業，錦繡羅將。云是掃眉才子，渾不讓，列宿文章。論丘壑，遙山澹濃，占斷眉場。

〈減字浣溪沙．美人腹〉云：

妙相規前寫秘辛，圓肌粉致麝臍溫。個中常滿玉精神。
郎若推心誰與置，天教貯恨不堪捫。輖飢可奈別經春。

〈白蘋香．前題〉云：

屬稿未須鳳紙，兜羅穩稱瓊肌。宣文豔說女宗師，不數便便經笥。
玉抱香詞慣倚，珠胎消息還疑。畫眉也不合時宜，約略檀奴風味。

〈減字浣溪沙．美人臍〉云：

可可珠容半寸餘，麝薰溫膩較何如。帶羅微勒惜凝酥。
酒到暫能酡絳靨，藥香長藉暖瓊膚。夢中日入叶禎符。

前調〈美人肉〉云：

絲竹平章總不如，屏風誰列十眉圖。收藏慣帖是郎書。似燕瘦才能冒骨，如環豐卻不垂腴。雞頭得似軟溫無。

〈減字木蘭花．美人骨〉云：

陽秋皮裡，何止肉勻肌理膩。玉瑩冰清，無俗偏宜百媚生。銀屏讀曲，藥店飛龍為誰出。袒腹才難，消得文章比建安。

〈金縷曲〉前題云：

畫筆應難到，稱冰肌，清涼無汗。摩訶秋早，妙像應圖天然秀，難得神清更好，憐璨子掌中嬌小。不把畫場雙眉鬥，恰青衫未抵紅裙傲。論高格，九仙抱。嗤他皮相爭顰笑，漫魂銷，花柔疑沒，肉勻足冒，可奈相思深如刻，瘦損香桃多少。怕玉比玲瓏難肖，知己半生除紅粉，莫艱難市駿金臺道。秖無俗，是同調。

〈滿庭芳．美人色〉云：

倚醉微赧，倦羞淺絳，相映妒煞桃花。豔名增重，顰莫效西家。旭日魫窗穿照，光豔射，和雪朝霞。東風裡，紅紅翠翠，生怕繡簾遮。

嫌他，脂粉污，蛾眉淡掃，芳澤無加。更佳如秋菊，鮮若晨葩。任爾芙蓉三變，濃和淡，莫漫驚誇。蘭閨靜，秀餐長飽，相對茜窗紗。

以上各闋，置之《茶煙閣體物集》中，允推佳構，《寸瓊詞》未經印行，故錄之。

二六〇　京師名伶梅巧玲軼事

京師名伶梅巧玲色藝冠時，手姿俠骨，都人士稱道弗衰。今日聲名藉甚之梅蘭芳，其父曰竹芬，巧玲其大父也，歿於光緒壬午冬，先桑尚書文恪一日。文恪壽逾八秩，梅年僅四十耳。京曹某撰輓聯云：「隴首一枝先折，成都八百同凋。」殊典雅工切。相傳某省孝廉某，以下第留京師，與梅昵，罄其資，長物悉付質庫，幾不能具饔餐。唯一僕依戀不忍去。會春闈復屆，竟不能辦試事，方躊躇無措間，俄梅至，僕憤懣，摽之門外，且謂之曰：「為汝兔故，雖典質亦無物，即功名亦何望矣。汝兔胡為乎來，豈尚有所希冀耶。」梅婉言遜謝之，至於再三，僅乃得見。則袖出百金遺孝廉，囑屏當赴試，並盡索其質券，及中空之行篋，鄭重別去。比孝廉試畢返寓，梅則以篋至，而向之珠者還，璧者歸矣。榜發，孝廉捷，壹是所需，梅獨力任之，若李桂官之於畢靈巖也。孝廉感且愧，僕尤感激涕零，鞠跪亟謝，稱之如其主，且謂之曰：「曩唐突，謬兔君，誠吾過。幸恕吾，兔吾可。」梅仍遜謝之，欿然無得色。此事梅固難能，此僕亦豈易得耶。又某太史，亦以昵梅故致空乏，顧舉債於梅數百金，旋逝世，無以斂。諸同鄉同官集而為之謀。久之，殊無緒。俄傳梅至，以謂理債來也。梅入，哭甚哀，出數百金券，當眾焚之，並致賻二百金，敘述生平，聲淚俱下。聞者多其風義，為之感動，咸慨慷脫驂，咄嗟而成數集，得舉賓返妻孥焉。梅之軼事，類此尚多，此尤犖犖者。

二六一　集六朝文為聯

曩集六朝文為聯云：「翡翠筆牀，琉璃硯匣；芙蓉玉碗，蓮子金杯。」又集王子安文賀某友新婚聯云：「花鳥縈紅，蘋魚漾碧；芝房疊翠，桂廡流丹。」兩聯皆豔絕。友所居，院中有叢桂，尤妙合。

二六二　揚州美人紅蓮

余客揚州三年，聞豔異之事二。其一即前所述瓊花豔遇。又紅水汪某巨宅，常見怪異，主人弗敢居，曠廢已久。花傭某僦其後圃居之，雜蒔群芳，兩年來竟無恙。有方塘闊畝許，遍種紅蓮。戊戌夏，花尤繁密。每瓣上皆作美人影，勾勒纖致，若指甲掐印者然。一時傾城往觀，或詫為妖異，或驚為豔跡，有形諸歌詠者，余聞之某分司云。

二六三　蘭陵美酒鬱金香

蘭陵酒，出常州，比紹興酒稍濃釅。鬱金香酒，出嘉定南翔鎮，色香味並佳，略似日本紅葡萄酒。兩種酒名，恰合「蘭陵美酒鬱金香」之句。

二六四　重次〈千字文〉祝張之洞壽

梁周興嗣〈千字文〉，後人多仿之者，錯綜組織，極勾心鬥角之妙。光緒丙申，南皮張相國文襄六秩壽辰，黃岡令楊葆初重次千文為祝云：

盛績若虛，舊弦斯改。海內龍門，朝端鳳彩。
吹垢巨卿，釣磻大老。化贊璣衡，身真國寶。
義農御宇，岳牧效忠。要荒遐服，罔敢不同。
冠弁百僚，凌駕萬物。跡邇陶桓，道遵羊叔。
鑒操人倫，慕者神往。周甲筵歡，見丙星朗。
孝達張公，八州制府。尹切匡時，榮能稽古。
皇都近邑，世宙植槐。璇樓篤祜，玉燕投懷。
光祿封君，貴陽霸寵。伯舍棠貽，庭階蘭拱。
英姿俊穎，實育令儀。五事作乂，四箴慎宜。
少侍父誡，祗受母言。清席暑退，眠牀冬溫。
劭弟恭兄，餘力游藝。讀典玩墳，筍束鱗次。
疑意杷疏，辨釋涇渭。晝昃匪餐，夜寂寡寐。
性耽丸墨，秦莽唐妍。紙筆驅遣，隸邈草顛。
累葉組纓，易猶取芥。綺歲調笙，名場獲解。
驤舉鵾招，仙裳聚會。當空扶搖，唱傳殿陛。
獨對廊垣，霜嚴白簡。屬稿藏箱，射的持滿。
抗奏論嫡，嗣位則正。伏闕悚惶，兩宮動聽。
譏彼挈楹，笑顰隨俗。史牒照垂，晦微洞燭。
川楚臨安，使輶歷稅。靈隱禪心，劍南驢背。
耳熟鐘琴，瑟居想漢。浴色染藍，面執羔雁。

浮辭息韓，徘體誚幾。愛士等李，逸群立稽。
仁主躬勞，孰荷巨任。適被旁求，羸車入晉。
戶傷索漠，飯飫沙糠。條黜納貢，察薄畝糧。
秉節領表，俯字象郡。青犢凋散，野黎綏定。
法羌短髮，厥貌甚殊。藉途伐虢，律罪必誅。
壁恐毀趙，將恃廉頗。巾扇指顧，千營濟河。
文淵既克，賊渠縻焉。矢翦滅此，飛信遙宣。
聖慈量惻，謂且姑容。新飄翠羽，答女之庸。
方城寥曠，宅市紛羅。假通馳路，墳益終多。
密陳廟堂，帳帷即止。惠政始聞，外懼續起。
日本處東，臣節素守。壹旦肆叛，竟甘禍首。
獸逐鳥駭，奄覆高麗。陪京嘯逼，邛洛振基。
維王特命，催履建業。輦轂無驚，知囊有策。
寓箋比得，潛資默助。說妙轉環，伊呂相傳。
和戎魏絳，更辱親行。枝梧侈口，溪谷難盈。
訓語煌乎，尺寸勿讓。委土奈何，師丹善忘。
晝約夕出，率與設盟。孤軍深壁，誰似田橫。
感戚悲鳴，上弗云可。非直是矜，盡其在我。
西塞魚肥，回軻過再。輕蓋徊翔，水曲如帶。
薪積常虞，湯熱思去。莫以逍閒，而亡遠慮。

昆崘沉冥，氣烝杳郁。鼓運洪鈞，良金載躍。
懸機左斡，抽綿紡絲。男丁婦巧，紈布靡虧。
厭造銀圓，弊矯疲弱。致富阜民，於茲俶落。
磨利用長，飽騰所據。欲曜聲威，刻興火器。
談兵每精，戚果推最。武學豫修，承平攸賴。
杜夏池房，樂並貳省。廣匹實歸，尊經並永。
商務亦詳，竭理充極。分骸別毛，諸音坐習。
流離困殆，禹稷己飢。勸穡增稼，施食及衣。
盜發禽捕，淑問審刑。養目治翳，惡竹斬根。
雞黍念友，石貞漆堅。俠腸夙具，優孟豈煩。
賓從雨集，亭皐欣踐。桐門陰涼，鞠寒華晚。
陟弔升嚴，尋碑摩碣。銘眺岱阿，歌聆敕勒。
恬靜謙畏，悅淡恥咸。糟姜烹菜，膳佐杯盤。
義莊潔祀，木枇倖存。祭嘗足給，敦睦故園。
兒號寧馨，家駒譽好。右啟後昆，賢書登早。
庶美合觀，德猷交祉。佳矩景林，茂規超阮。
中秋初吉，酒奉觴稱。辰暉映煒，月魄生明。
九重露沛，珍異競來。雲章寫福，詩詠孔皆。
帝曰康哉，功惟嘉乃。賞紫圖形，為天下宰。
蒙也列職，自謝愚賤。地攝黃岡，仕志赤縣。

泰仰宗工，霄澄珠宿。夫子牆瞻，卑官才陋。
引爵接步，願結因緣。誠傾元禮，情移成連。
拜手謹頓，敬慶松季。

又相國門下士姚汝說集《漢書》句為壽序，尤工巧典重，為相國所擊賞云。

二六五　鄭板橋戲題佛像

定遠方蓮舫《蔗餘偶筆》云：「李復堂、鄭板橋書畫精絕。復堂為人題大士像云：『巧笑倩兮，美目盼兮。』或訝其不倫，復堂窘甚。板橋曰：『何不云：彼美人兮，西方之人兮。』」按：宋龐元英《談藪》云：「甄龍友雲卿，永嘉人，滑稽辯捷為近世冠。嘗遊天竺寺，集時句贊大士，大書於壁云：『巧笑倩兮，美目盼兮。彼美人兮，西方之人兮。』孝廟臨幸，一見賞之。詔侍臣物色其人。或以甄姓名聞曰：『是溫州狂生，用之且敗風俗。』上曰：「唯此一人，朕自舉之。』甄時為某邑宰，趨召登殿。上迎問曰：『卿何故名龍友？』甄罔然不知所對，既退乃得之曰：『君為堯舜之君，故臣得與夔龍為友。』由是不稱旨，猶得添倅。後至國子監簿。」方氏所記李、鄭二公之事，殆與昔人暗合耶？抑板橋曾見《談藪》，值復堂詞窘，遂舉以相語耶？

二六六　某女子再嫁軼聞

蘭陵先生言，江陰舊俗敦尚節義，女子或在室喪所夫，雖未經納采問名，但有片言婚約，亦必矢死靡他。有巨室某氏女，早失怙恃，僅依兄嫂。已聘未字，俄聞婿訃，誓守不字之貞。經婿族婉謝，兄嫂諄勸不為動。稍強之，則以委身江流、畢命繯索為言，自是無敢以不入耳之言相勸勉者。女婉孌明慧，固掃眉才子也，詠絮無慚謝女，頌椒不數臻妻。日唯閉閣焚香，遊思竹素，消遣歲月。會郡城創立女校，重女才德，聘為教習。女謂吾斯能信，欣然稅駕，遂擁臯比。甫及半年，而向之風骨稜稜者，今則言笑晏晏矣；向之凜然難犯者，今則溫然可即矣。嫂氏窺之於微，微語其兄，謂可因勢利導也。適同邑某明經方謀膠續，姑試婉商於女，女則不置可否，嫣然一笑而已。則亟托蹇修為之作合，匝月而嘉禮告成，改歲而寧馨在抱矣。慨自廉恥道喪，綱常弁髦。明達士夫，不幸而丁易姓改步，往往回跡心染，首陽之節不終，而托為一說以自解。矧考之《禮經》，婦未廟見無守誼，雖宋儒亦謂然；女之改弦易轍，即謂禮亦宜之可也。唯是學堂之變化氣質，神奇朽腐，開通閉塞，何其神速一至於斯也。其諸明效大驗，可以舉一反三，有移風易俗之責者，當知所先務矣。

二六七　四言函書

近於某友處見某校書寄某君函稿，詞旨清麗，尤有風格，亟錄如左：

某君足下：瀛嚅判襼，弦柱眴更。馳跂依依，興懷昔柳。伏維蓋晝，管鑰雄□。丹霞白雲，並峙芳譽。謝岩只赤，春草未歇。公暇舒嘯，宜多遙情。猥以蒲姿，曩承青睞。落紅身世，托護金鈴。香桃刻骨，未喻銜感。近狀乏淑，途窮多艱。六月徂暑，嬰疢垂絕。叨蔭慈雲，僅續殘喘。蠶絲未盡，鮒轍滋甚。顧影自悼，畫眉不時。烏衣薄遊，寧少王謝。玉鐘彩袖，難為慇懃。空谷足音，益復岑寂。有帖乞米，無人賣珠。夕薰不溫，年矢復促。蹙蹙末路，高高譎臺。百悳相煎，半籌莫展。支離病骨，誠何以堪。遙夜易淒，怨魄流照。俯仰今昔，悲從中來。捲盡蕉心，誰復知者。言念君子，文章巨公。情生於文，自極斐亹。不揣葑菲，輒呼鞠窮。寧忘非分，所恃過愛。貽書付雁，損惠舒鳧。鵠糇德音，若望雲霓。歇浦□江，程不五日。孱軀粗適，甚願趨侍。襜帷莅止，彌切忭迎。清冬沍寒，伏冀珍攝。

末署「沐愛某名肅拜」。清時軍府末弁，對於所隸自稱「沐恩」，此「沐愛」二字仿之，殊新雋。

二六八　贈彩雲校書聯

某君贈彩雲校書聯云：「手采南都卞賽賽，舊遊京洛李師師。」

二六九　泰山帝字碑

近人某筆記云：「道光二年，山東某縣令登泰山，觀沒字碑，剔蘚摩挲，忽於碑肋見一『帝』字，筆畫古秀，拓數十紙，流傳京師。後甘泉謝佩禾曾目驗之，故有句云：『偶讀一碑惟帝字。』」按：此說信然，則與中嶽嵩高廟石人頂上「馬」字同為瑰寶矣。又江蘇上元甘家巷梁安成康王蕭秀西碑，相傳唯碑額及碑陰曹吏等題名尚存，碑則全泐。余嘗命工精拓數紙，完整者猶數十字矣。

二七〇　外國銀幣銅幣名稱

外國銀幣，品類至繁，花紋各異，不下三千餘種，略舉其名：英曰先令，行於印度者曰羅比；法曰佛郎，行於越南者曰比阿斯德。德曰馬克，俄曰羅般，奧曰福祿林，意曰賴兒，荷曰結利特，葡與巴曰密勒，丹麥與瑞典曰列斯大拉，班曰秘西笪，秘曰沙而勒，美利堅、智利、科倫比亞等國，皆行墨西哥之秘瑣。其他小國，或自鑄幣，或奉大國之製，弗可得而詳也。銀幣輕重之差，較之中權，自一錢餘至七錢有奇不同。然最以墨西哥之秘瑣，重七錢二分為中制，即中國通用之鷹洋也。又銅幣之名，英曰本士，法曰生丁，德曰弗尼，俄曰古貝，奧曰紐扣而哲。餘未詳。

二七一　盧森堡女王抗德軼聞

西國近事有盧森堡女王為俘一則。女王年甫及笄，嬌嫮絕倫。德人攻入盧森堡，王率其大臣數人督軍過橋以阻之，德人因之於魯倫堡附近之某邸。夫卵石不敵，而竟敢與抗，誠美而有勇，雖囚猶榮矣。考盧森堡國與比、法為鄰，為德、法往來必經之路，全國九百九十九方英里，人民二十六萬，陸軍一百五十人，歲入英金六十八萬鎊，一至小之獨立國也。因憶吾國從前藩服，有坎巨提者，回疆部落也。《新疆識略》及《西域水道記》謂之乾竺特，《大清一統輿圖》謂之喀楚特，《中俄交界圖》謂之棍雜，向來臣服中朝。光緒十七年，英人有事於回疆，欲假道坎中，闢一通衢，以固興都哥士山門戶，使俄人不得越帕米爾東行。坎王稱兵拒戰，屢經敗北，率其眷屬而逃，英人遂欲據其版圖。適薛叔耘京卿出使英、法、義、比，屢經爭辯，僅得存宗祏，別立新王摩韓美德拿星。自後恪奉正朔，每年入貢沙金一兩五錢，例賞大緞二匹，視同霍罕安集延巴勒提拔達克之類，謂之朝貢之國。考坎巨提地僅百餘里，人民一萬餘，更小於盧森堡十分之九。迄今時異世殊，區區徼外彈丸，當軸宜未遑措意，其得免於蠶食鯨吞與否，在不可知之數矣。

二七二　王鵬運戲談文不對題

曩余客京師九年，四印齋夜談之樂，至今縈繫夢魂焉。半塘老人工雅謔，多微辭，嘗曰：「余聞文字與事之至不貫穿者有三：法越之役，媾和伊始，法人多所要求，吾國悉峻拒，不稍假借。某報紙著論有云：『我皇上天威震怒，一毛不拔。』又內閣茶人作燭籠，一面書『世掌絲綸』四字，蓋直廬有是扁額也；一面苦無所仿，則率用『花鳥怡情』四字。近會典館纂修闕員，初擬屬之會稽李蒓客侍御，蒓客辭，則以屬之黎陽部郎。此事較之報紙之論、燭籠之字，尤為不貫穿之至者也。」

二七三　燕蘭妙選首推四雲

曩余客京師時，燕蘭妙選，首推四雲：曰秦雲，以娟靜勝；曰華雲，以濃粹勝；曰怡雲，以瑩潤勝；曰素雲，以秀慧勝。秦、華早馳芳譽，丁光緒壬午、癸未間。怡、素稍晚出，素尤工書法，往往契合騷雅。寧鄉程子大〈都門雜詩〉云：

舊遊閒憶道州何，索畫憑肩幾按歌。
今日四雲寥落盡，更誰拋髩唱黃河。

眉廬叢話　第八卷

二七四　光緒湘社詩鐘斷句精華

光緒辛卯春，寧鄉程子大、同江夏鄭湛侯、長沙袁菽瑜、道州何棠蓀、龍陽易中實、寧鄉程海年、保山吳刓其、益陽王伯璋、善化姚壽慈、寧鄉周蓮父、龍陽易菽由、益陽王仲蕃結吟社於長沙周氏之蛻園，有《湘社集》四卷刻行。其第三卷，皆詩鐘斷句，分事對、言對二門，而言對又分各格，茲各撰錄警句如左：

事對金日磾反鏡云：「榮珥貂冠歸漢後，巧回蝤領試妝初。」

曹孟德詩韻云：「漢祚竟移銅雀瓦，唐文惜佚彩鸞書。」

杜甫眉云：「空期驥子詩能繼，誰似鴻妻案與齊。」

黃鶯云：「三輔漢圖雄渭北，雙文唐記豔河東。」

言對烏魯木齊云：「深杯魯酒青齊道，古木斜陽烏夜村。」

又長沙縣學云：「牛背學傳周苦縣，龍沙地接漢長城。」

〈奴兒令〉云：「醜如張載慚潘令，奴到蘇家字雪兒。」

吳道子云：「鈴語上皇悲蜀道，網絲西子出吳江。」

天陌云：「天女花隨病摩詰，陌頭桑憶媚羅敷。」

又白漆云：「白羽江東都督扇，漆燈燕北故王陵。」

熱峰云：「內熱蔗漿和露啖，中峰蓮瓣倚雲開。」

虞畫（鳶肩）云：「戈倚虞淵回赤日，詩留畫壁唱黃河。」

步虛（蜂腰）云：「地窮亥步跡難遍，賦就子虛才必奇。」

亭古（鶴膝）云：「字老老聃亭毒義，緯傳孫轂古微書。」

海年（鷺脛）云：「紅淚珠明滄海月，黃昏人約去年花。」客星（雁足）云：「綠線仙蘅來園客，紅竊蟠桃笑歲星。」馬房（魁斗）云：「馬史文章邁班固，犧經術數出京房。」又十通云：「十年學道青牛客，一代談經白虎通。」子大（蟬聯）云：「徵士書年存甲子，大夫覽揆降庚寅。」《玉臺新詠》（碎流）云：「玉人病起樓臺冷，愁倚新妝詠落花。」

詩鐘之作，晚近極盛，樊樊山一代宗工，比應召赴春明，翊贊餘閒，尤多雅集。吟壇甲乙，膺首選者十有三，樊老殊自喜，貽書滬上舊遊，有「詩鐘僥倖十三元」云云。而龍陽易中實為昔年湘社俊侶，與樊山工力悉敵，比亦盍簪京國，猶角逐於鐘聲燭影間矣。

二七五 易中實詞警句

易中實著作，以最初所刻《眉心室悔存稿》、《鬘天影事譜》戊己之間行卷為最佳。余最賞會者，〈春明惜別〉詞云：「負汝驚鴻絕代姿，朝朝博得他人醉」最為沉痛。又云：「累儂刻骨相思處，是爾顰眉不語時。」又〈無題〉云：「再從翡翠簾前過，唯見紅襟掠地飛。」又〈鳳凰臺上憶吹簫〉詞云：「向綠波低照，憐我憐卿。」曩余戲語中實：「讀君此詞，直令我海棠開了，想到如今也。」

二七六 儒士呆絕三例

明莆田學士陳公音終日誦讀，脫略世故。一日，往謁故人，不告從者所之，竟策騎而去。從者素知其性，乃周回街衢，復引入故舍，下馬升座曰：「此安得似我居？」其子因久候不入，出見之。曰：「渠亦請汝來耶？」乃告以故舍，曰：「我誤耳。」又嘗考滿，當造吏部，乃造戶部，見徵收錢糧，曰：「賄賂公行，仕途安得清。」司官見而揖之，曰：「先生來此何為？」曰：「考滿來耳。」曰：「此戶部，非吏部也。」乃出，見趙鼎卿所著《鷃林子》。又光緒初年，刑部郎某，某日入署，其御者與人哄鬥於署前，聞於署。值日者呼之入，屬部郎自治之。部朗諦視，弗識也。御者自言：「為主人執鞭，如千年矣。」部郎殊躊躇，則令回身相其背，曰：「是矣。」蓋部郎每日乘車，御者坐車沿，視其辮髮至審也。此部郎之模稜，略與明陳先生等。

二七七　以試帖詩詠閨情

作詩而至試帖，可云甚無謂矣。比余得海鹽陳氏桐花鳳閣所刻《宮閨百詠》，道光時，當途黃小田、樂平汪小泉、陽湖汪衡甫、漢軍蔣紫玖、太谷溫笛樓、上海李小瀛六君之作，詩仿試帖體，以宮閨雅故為題，如皇娥夜織、湘妃竹淚、伏女傳經、班昭續史之類，計百題，存詩一百七十首，莫不藻思綺合，清麗芊綿。目錄悉列卷端，自各有注。甄彩華縟，可當奩史，誠試帖之別開生面者。袖珍精鍥，楮潔裝雅。姬人西河，極喜誦之，寶愛甚至，宜乎其寶愛也。又近人來雪珊《錄香館稿》有試帖詩二卷，亦多香豔之題，詩亦熨貼可誦。

二七八　方芷生勸楊文驄死節

前話記舊曲烈媛，考《板橋雜記》，載楊龍友侍姬殉難者名玉耶，而方芷生事不具。比偶閱《諧鐸》，有「俠妓教忠」一則，即芷生事，亟節錄如左：

方芷有慧眼，能識英雄，與李貞麗女阿香最洽。阿香屈意侯公子，一日，芷過其室曰：「娟得所矣。但名士止傾倒一時，妾欲得一忠義士，與共千秋。」阿香哂之。楊文驄耳其名，命駕過訪。芷浼其畫梅，楊縱筆掃圈，頃刻盈幅。芷大喜，竟與訂終身約。文驄黨馬阮，士林所不齒，聞芷許事之，大惋惜，即香亦竊笑。定情之夕，芷正色而前曰：「君知妾委身之意乎？妾前見君畫梅花瓣，盡作嫵媚態，而老幹橫枝，時露勁骨，知君脂韋隨俗，而骨氣尚存，妾欲佐君大節，以全末路。奩具中帶異寶來，他日好相贈也。」楊漫應之。無何，國難作，馬阮駢首，侯生攜李香遠竄去。芷出一鏤金箱，從容而進曰：「曩妾許君異寶，今可及時而試矣。」發之，中貯草繩約二丈許，旁有物瑩然，則半尺小匕首也。楊愕然，遲回未決。芷厲聲曰：「男兒流芳貽臭，爭此一刻，奈何草間偷活，遺兒女子笑哉。」楊亦慷慨而起，引繩欲自縊。芷曰：「止，止。罪臣何得有冠帶。」急去之，楊乃幅巾素服，自繫於窗櫺間。芷視其氣絕，鼓掌而笑曰：「平生志願，今果酬矣。」引匕首刺喉死。後李香聞其事，歎曰：「方姊，兒女而英雄者也，何作事不可測乃如是耶。」乞侯生為作傳，未果。而稗官野乘，亦無有紀其事者。

蕙風按：侯朝宗撰《李姬傳》敘次至田仰以三百金邀姬一見，姬固卻不赴而止。當是時，姬固猶在舊衍也，其於國難後攜姬遠竄弗詳焉。據《諧鐸》云云，則龍友、方芷同殉後，姬猶與侯生聚處矣。向余嘗惜侯李之究竟不可得，今乃得之《諧鐸》，為之大快。

二七九　侯方域罵阮大鋮

嘉興李既汸《校經廎稿》，讀國初諸公文集成斷句十二首。其一云：「侯生才思鬱縱橫，下筆千言坐客驚。一代董狐誰得並，金陵歌管不勝情。」自注：「朝宗置酒金陵，戟手罵阮大鋮，越五年而祝作。康熙中葉，曲阜孔東塘撰《桃花扇》傳奇，於復社諸君子，排斥馬阮，形容盡致。唯是李香罵馬阮則有之，殊無侯生罵大鋮事，未審既汸何所本也。

二八〇　高士奇勵杜訥同膺寵命

前話記乾隆朝高士奇由詹事賜同博學鴻儒科，未審他人有同受此賜者否。比閱《校經廎文稿》，書己未詞科薦舉目後云：「全謝山吉士《公車徵士錄》予曾於山舟侍講處借閱，廑鈔有一冊，只中選五十人，有賜同博學鴻儒科高士奇、勵杜訥，在南書房賦詩一首。」據此，知當時同膺寵命者，唯高勵二公而已，勵官至刑部侍郎，謚文格。

二八一　名醫軼事

《校經廎文稿》有名醫軼事記，略云：

雍正癸卯秋，里中金晉民，以應鄉試寓虎林，臨場患時疾，類躁壯熱絕食，人以傷寒目之。延老醫張獻夫視之，與大劑桂附，晉民從子璇玉有難色。張曰：『非此不能入試矣。』日晡，張又至，曰：『紹興太守亟請渡江，此證唯閔思樓能接手也。』璇玉卜之吉，即依方頻頻與之，覺煩躁消而能寐也。翌晨，閔思樓至，用犀角地黃湯，人咸駭異。閔曰：『非此不能入試矣。』索張先生方觀之，笑曰：『昨桂附唯張能下，今犀角唯某能下。安排入闈可也。』因服數劑，即舉動如常，不數日入試，獻夫亦不復至。

一人患疾，數日之間，桂附與犀黃並用，絕奇。

二八二　盧生名敖

《淮南子．道應訓》：「盧敖遊乎北海，經乎太陰，入乎元闕，至於蒙轂之上。」高誘注：「盧敖燕人，秦始皇召以為博士，使求神仙，亡而不反也。」按：《史記．秦始皇本紀》：「三十二年，始皇之碣石，使燕人盧生求羨門高誓，盧生亡去。始皇大怒，使御史悉案問諸生四百六十餘人，皆坑之咸陽。」史稱盧生，不詳其名。據《淮南子》，知其名敖矣。又秦有博士盧敖，見《唐書．宰相世系表》，亦一佐證。

二八三　塔將軍戰馬

曩寓蜀東萬縣，得《小桃溪館文鈔》殘本，蜀人陳某所作，名待考，有〈記塔將軍戰馬〉一首，略云：

塔公戰馬，本總兵烏蘭泰之馬也。烏蘭泰陣亡後，馬為賊有。塔公為湖南都司時，與賊戰，其卒得此馬，不能騎，乃獻之公。公命圉人畜之，馬見圉人，踶蹷欲噬。強被以鞍屜，則人立而號，聲若虎豹，一營皆驚。公聞往視，馬悚立不敢動。其色黝潤如髹，高七尺，長丈有咫，兩耳如削筒，四蹄各有肉爪出五分許，遍體旋毛，作鱗之而。公曰：「此龍種也。」試乘之，疾如驚電，一塵不起。亭午時出營，行五十里回，日尚未晡。蓋兩時許，往還已百里矣。公大喜，自是戰必乘之。公既饒勇敢戰，馬又翹駿倍常，每酣戰時，公提刀單騎突出，馬振鬣嘶鳴，馳驟如風雨，將士恐失主將也，輒奔命從之。賊愕眙失措不能當，往往以此取勝。由是賊望見即駭曰：「黑馬將軍來矣。」或不戰遂潰云。公一日輕騎遇伏賊百餘人，追急，乃避道旁逆旅中，以馬匿於芋窖內，覆以草，祝曰：「一鳴則我與爾俱死矣。」而公自易服為爨者狀，坐灶前。部署甫定，而追者至。問公曰：「見黑馬將軍乎？」公曰：「未也。」追者遍跡屋前後，至芋窖數數，馬竟無聲，獲免。公之卒也，馬哀鳴數日乃食，然受鞍則踢蹷如故，無敢乘之者，遂令從公櫬歸於京師。陳子曰：「公圍九江久，弗克，募卒黑夜縋城襲之，令卒粉墨塗面，為古猛將像，欲驚賊於倉卒也。卒將行矣，公喚前授機宜，一見大駭，急揮卒去，遂病，須臾卒。是日卒所塗抹者，唐鄂國公尉遲敬德像也。」或曰，公鄂國後身也，然則馬亦自有由來歟？

二八四　捀子、鉤司、盤術

《宣室志》「僧契虛」一則：「有道士喬君，謂契虛曰：『師神骨甚孤秀，後當遊仙都中矣。師可備食於商山逆旅中，遇捀子，即犒於商山而餽焉。或有問師所詣者，但言願遊稚川，當有捀子導師而去矣。』」自注：「捀子，即荷竹橐而販者，捀音奉。」《夷堅志》「華陽洞門」一則：「李大川，以星禽術遊江淮。政和間，至和州，值歲暮，不盤術。」自注：「俚語謂坐肆賣術為鉤司，遊市為盤術。」捀子，鉤司，盤術，字皆絕新。

二八五　蘇州賽神之臂香絕異

蘇俗賽神，輿神而遊於市，前導有臂香者，袒裼張兩臂，以銅絲穿臂肉，僅累黍，懸銅錫香爐，爇栴檀其中。或懸巨銅鉦，皆重數十斤。乃至數十人，振臂而行，歷遠而弗墜，亦足異矣。《高僧傳》云：「梁僧智泉，鐵鉤掛體燃千燈。」殆其濫觴歟？

二八六　蜀人西昆熊子力戒纏足

同治時，蜀人有西昆熊子者，著《藥世》十三萬言，力辟婦女纏足之非，其中引經以經之，據史以緯之，不憚苦口藥石，欲以菩薩寶筏，遍度優婆尼，亦足見救世苦心矣。其家女公子三，皆能稟承父志，不屑以纖纖取容，特請自隗始，當時不免目笑，而適以開今日風氣之先。惜其書未經見，未審曾梓行否。

二八七　張之洞、劉恭冕痛陳纏足之害

南皮相國張文襄，撰〈戒纏足會序〉，論中國女子纏足之弊，最為切中。謂：「極貧下戶，無不纏足，農工商賈畋漁之業，不能執一。尫弱傾倒，不能植立。不任負戴，不利走趨，凡機器紡紗織布繅絲，皆不便也。與刑而刖之，幽而禁之等。」又謂：「若婦女纏足，貧者困於汲爨抱子，富者侈於修飾，資用廣而疾病多。遇水火兵亂，不能逃免，且母氣不足，所生之子女，自必脆弱多病，數十百年後，吾華之民，幾何不馴致人人為病夫，盡受殊方異俗之蹂踐魚肉，而不能與校。」文襄此論，所謂仁人之言，不惜苦心疾口，極言弊病，以冀眾民之聽，凡提倡不纏足者，當稱述而闡明之者也。又有極言纏足之害，據所聞見，尤為沉痛者，楊子劉恭冕《廣經室文鈔》有云：

> 當咸豐癸丑後，髮逆遍擾江南北各省，吾鄉以多水獲免。他省之來吾邑者，率多大足婦人，而裹足者卒鮮。且必皆富貴之家，先賊未至出走者也。若貧窮之士，遷延無計，及賊大至，而男女踉蹌就道。彼婦人自知不良於行，未及賊而自盡者有之，為賊追迫而自死才有之，求死不得，為賊所虜脅者有之。又或子為母累，夫為妻累，父母為兒女累，兄弟為姊妹累，駢首就戮，相及於難

者指不勝屈。歲乙丑，予遊皖南，每至一村，屋宇或如故，而不滿二三十人，多者不過百人，就中則九男而一女焉。此一女者，非必少壯有夫能生育。是更二十年，而今所謂九男者，或無遺種焉，豈不可哀也哉。夫自古至今，婦女死於兵者，莫可殫述，而皆未有知其死之多累於裹足者。故予著之，不啻痛哭流涕言之，為天下後世仁人告也。

二八八　昔人關係纏足之載籍

昔人載籍有關係考證纏足之原始者，略具如左：

《宋書．禮志》：「男子履圓，女子履方。」

《北史》：「任城王楷刺並州，斷婦人以新靴換故靴。」

宋張邦基《墨莊漫錄》「道山新聞」云：「李後主宮嬪窅娘，纖麗善舞，以帛裹足，令纖小屈上如新月狀，由是人皆效之。以此知紮腳五代以來方有之。如熙寧、元豐前，人猶為者少，近年則人人相效，以不為者為恥也。」

宋車若水《腳氣集》：「婦人纏腳，不知起於何時。小兒未四五歲，無罪無辜，而使之受無限之苦。纏得小來，不知何用。後漢戴良嫁女，練裳布裙，竹笥木屐，是不干古人事。或言自唐楊太真起，亦不見出處。」

宋王明清《揮麈餘話》：「建炎時，樞密議官向宗厚，纏足極彎，長於鉤距。王佾戲之，謂腳似楊貴妃。」

宋張世南《遊宦紀聞》：「永福鄉有一張姓僧，有富室攜少女求頌。僧曰：『好弓鞋，敢求一雙。』裂其底，襯紙乃佛經也。」

《宋史．五行志》：「理宗朝，宮女束足纖直，名『快上馬』。」

宋吳自牧《夢粱錄》：「小腳船，專載賈客、小妓女、荒鼓板、燒香婆嫂。」

宋周去非《嶺外代答》：「安南國婦人，足加鞋襪，遊於衢路，與吾人無異。」

宋百歲寓翁《楓窗小牘》：「汴京閨閣，宣和以後，花鞋弓履，窮極金翠。今擄中閨飾復爾，瘦金蓮方，瑩面丸，遍體香，皆自北傳南者。」

元陶九成《輟耕錄》：「程鵬舉，宋末被擄，配一宦家女，以所穿鞋易程一履。」

元沈某《鬼董》：「紹興末，臨安樊生，遊於湖上寺閣，得女子履絕弓小，張循王妾履也。」

元白珽湛《淵靜語》：「程伊川六代孫淮居池陽，婦人不裹足，不貫耳，至今守之。」

《明史．輿服志》：「皇后青襪舄，飾以描金雲龍皂純，每舄首加珠五顆。皇妃、皇嬪及內命婦青襪舄，皇太子妃襪舄同，命婦九品青襪舄，宮人則弓樣鞋，上刺小金花。」

明黃道周《三事紀略》云：「弘光選婚，懿旨以國母須不束足。」

明沈德符《野獲編》：「向聞禁掖中被選之女，入內皆解去足紈，別作弓樣。後遇掃雪人從內拾得宮婢敝履，始信其說不誣。」又云：「明時浙東丐戶，男不許讀書，女不許裹足。」

明胡應麟《筆叢》：「婦人纏足，謂唐以前無之。余歷考未得其說。古人風俗流傳，如墮馬、愁眉等，史傳尚不絕書，此獨不著。太白至以素足詠女子，信或起於唐末，至宋、元而盛矣。至詩詞可資印證者，唐明皇〈詠錦襪〉云：「瓊鉤窄窄，手中弄明月。」

白香山詩：「小頭鞋履窄衣裳，天寶末年時世裝。」

杜牧詩：「鈿尺裁量減四分，碧琉璃滑裹春雲。」

北宋徐積〈詠蔡家婦〉云：「但知勤四支，不知裹兩足。」

《花間集》詞云：「慢移弓底繡羅鞋。」

宋趙德麟〈商調．蝶戀花〉云：「繡履彎彎，未省離朱戶。」

劉龍洲有〈沁園春〉詞，詠美人足「洛浦凌波」云云。

二八九　廣西婦人衣裙

汪碧巢《粵西叢載》引林坤《誠齋雜記》云：「廣西婦人衣裙，其後曳地四五尺，行則以兩婢前攜。」按：此西國婦女時裝也。近滬上有仿之者，不圖吾廣右自昔有之。獨吾居里閈十數年，殊未見曳長裙者。吾家會垣，詎省外有是俗耶。抑古有之，而今也則無耶？行必兩婢攜裙，非富厚之家不辦。粵地貧瘠，竊意安得有是，則書之未可盡信也。

二九〇　女扮男裝佳話

元末四川韓氏女遭明玉珍之亂，易男子服飾，從征雲南七年，人無知者。後遇其叔，始攜以歸。又明時金陵女子黃善聰，十二失母，父以販香為業，恐其無依，詭為男裝，攜之廬、鳳間。數年父死，善聰變姓名為張勝，仍習其業。有李英者，亦販香，自金陵來，與為伙伴，同臥起三年，不知其為女也。後歸見其姊，姊詬之。善聰以死自矢，呼媼驗之果然，乃返女服。英聞大駭，怏怏如有所失，托人致聘焉，女不從，鄰里交勸，遂成夫婦。此二事，焦氏《筆乘》所載，前事甚似木蘭，後事甚似祝英臺。

二九一　陳迦陵狎雲郎

雲郎者，冒巢民家僮紫雲，字九青，儇巧善歌，與陳迦陵狎。迦陵為畫雲郎小照，遍索題句。相傳迦陵館冒氏，欲得雲郎，見於詞色，冒與要約，一夕作〈梅花詩〉百首。詩成，遂以為贈。偶閱鹽官談孺木《棗林雜俎》，有云：「屠長卿禮部求友人侍兒，令即席賦〈梅花詩〉百首，長卿援筆立成，因歸之。」與迦陵、雲郎事絕類，其作合皆癯仙之力也，惜侍兒不詳其名。

二九二 鄭芝龍小名鳳姐

鄭芝龍小名鳳姐，見《棗林雜俎》。男人女名，如《孟子》所稱馮婦，《莊子》所稱嫣女，《史記．荊軻傳》有徐夫人，《漢書．郊祀志》有丁夫人，夥矣，未有若是其豔者。《春秋傳》之石曼姑，《三國志．陸抗傳》之暨豔，庶幾近之。而乃屬之縱橫海上之鄭芝龍尤奇。又按：以姐為名者，《後周書．蔡佑傳》有夏州首望彌姐。

二九三 金雞納、尤喀利葛專治瘧疾

歲在戊戌，偶閱《彼得堡譯報》，其一則云：

亞美利洲南境產一種藥材，名曰金雞納，專治瘧疾。初時該處人民只知此樹有用，恒剝其皮，而不知培其根本。後有智者至其國，移種各處，迄今二十餘載，枝葉榮盛，利濟無窮。又英屬荷蘭地有一種樹，名曰尤喀利葛，高十餘丈，其葉寬長。美國舊金山亦有一種樹，其樹身之高大相同，唯枝葉不甚榮盛，滋長時異，其木質最堅，堪為棟樑舟楫，雕鏤篆刻，歷久不朽。蟲不能傷，火不能焜。或種於低窪處，頗可收地之潮濕。現英人頗得其利，並與此樹為鄰之民，從無瘧疾，始知此樹之性，與金雞納同為治瘧之妙品。近年俄國多購此樹，移種於齊業弗城鄉間，日形蕃鬱云。

按：金雞納霜已瘧，夫人知之。而尤喀利葛，則末之前聞。曩錄附筆記，刻筆記時汰之，茲記如右。

二九四　西洋婦女精於天文者

西儒最精天算，即其巾幗中，亦往往擅此專門之學，如英之侯氏，以西方羲和著和。自侯維廉，始馳名天算，創尋新星，其得力於臣妹者正不少也。同時英倫孀婦，有松美妃者，亦以天算格致諸學，著書立說，流布各國。嘗親詣法國大觀象臺，謁掌臺拉哥拉斯學士。學士深為器重，隆禮相待，因謂松曰：「各國才女，能解我天算者二人，哥拉斯之外，即吾子也。」松不禁莞爾笑曰：「焉有二人，松美妃我也，哥拉斯亦豈異人哉。」又數十年前，美國提倪智爾氏掌大觀象臺。提雖善在璣衡，而亦藉助於其妹，實不啻侯氏兄妹也。夫吾國在昔，班昭續《漢書》，不過補兄所未竟，若西國侯、提兩媛，或且匡兄所弗及，不尤難能可貴哉！同治十有三年，金星過日，美國欽派學士華德孫來中國北京測驗，其夫人偕行，實襄推步各務，聞其精審出華上。西國婦女之於天文若是，他可知矣。

二九五　查氏舊藏寫本《二陸詞鈔》

得《二陸詞鈔》海寧查氏舊藏寫本。陸鈺，字真如，萬曆戊午舉人，改名藎誼，字忠夫，晚號退庵。甲申、乙酉遭變，隱居貢師泰之小桃源。未幾，絕食十二日卒。其詞曰《陸射山詩餘》。陸宏定，字紫度，真如公次子，高潔不仕，其詞曰《憑西閣長短句》。皆清雋高渾，與明詞纖庸少骨者不同。卷端各有小傳，載紫度夫人周氏，名瑩，字西鑫，喜涉獵經史百家，工詩詞。其〈別母渡錢塘〉句云：「未成死別魂先斷，欲計生還路恐難。」〈詠杏〉詩：「萱草北堂回畫錦，荊花叢地妒嬌姿。」〈送夫子入燕．減字木蘭花〉云：「莫便忘家莫憶家。」皆閨秀所不能道，惜全什遺去，此冊亟應梓行，姑志其略如右。

二九六　朱柏廬先生小傳

《朱柏廬先生家訓》世或誤為文公作，金壇於鶴泉《清漣文鈔》有〈柏廬先生傳〉，略云：

柏廬先生者，崑山人，朱氏，名用純，字致一。父集璜，明末貢生，國變殉難。柏廬性堅挺，於書無所不讀，以父故，終身不求仕，結廬山中，授徒自給。高巾寬服，猶守舊制，邑中重之，以子弟受業者幾五百人。會舉賢良方正，邑人有貴顯者，以先生名首列上之。先生時方集徒講《易》，或以告且賀，諸生請斂資為束裝具。先生笑曰：「甚善。」講罷入室，久之不出，排闥視之，則已自經矣。諸生大驚，解之，中夜始蘇。歎曰：「吾薑桂之性，已決必無生也。」諸生乃致語邑令，追還所上姓名。令高其節，命駕見之者三，固辭弗見。一日風雪抵暮，令度先生在室，輕騎詣之。甫登堂而先生逾垣遁。或怪其迂，先生曰：「吾冠服如此，詎可見當事乎？必欲易之，吾不忍也。」以四月十三日生，及卒亦以此日，年八十餘，里人稱為節孝先生。

按：《青漣文鈔》第二、三、四卷皆律館纂述，備載朝會、宴饗、導迎、鐃歌、祭祀各樂章，可考見一朝樂制。

二九七　「謙默」、「迂闊」新解

凡一字之為用，有深求而更進一解者。《華聞修書紳要語》云：「謙，美德也，過謙者多詐；默，懿行也，過默者藏奸。」有淺解而自為一說者。桂林陳相國文恭任司道時，與上憲論事不合，上憲斥以迂闊，公謝不敢當。上憲訝問之，公曰：「迂者遠也，闊者大也，憲蘄以遠大，安得不謝。」

二九八　汪容甫致畢靈岩書

汪容甫先生。經術湛深，文采炤爛，而恃才傲物，多所狎侮。靈嚴畢公撫陝時，知先生名而未之見也，先生忽以尺書報之，書僅四句云：「天下有中，公無不知之理；天下有公，中無窮乏之理。」畢公閱竟大笑，即以五百金馳送其家，當時曠達之士若孫淵如、若汪容甫，非畢公不能羅致也。

二九九　人意好如秋後葉，一回相見一回疏

容甫夫人孫氏工詩，有句云：「人意好如秋後葉，一回相見一回疏。」見阮文達《廣陵詩事》。

三〇〇　隨園有三

金偉軍《金陵待徵錄》云：「隨園有二：一為焦茂慈之園。顧文莊詩云：『常憶牛鳴白下城，宋朝宰相此間行。』應在東冶亭左右。一為隨織造之園，在小倉山，則袁太中所得而增飾者也。」揚州亦有隨園。《廣陵詩事》云：「方坦庵寓揚州之隨園。」汪舟次詩云：「廣陵秋色在隨園。」

三〇一　陳其年與小楊枝

陳其年以梅花詩百首得雲郎於冒巢民，繪影徵題，傳為韻事。《廣陵詩事》云：「又有楊枝，亦極妍媚。後二十年，楊枝已老，其子尤豐豔，因呼小楊枝。邵青門題其卷云：『唱出陳髯絕妙詞，鐙前認取小楊枝。天公不斷消魂種，又值春風二月時。』」

三〇二　張胭脂、春柳舍人、紅豆詞人

張喆士〈詠胭脂詩〉云：「南朝有井君王辱，北地無山婦女愁。」呼「張胭脂」。鄭中翰〈新婚北上留別閨中〉云：「年來春到江南岸，楊柳青青莫上樓。」情韻絕佳，呼「春柳舍人」。吳園次工詞，有毗陵閨秀日誦其「把酒祝東風，種出雙紅豆」二語，謂秦七、黃九不能過也，因號「紅豆詞人」，皆韻絕。

三〇三　汪容甫竊漢碑

漢石闕二，在寶應。其一為汪君容甫以錢五十千募人竊歸，石刻孔子見老子，及力士、庖廚等物象。容甫自榜其門曰：「好古探周禮，嗜奇竊漢碑。」亦曠達者之所為也。其一為寶應縣令某沉之水中，不知其處。

三〇四　揚州梅蘊生軼事

揚州梅蘊生孝廉能詩，又善琴。方弱冠，琴已擅名，喜夜深獨坐而彈。一夕，曲未終，見窗紙無故自破，覺有穴窗竊聽者，俄而花香撲鼻，已入室矣。乃言曰：「果欲聽琴，吾為爾彈，吾固不願見爾也。」急滅其燈，曲終乃寢云云。蘊生藏唐田府君侁並夫人合祔兩志石，吳讓翁為撰楹聯云：「家有貞元石，人彈叔夜琴。」對句亦紀實也。

三〇五　厲鶚姬及女尼皆名月上

《廣陵詩事》云：「厲樊榭久客揚州，由湖州納姬歸杭州，名曰月上，作《碧湖雙槳圖》，揚州詩人多題之。」又《眾香集》云：「尼靜照，字月上，宛平人，曹氏良家女。泰昌時選入宮，在掖庭二十五年，作〈宮詞〉百首。崇禎甲申，祝髮為尼，有〈西江月〉詞云：

午倦懨懨欲睡，篆煙細細還燒。鶯兒對對語花梢，平地把人驚覺。

有恨慵彈綠綺，無情懶整雲翹。難禁愁思勝春潮，消減容光多少。

又按：《五燈會元》：「舍利弗尊者，因入城，遙見月上女出城，舍利弗心口思惟，此姊見佛，不知得忍不得忍否。」樊榭姬人之名，殆用梵筴語，與明宮媛暗合耳。

三〇六　疊韻雙聲自相為對

錢竹汀先生《潛研堂文集》記先大父逸事云：「有客舉王子安〈滕王閣詩序〉『蘭亭已矣，梓澤丘墟』二句，對屬似乎不倫。先大父曰：『已矣疊韻也，丘墟雙聲也，疊韻雙聲，自相為對。古人排偶之文，精嚴如此。』」按：《宋史》梅溪壽〈樓春詞〉：「幾度因風飛絮，照花斜陽。」「風飛」雙聲，「花斜」疊韻，於詞律為一定而不可易，填此調者，必當遵之，近人罕有知者。

三〇七　牛蹄突厥國

昔人載籍往往不可盡信，五代胡嶠〈陷北記〉云：「契丹迤北，有牛蹄突厥，人身牛足。其地尤寒，水曰瓠䚩河，夏秋冰厚二尺，春冬冰徹底，常燒器泮冰乃得飲。又北狗國，人身狗首，長毛不衣，手搏猛獸，語為犬嗥，其妻皆人，能漢語。生男為狗，女為人。自為婚嫁，穴居食生，而妻女人食。常有中國人至其國，其妻憐之，使逃歸。與其箸十餘隻，教其走十餘里遺一箸，狗夫追之見其家物，則銜而歸，則不能追矣。」言之似甚確鑿者。迄今中外罔通，山陬海澨，電轍飈輪，無遠弗屆，殊未聞牛蹄狗首其人者。豈其種族不蕃，歷久乃底滅亡耶？抑或人禽之間，屢變而臻純備耶？

眉廬叢話　第九卷

三〇八　除蟒公

上海喬鷺洲《陔南池館選集》有〈除蟒公傳〉，事絕奇偉，節其略如左。

除蟒公，姓氏里居皆不傳。少年任俠，好擊刺，父為人陷死，除蟒公年十六七，逃去，學於少林僧，十年而成。歸，手揕仇人，抉其首，告父墓，遁居吳會空山中。久之，徙居松之峰泖間，築草屋兩楹，傭山民之田以自食。郡之南，朱涇者，巨鎮也，屬華亭轄。時天久旱，不雨者七閱月。天馬橫佘之間，深山大澤，故有巨蟒二，數百年伏處，未嘗為人害，至是一蟒忽自山中出，至鎮之野，戕雞犬、嬰兒無算。蟒巨甚，盤伏農人田，禾苗盡偃，鳥槍擊之不能中，反為蟒斃，官民惶窘無所計。邑令懸千金募力者斬之。鄰以公告，令乃具禮詣公。公年已六十餘，髮禿盡，見人不知寒暄，口訥訥若無所能者。次日，手一杖以出，至蟒所，蟒方仰首噴毒樹間，鳥皆墮落，公伺其不備，擊其首不中，急躍至百步外，蟒已及兩肘間，肘後衣寸寸裂矣。又回擊之，中其背，而蟒已繞公身六七匝，縛若巨絙，幸一手向外，亟扼其頸。有頃，公狂呼一聲，手足划然開，蟒骨節皆裂，殲矣。令具千金為壽，造其廬，而公已不知所往。於是人始相傳誦為除蟒公云。後廿年，雌蟒出求其雄，復至故所，噬人畜尤多。人爭思除蟒公，顧慮公年愈高，當不復在人間，或龍鍾非蟒敵。會有販湖綿者，言湖州中客狀，偵之，果公，聘不至。時涇民數百詣山中，環其居，日夕號，若申包胥之泣秦庭者。公曰：「吾服氣煉形，無求人世，冀百齡從赤松子遊。今若此，不復歸矣。」乃出。手不持寸鐵，詢蟒所在，遽躍近蟒，蟒盤旋纏縛如前，仍以手握其頷，騰躍去地尋有咫，居民皆閉戶惕息不敢出，但聞砰訇跳躍一晝夜。視之，人與蟒皆死。居民感其德，醵金肖公像，立祠祀之，題曰「除蟒公祠」。

按：除蟒公英勇冠世，可與晉周子隱殺長橋蛟事並傳，矧得之手斃父仇之孝子，尤足增重。據喬氏傳贊云，稽之郡邑志皆弗翔也。陋哉！

三〇九　秀水王仲瞿軼事

秀水王仲瞿孝廉倜儻負奇氣，文詞敏贍，下筆千言立就。在京師時，法梧門祭酒重其才，與孫子瀟太史、舒鐵雲孝廉稱為三君，作〈三君詠〉。適川楚教匪不靖，王之座師，南匯吳白化總憲薦王知兵，且以能作掌心雷諸不經語入告，嚴旨斥吳歸里，而王應禮部試如故，卒憔悴失意死，識者悲之。按：錢塘陳退庵《頤道堂文鈔．王仲瞿墓志》云：「仲瞿好談經濟，尤喜論兵。嘉慶初，川楚不靖，總憲雲間吳公，君座主也，倚某相國。相國怙勢敗，懼罪及，因薦君知兵，以不經語入奏，冀以微罪避位，非愛君也。」此說直抉其隱。某相國者，和珅也。〈墓志〉又云：「君性豪逸，嘗於除夕攜眷屬，泛舟皐亭梅花下度歲。又嘗建琵琶館於吳門，延海內善彈者，品其高下。」其逸事大率類此。

三一〇　么妹征苗

舒鐵雲《瓶水齋詩集》〈么妹〉詩有序，略云：

水西土千總龍躍，其先以從討吳三桂有功，世襲斯職。狆苗之畔，幕府檄調領土兵來赴。適躍臥疾，懼逗撓，乃遣其么妹率屯練二百人，馳詣軍門從征，前後凡二十餘戰，禽馘最夥。歲除蕆事，奬以牛酒銀牌，令還本寨，而加躍軍功一級。妹年十有八，形貌長白，結束上馬，出沒矢石間，指揮如意，亦絕徼之奇兵也。凡苗以行第最稚者為么云。

陳裴之撰〈舒君行狀〉云：

君客黔西觀察王朝梧幕，會南籠苗反，大將軍威勤侯勒保檄觀察從征，君為治文書，侯大賞之，數召至軍中計事。苗女從征者曰龍么妹，欲以歸君。君辭曰：「非所堪也。」侯益深器之。夫么妹誠奇女子，附鐵雲而名益顯矣。

偶閱王仲瞿詩，自注：「南籠之役，妖巫黃囊仙旗鼓最盛，時檄調雲南土練中，有龍土官之么妹者，美麗善戰，冒其兄品服，矛槍所及，槊一斃十，黃氏所部遂不能成軍，乃至成禽。囊仙者，蠻語謂姑娘也。」

據此，則當日么妹所獻之俘，亦一女子，尤奇。

三一一　中三元者考

有清一代，得三元二人。一長洲錢湘舲，一臨桂陳蓮史，傳為科第盛事。常熟孫子瀟以乾隆乙卯一名鄉舉，以嘉慶乙丑一名登禮榜中式，殿試二甲一名進士，舒鐵雲、王仲瞿賦詩贈之，同用「臣無第三亦復無第一」之句，竊疑三元尚有二人，若孫原湘者，殆未必有一。

三一二　逢五即有慶

嘉興沈匏廬《交翠軒筆記》云：

宋何執中微時，從人筮窮達，其人云：『不第五否？』曰：『然。』其人拊掌大笑，連稱奇絕。因云：『公凡遇五，即有嘉慶，何以熙寧五年鄉薦，余中榜第五人及第，五十五歲隨龍，崇寧五年作宰相。每遷官或生子，非五年即五月，或五日』。見《梁溪漫志》及朱彧《可談》。

金田彥實，所居里名半十，行第五，以五月五日生，小字五兒，二十五年，鄉、府、省、御四試，皆中第五，年五十五，八月十五日卒。見《困學齋雜錄》。

句吳錢梅溪《履園叢話》云：

有楊沂秀者，貴州定遠人，嘉慶甲戌進士，幼時應童子試，縣、府、院考俱列第五，後鄉會榜亦俱中第五，挑選陝西鄠縣知縣，制簽亦第五名，人稱為「楊第五」。

三事相符，古今如出一轍，尤奇。

三一三　會試每科必膺簡命者

清制：凡鄉試主考、會試總裁，皆硃筆親除。乾隆末年，有滿洲京卿名八十者，每科必膺簡命。時純廟耄期倦勤，取其名僅四畫，便於宸翰也。

三一四　吳昌碩科樂樂樂名章

吳缶廬言，十數年前有湖南稟生樂樂樂，曾囑缶廬刻印。此印姓名三字皆同，章法殊難布置。

三一五　劉幼丹勘妒婦虐婢案

今湖南巡按使劉幼丹，前於光緒中葉由翰林一麾出守，領袖益部，政號廉平。有妾虐婢案，尤膾炙人口。先是，州別駕某，僑寓蓉會，簉室某氏，某官執拂妓也。官死，某納之，恃寵而驕，權侔女君焉。蓄一婢，姿首明麗，懼奪己寵，日凌虐之。輒鞭撲以百數，火針烙之無完膚，死而密瘞諸野。事聞於鄰，鄰白諸官，往驗之，鱗傷宛然。太守聞之怒，將拘氏窮治之。適氏有身，弗即讞。既免，坐堂皇，廉得其情，摑之二十。飭別駕領歸管束。按：《南史》：「豫章內史劉休妻王氏甚妒，帝聞之，賜休妾，敕與王氏二十杖。」太守執法，毋乃類是。一時輿論所歸，謂夫五馬之威能伏六虎。其風力得未曾有，而拄杖落手者流或感恩托庇於無形云。

三一六　王愓甫夫人像印

吳縣王愓甫夫人曹墨琴像印，橢圓形象牙印，直徑八分，橫徑六分強。左方刻時裝閨秀小像，右近邊刻「墨琴」二字，朱文。邊款云：「墨琴淑妹小影，菽子作。」按：陳文述撰《王井菽傳》云：「繼娶曹，字小琴，墨琴夫人弟梧岡女。」據此，知墨琴有弟字梧岡，而其兄不可考。

三一七　周伯甫衛河東君

近人撰述有名〈絳雲樓俊遇〉者，專記河東君事，顧多所闕佚，雖載在《牧齋集》中者，亦弗能翔焉。偶閱昭文顧虞東所撰〈周翁傳〉，得一事絕瑰偉，亟節錄如左，以餉世之好談河東君逸事者：

翁字伯甫，姓周氏，芝塘里人。形體魁碩，修八尺餘，不持寸鐵，以徒手搏人，出入千百群中，如無人也。然翁自謂以手攫搏，非能者事。嘗拱手鶴立，而侮之者倏忽顛躓，頭腫鼻豁，若有鬼神呵之，未知何術也。又嘗謂以力駕人，無力者當坐受困乎，因力於敵，而我無所用其力，斯至爾。邑中推大力者為陳氏子，能立水中以隻手迎巨艦，當風急浪湧，飽帆揚舲，如矢直注，觸陳手輒止，無勇怯皆懾其力。嫉翁之能也，欲得而甘心焉。倉卒遇諸隘，避之弗及，陳遽躡翁，致銳前撲。翁率繞陳左右，盤辟回舞。陳足蹴拳舉，盡力揮斥，卒不能近。久之，翁倏攫身空際，如疾鷹急隼倒攫凡鳥。陳驚顧，目未承睫，翁已舉身撞其胸，陳遂不支，頹然就傾，乃匍匐稽首，願稱弟子。大將某者，號萬人敵，聞翁名，延致之，願與角技，翁固遜。強之，笑曰：「請以數十氍毹藉地。」問何用，曰：「恐公仆爾。」大將怒發，一擊不中。翁復笑曰：「公毋再擊，再擊仆矣。」大將者愈怒，再擊翁。翁大呼曰：「倒！」應口伏地，然未見翁之舉手也。由是延為上客，欲盡其技，顧弗能，乃厚贈遣之。時錢宗伯受之負海內望，卜居紅豆莊，客翁。翁止其莊者數歲。河東君者，宗伯之愛姬也，才名甚噪。宗伯故豪侈，重以文章致厚賄，投遺無虛日，所受金悉貯河東所。會宗伯適邑居，劇盜數十輩謀劫河東，因致其資。夜圍莊，勢張甚。顧重畏翁，欲先制之。翁方浴，聞變遽起，右足入褌中，左未遑也。浴所仄，門半掩，盜數人挺槍入，翁攜尺許布擲其槍，數槍並落。徐約衣結帶，持槍奮呼出。盜震□失氣，兔脫鼠竄。翁尾之，連刺數盜中要害。宅遼闊，盜眾，家人伏匿不敢動。盜益猖，或抉垣毀戶，直闖其室，凡四五處所，叫囂室中，索河東急。翁捨前所追盜，還擊室中盜，盜紛藉，殺一二人不止，後至益眾。翁計河東倘被劫，雖強力者無能役矣。遂排闥負河東決圍出，匿之善所，還逐盜。盜失河東，莫能發所藏金，胠囊衣數十篋去。值翁還，爭棄擲道際，泅水脫命。盜既去，徐呼其家人收弆之，迎河東還，實不失一物。宗伯捐館，河東縊，翁去錢氏，浮沉里閭，最後客虞東大父所，年九十餘矣，兩目盡盲，猶倔強不扶杖，每飯盡升粟。翁言初得異僧指授，積二十年乃成。嘗屬虞東錄其法為《拳譜》一卷，後失去。又數年卒於家。無子，族子某嗣。虞東論曰：「錢宗伯以文章毀譽人，顧不一及翁，或謂宗伯欲秘其盜劫之事者近是，余為表之，無使沒沒焉。」

蕙風曰：周翁誠大勇，其自謂因力於敵，而我無所用其力，未足為其至也。其應變之識與智，不尤難能可貴耶。翁計河東徜被劫，雖強力者無能役；負之決圍出，匿之善所，而後還逐盜。當危機眉睫間，何輕重緩急之權衡至當也。夫河東信非尋常巾幗者流，其於精徒姎夫，必有以使之魄懾而不敢犯。然而挺蘭玉之芳潔，萬一稍激烈而遽摧隕，則後日勸忠、殉節兩大端，不獲表見於世，詎不重可惜哉，微翁孰拯於危而成其美也。嗟乎，歲月不居，英雄老去，翁當蔽明收視、卻杖強飯時，而回首昔年喑嗚叱詫、千人辟易之雄概，殆將何以為情耶。

三一八　任三殺虎

又《虞東文錄》有書任三殺虎事，亦瑰偉可喜，略云：

歲壬戌，余館大臺莊黎氏。一夕，主人飲客，客皆短衣科跣，箕踞作牛飲，撞搪號呶，如沸羹焉。有任三者，年七十許，頭禿齒缺，猶勝酒數十斗。酒中，自言灤州殺虎事。

灤猝有虎入村舍，自晨至食，殺十九人，或折手足斷顙破腹出腸，旋棄去。復擇人噬，咆哮籬落間。民鍵戶竄伏，道無行者。三適有約，將過其里，親故咸尼之。三慨然曰：「虎為患若此，雖無事，猶當赴之，況與人約而更為虎避耶。」遂挾二矢往。遇虎，發一矢中足。時虎方蹲大樹下，被矢怒甚，奮牙爪撲三。三竦踞樹巔，虎昂首望樹吼，葉墮地如密雨。三兩足貼樹枝，以手撩去其翳，徐抽矢注射，志其喉，鏃出喉間者數寸，虎掊地陷尺餘斃。三躍下樹，操空拳過所約者。門閉不得入，亟叩之，大呼虎已斃，始啟門。備言殺虎狀，不即信。其鄰里數十輩，相約執械覘虎所。見虎伏地，猶惴慄莫敢前。一二悍者稍即之，輒反走。已而偵其果死，因共舁至隙地，刳其皮，臠分之。於是知三之能殺虎也。

方三言時，客共屏氣注目，屬耳於三。三掀髯抵掌，且飲且談。余壯之，且喜其靜客喧也，為之浮一大白。

三一九　中書舍人趙再白行狀

《文錄》又有〈中書舍人趙君行狀〉：

趙君諱森，字再白，一字素存，籍常熟，雍、乾間人。賣文長安中，來乞者肩踵相望，新故紙積几案間以千計，歲用墨丸數斤。有欲羅致門下者，啖以好語，笑不應。嘗大書榜其壁云：「聖賢豪傑，是我做出來的，不干命事；功名富貴，是命生成就的，不干我事。」

三二〇　歷代賣文趣話

昔人賣文托始子雲、相如。相如得千金，售〈長門賦〉；子雲作《法言》，蜀富賈人齎錢千萬，願載於書，子雲不聽，曰：「夫富無仁義，猶圈中之鹿，欄中之羊也，安得妄載。」見《論衡》。又《潛居錄》云：「子雲以賣文自贍，文不虛美，人多惡之。及卒，其怨家取《法言》益之曰：『周公已來，未有漢公之懿也，勤勞則過於阿衡。』」云云。自唐已還，賣文獲財，未有如李邕者。邕早擅才名，尤長碑頌，雖貶職在外，中朝衣冠，及天下寺觀，多齎持金帛，往求其文，前後受納餽遺，多至巨萬，見《舊唐書》本傳。杜少陵詩〈聞斛斯六官未歸〉云：「故人南郡去，去索作碑錢。本賣文為活，翻令室倒懸。荊扉深蔓草，土銼冷疏煙。」何斛斯翁之生涯寥落，一至於此。其無當於圈鹿欄羊，視子雲殆有甚耶。若韓退之諛墓中人得金，則訾次如苴何難矣。

三二一　二俠孫據德、周翼聖

蕭山湯紀尚《槃薖文甲集》有書二俠，略云：

俠者孫據德，蕪湖人，工畫山水，與蕭尺木為友。少偕某客揚州，某以事繫獄。據德思脫其罪，無資，懸所畫於市，連不售，憤甚，裂焚之。有過者於烈燄中攫一幅，委金而去，據德追還之。徒步歸蕪湖，盡斥產，得千金，卒出某於獄。遂焚筆硯，終身不復畫。同時歙人周翼聖亦工畫，居蕪湖，少負技擊。嘗獨行泰山，遇盜，行且及，周飛蹻仆盜墮水。縱之，投邸店。夜剝扉急，啟門，盜也。盜固逆旅主，周念無可逸，出勞之。盜喜，置酒，請為弟子。酒酣，周刺刺述生平任俠事。盜益喜，出金為周壽。晨熹微，周辭盜躧履去，盜尾送數十里，喜極而悲，泣請曰：「某無賴，幸遇君，不然死矣，自今願易行。」周與指陳大義，且曰：「大豪傑無他，不諱過耳。」盜竭誠聽受，鄭重而別。

向來俠士皆勇夫，若孫據德者獨能以藝事行其俠，乃至斥產脫友罪，近於敦勵庸行者所為。即以俠論，亦加人一等矣。若夫周翼聖所遇之盜，何其遷善改過之果且速也。人孰生而為盜，甘心為盜者，往往老死不聞德義之言，乃至陷溺，終其身而不克自拔，詎不重可哀哉！

三二二　名妓妙玉兒、賽金花義行

偶閱《延綏志》，有云：「崇禎癸未仲冬，闖賊陷延安城，留賊將河南人張某據守。明年五月，張某叛，闖遣悍賊名小瞎子者，率兵萬餘圍城。城破，將屠之，令已下矣，則索故所狎妓妙玉兒出，告之故。玉兒泣請收回成命，弗許，因盡出其所贈繡襦珠璫，蓬髮囚首，匍匐以死請。賊意解，乃得免屠，城賴以全，坐罪張某一人而已。」此與光緒庚子聯軍之役，吳娘賽金花，自過於德帥瓦德西，保全東南宦族及廠肆書籍事略同。國變後，賽猶淪落滬濱。甲寅六月，嬰疾幾殆，方沉頓間，其老母年逾七十矣，為禱於某女巫。巫托神語決無患，謂夫夙種善因，事在十數年前。巫固騃婦，絕不省北都事，漫為無稽之言，乃與事實暗合。未幾，賽亦竟占勿藥，絕奇。

三二三　漚尹言詩

漚尹言，有人傳誦宗室瑞臣近作詩鐘句，帝時燕頷云：「高帝子孫龍有種，舊時王謝燕無家。」何言之沉痛乃爾。又漚尹舊作〈黃山谷蠹魚分詠〉云：「特派縱橫不羈馬，書叢生死可憐蟲。」亦渾雅。

三二四　某方伯任誕

相傳吳郡某方伯，清之季年，開藩江右。一日，在簽押房接見僚屬。值春陰，室稍暗，見方伯兩足一靴一鞋，咸駭異。明日再見亦如之。或審諦，則非一靴一鞋，乃襪一黑一白耳，顧襪黑特甚。微詢之侍者，則數日前甚雨初霽，方伯散步後圃，誤插足泥淖中，泥污其襪及脛，尚未經更易也。辛亥已還，方伯避地滬上，僦居一樓。方伯不輕下樓，非位望與方伯若，亦毋庸上樓。某日卓午，某巨公過訪，值方伯晨興，近案坐，著韈未竟，案陳寒具二。客至，方伯輟韈，起迎客，隨手置韈寒具上。客坐定，方伯從容著韈竟，自手一寒具，而以其一囑客，客亟敬謝弗遑云。

三二五　翁同龢孫文恪同科殿試

常熟相國翁叔平，相國文端公子，濟寧大司寇孫文恪，大司徒文定公子，翁孫固通家，誼夙厚。同治壬戌，兩公子同捷禮榜。文端以狀頭期相國，顧文恪，勁敵也。方意計間，俄文恪造謁，文端亟出見，禮貌彌殷懇。因語文恪：「世兄寓京日淺，於廷試規則或未盡諳悉。小兒幸同譜，曷暫移寓敝齋，俾晨夕互切琢。老夫公餘獲暇，亦貢愚一二也。」於是文恪移居翁邸，與相國共硯席，每日練習殿試卷，或作試帖詩。文端輒獎藉指陳，不遺餘力。未幾，殿試期屆。先一日，輟課休息。既夕，相國入內寢，文恪宿外舍。甫就枕，則文端出，與深談試事逾時許，始鄭重別去，文恪又就枕。頃之，則又出，問筆墨整飭未，筆堪用否耶。則就所書殿試卷餘幅，親為試筆，蟬聯如千行。每畢一行，輒自審諦，謂老眼幸無花也。久之，試筆竟，又從容久之，乃曰：「明日試期，當及時安息矣。」匆匆竟去，則夜已逾丙矣。文恪仍就枕，稍輾轉反側，俄聞傳呼，促庖人進饌矣，促圉人駕車矣，傔從祗伺者皆起，語聲紛然。文恪竟不得寐，匆匆遽起，食畢，登車而去。是日以精神較遜，弗克畢殫能事。洎臚唱，得第二人，而相國以第一人及第矣。清之季年，朝野競尚科第，尤醉心鼎甲，乃至耆臣碩望為繼體策顯榮，不恤詭道達勝算，晚近世風不古，不亦甚可慨哉。

三二六　少目豈能觀文字，欠金切莫問科名

乾隆壬子科，侍郎吳省欽典試江西。榜發，士子有「少目豈能觀文字，欠金切莫問科名」之聯。見高安朱鐵梅《江城舊事》。

三二七　劉大刀軼事

《江城舊事》引《續表忠記》云：

劉綎家居，嘗乘畫舫，將之旁郡。岩上有少林僧自矜拳勇，索敵無偶。綎船尾一老嫗呼僧曰：「吾船上第七娘子來。」忽少婦帕首綺褶，面微紫，年可十八九，登岸與僧周旋者三。僧舒左臂從後高舉少婦，聚觀者大噪。婦曰：「少下。」僧如其言；婦曰：「再少下。」語未畢，忽旋身以足尖蹴僧喉，仆地幾死，少婦神色不動。綎在船中凴几大笑。婦從容回船，解纜去。有識者咋舌曰：「此南昌劉大刀也，門下多蓄異人，禿鶖乃敢捋虎鬚耶。」

又引《明季北略》云：

無錫秦燈，力舉千斤，聞滁州武狀元陳錫多力，往與之角。將柏木八仙臺，列十六簋，果盒悉具，設酒二爵。秦燈隻手握案足，能舉而不能行，陳錫則能行，力較大矣，然僅數步而止耳。唯劉綎繞庭三匝，而爵簋如故，其力更有獨絕者。

又自注有云：

綎姬妾二十餘，極燕趙之選，皆善走馬彈械。綎每出巡，諸姬戎裝，著小皮靴，跨善馬為前導，四勇士共舉刀架繼之，綎在其後。旁觀者意氣亦為之豪。

據此，則岸次蹴僧之少婦，屬虎帥擁紈之列矣。鶯燕導前，貔貅擁後，求之古名將中，得未曾有，而鶯燕即貔貅，尤奇。

三一八　葉節母以詩擇婿

《江城舊事》又有「葉節母以詩擇婿」一則，尤雅故也。略云：

汪輦雲《魚亭集》有〈納徵〉詩，自序云：軔孤且貧，賣文無所售，有南昌節母葉孺人者重予詩，延課二子。予病疫瀕死，命二子謹護予，獲更生焉。越一歲，察予之恪也，托媒氏字予以女，且曰：「吾以詩擇婿，請仍以詩為儀，他無所需。」於是敬賦〈納徵〉詩二章，因盛水師熊浣青往聘焉：

鏤金作鳳凰，兩兩張奇翼。欲盡茲鳥神，頗費工人力。相許在高枝，桐花為結實。好風萬里來，文采共相惜。

東南有嘉木，上生連理枝。雲中有好鳥，息此育華姿。朱陽深照耀，錦翰互參差。請看雙飛翼，翱翔度天池。

世人擇婿多計家資，故貧士往往不得妻。若其破庸俗之見，別具藻鑒，雖丈夫難之，況婦女乎。軔為一時名下士，而貧不自振，憐才如葉母，可謂巾幗中之絕特者矣。

三二九　以數理推算泥胎壽命

錢塘戴文簡數理最精，滿屋列小泥人，暇則為之推算，云其成毀，亦如人生死也。相傳明萬曆間，內廷造觀音像大小各一，命日者推算：大像壽命不甚綿長，小像合受數百餘年香火。神宗敕大者供養禁中，小者龕置前門外市廟。迨崇禎甲申，大像為闖賊所毀，而市廟之像，俗傳簽卜最靈。乃至清之末年，猶香火甚盛，膜拜者踵相接也。則推算泥人，明人有能之者，不自戴文簡始。

三三〇　前門城樓居狐仙辨

北京前門城樓，相傳有狐仙居之。樓前窗槅，今日此開彼闔，明日彼開此闔，累日未有同者。曩余常川入直，前門為必由之路，留心覘之，誠然。竊意地高風勁，窗槅未經牢閂，自必因風開闔，無庸故神其說也。

三三一　禮自上行

有清一代，天澤之分綦嚴，往往繁文縟節，近於苛細，然亦有禮行自上者。故事：雖內臣奏事，主上不冠，則不進見。盛暑除冠，則有一小內侍捧立於旁，見臣下亦不用扇。俟一起畢，稍揮數扇，仍納於袖，再見一起。

三三二　內閣扁「攀龍附鳳」考

內閣漢票簽處，壁懸横幅一紙，為「攀龍鱗附鳳翼」六字。字徑三尺，而不署款，白紙黑字，印畫甚真。閱蔣苕生《忠雅堂集》，知為虞永興書。碑二片，在趙州栴林寺，列東西墀。寺壁尚有吳道子畫水，贋筆也。又「攀龍附鳳」四大字，在今西安貢院，為虞世南書，係明時所翻。原刻四川中江岩上，曾訪之未得。按：已上二家所記，未知是一是二，當是永興此書，翻撫不止一處。韓氏云云，或誤奪「鱗、翼」二字耳。

三三三　隨園有四

金陵隨園有二，揚州亦有隨園，見前話。又關中羅賢亦有隨園。其自記云：

余闢地誅茆，偶有怪石，便疊為山；偶臨水，便濬為池；偶折柳，植而環之。有草不除，落花不掃。讀《易》其中，喟然歎曰：「隨之時義大矣哉，隨地而安之，亦隨地而樂之。孔子曰：『樂亦在其中矣。』」遂自號曰隨園云。

見《無事為福齋隨筆》，則隨園有四矣。

三三四　楊九娘敬孝而死

崑山朱以載《多師集．楊九娘廟歌自序》略云：「《嘉定縣誌》：『楊九娘性至孝，父命守桔槔，苦為蚊齧，不易其處，竟以羸死。土人立廟祀之。』」按：此與露筋祠事絕類，彼以貞，此以孝，後先輝映矣。

三三五　諸葛亮製木牛流馬新說

諸葛武侯在隆中時，客至，囑妻治面，坐未溫而面具，侯怪其速。後密覘之，見數木人斲麥，運磨如飛，因求其術，演為木牛流馬云。此說絕新，見明謝在杭《五雜俎》，不知其何所本也。

三三六　汪伯玉夫人潔癖

名士有潔癖者，至米海嶽、倪雲林，殆蔑以加矣。閨閣中人亦多有潔癖。其尤甚者，《五雜俎》云：「汪伯玉先生夫人，繼娶也，蔣姓，性好潔，每先生入寢室，必親視其沐浴，令老嫗以湯從首澆之，畢事即出。翌日，客至門，先生則以晞發辭，人咸知夜有內召矣。」似此潔癖，殆復不能有二。設令易釵而弁，庶幾駕米、倪而上之矣。

三三七　清與兩漢賣官比較

《五雜俎》云：「漢卜式、司馬相如皆入資為郎，則知古者鬻爵之制其來已久。蓋亦當時開邊治河，軍國之需不足，而取給於是也，然止於為郎而已。至桓、靈時，始賣至三公。」按：清制，捐納一途，京官亦至郎中止，庶幾媲美西京，賢於東漢末造遠矣。然而桓、靈時之三公，特誦言賣耳，君子謂其直道猶存也。

三三八　古代機器製造

機器製造，吾國古亦有之。璇璣、玉衡，以齊七政，萬世巧藝之祖，無出歷山老農矣。皇帝之指南車，周公之欹器，其次也。公輸之雲梯，武侯之木牛流馬，又其次也。南齊祖沖之因武侯有木牛流馬，乃造一器，不因風水，施機自運，不勞人力；又造千里船，於新亭江試之，日行百里，及欹器、指南車之屬，皆能製造。北齊胡太后使沙門靈昭造七寶鏡臺，三十六戶各有婦人，手各執鎖，才下一關，三十六戶一時自閉；若抽此關，諸門皆啟，婦人皆出戶前。唐馬登封為皇后製妝臺，進退開合皆不須人，巾櫛香粉，次第迭進，見者以為鬼工。元順帝自製宮漏，藏壺櫃中，運水上下。櫃上設三聖殿，腰立玉女，按時捧籌。二金甲神擊鼓撞鐘，分豪無舛。鐘鼓鳴時，獅鳳在側，飛舞應節。櫃兩旁有日月宮，飾以金烏玉兔。宮前飛仙六人，子午之交，仙自耦進，度橋進三聖殿，已復退，立如常。今廣州猶有銅壺滴漏，亦元人製，第略仿其意，不能如宮漏之精美耳。

三三九　狂生杜奎熾之死

上元梅伯言先生《柏梘山房文鈔》有標題曰〈記聞〉者，事絕奇偉可傳，文尤簡重，足以傳之，移錄如左：

杜奎熾，昌黎狂生也，以狂死。嘉慶戊辰應鄉試，書策後千餘言。言直隸官吏不能奉宣德意，旗民買漢人田，免租，漢人買旗民田，沒其田，且治罪，非普天下王臣王土之意。又民遇飢饉，毋得攜族過山海關，非古人移民移粟之道。又言後之人君不以一權與人，大小事必從中覆，臣下皆無所為作，委成敗於天子；不能給，則委之律例，故權之名出於天子，而其實則出於吏。與其權出於吏，無寧分其權於臣。書聞，大臣訊之曰：「當年少，不知為此。」言指使者免罪，奎熾大言曰：「奎熾所言，皆忠孝事。天生之，孔孟教之，何者為指使。奎熾生十八年，今乃知孔孟為千古忠孝訟師。」訊者皆噤且怒，或叱曰：「汝沽名耳，何知忠孝。」奎熾曰：「然。奎熾誠沽名，然奎熾今死矣。公等為宰輔受大恩，萬一樹牙頦，論列是非，朝廷念大體，當不死。輕者罰一歲俸，至款段出都門，極矣。公等愛一歲俸不沽名，奎熾以性命沽名，奎熾誠沽名。」遂罷訊。

按：杜生之論，得之百數年前，雖朝陽鳴鳳曷逮焉。

三四〇　清有兩張國樑

清有兩張國樑，一雍正朝，雲南提督贈右都督張國樑，諡勤果。一咸豐朝，江南提督幫辦軍務張國樑，諡忠武，見《諡法考》。

三四一　陳督都義馬

前話記塔忠武戰馬，又有陳都督義馬，亦可傳也。道光辛丑，英艦犯廣州，都督陳建升御之沙角之炮臺，死之。馬為英軍所得，飼之他顧不肯食；乘之，蹩踶弗克止；棄之，悲鳴跳擲而死。三水歐陽雙南為賦〈義馬行〉云：

有馬有馬，公忠馬忠。公心唯國，馬心唯公。
公殲群丑，馬助公鬥。群丑傷公，馬馱公走。
馬悲馬悲，公死安歸。公死無歸，馬守公屍。
賊牽馬怒，賊飼馬吐。賊騎馬拒，賊棄馬舞。
公死留錡，馬死留髁。死所死所，一公一馬。

三四二 愚園有長短人各一

滬上愚園有長短人各一，短人非甚短，長亦未足為長。按：宋岳珂《桯史》云：「姑蘇民唐姓者，兄妹俱長一丈二尺。」又《五雜俎》云：「明時口西人，長一丈一尺，腰腹十圍，其妹亦長丈許。」倘愚園之長人見之，殆猶不敢望其項背矣。

三四三 僧人可娶妻生子考

歐洲各國，僧皆娶妻生子，與常人無異。吾國亦有之。《五雜俎》云：「天下僧，唯鳳陽一郡，飲酒食肉娶妻，無別於凡民，而無差傜之累。相傳太祖湯沐地，以此優恤之也。至吾閩之邵武汀州，則僧眾公然蓄髮，長育妻子矣。寺僧數百，唯當戶者一人削髮，以便於入公門，其他雜處四民之中，莫能辨也。按：陶穀《清異錄》謂僧妻曰梵嫂。《番禺雜記》載廣中僧有室家者，謂之火宅僧，則他處亦有之矣。又《百粵風土記》云：「僧多不削髮，娶妻生子，名曰在家僧。」

三四四 西洋人利瑪竇

《四庫全書總目存目．交友論》一卷，明利瑪竇撰。萬曆己亥，利瑪竇遊南昌，與建安王論友道，因署是編以獻。有云：「友者過譽之害，大於仇者過訾之害。」此中理者也。又云：「多有密友，便無密友。」此洞悉物情者也。自餘持論醇駁參半。西洋人入中國，自利瑪竇始。利瑪竇所著書，又有《二十五言》一卷。西洋宗教傳中國，自《二十五言》始。

三四五　蘇東坡創詠足詞

東坡樂府〈菩薩蠻．詠足〉云：

途香莫惜蓮承步，長愁羅襪凌波去。只見舞回風，都無行處蹤。偷穿宮樣穩，並立雙趺困。纖妙說應難，須從掌上看。

按：詩詞專詠纖足，自長公此詞始，前乎此者，皆斷句耳。

三四六　古神工巧匠趣談

吾國人精建築學者，嘗彙記之得數事。宋時木工喻皓以工巧蓋一時，為都料匠，著有《木經》三卷，識者謂宋三百年一人而已。皓最工製塔，在汴起開寶寺塔，極高且精，而頗傾西北，人多惑之，不百年平正如一。蓋汴地平無山，西北風高，常吹之，故也。其精如此。錢氏在杭州建一木塔，方兩三級，登之輒動。匠云：「未瓦，上輕，故然。」及瓦布，動如故。匠不知所出，走汴，賂皓之妻，使問之。皓笑曰：「此易耳，但逐層布板訖，便實釘之，必不動矣。」一如其言，乃定。皓無子有女十餘歲，臥則交手於胸，為結構狀。或云《木經》，女所著也。

明徐杲以木匠起家，官至大司空，嘗為內殿易一棟，審視良久，於外別作一棟。至日斷舊易新，分毫不差，都不聞斧鑿聲也。又魏國公大第傾斜，欲正之，計非數百金不可。徐令人囊沙千餘石置兩旁，而自與主人對飲。酒闌而出，則第已正矣。以伎倆致位九列，固不偶然。

又唐文宗時有正塔僧，履險若平地，換塔杪一柱，不假人力。傾都奔走，皆以為神。宋時真定木浮圖十三級，勢尤孤絕，久而中級大柱壞欲傾，眾工不知所為。有僧懷丙，度短長，別作柱，命眾維而上，已而卻眾工，以一介自隨。閉戶良久，易柱下，不聞斧鑿聲也。明姑蘇虎丘寺塔傾側，議欲正之，非萬緡不可。一遊僧見之曰：「無煩也，我能正之。」每日獨攜木楔百餘片，閉戶而入，但聞丁丁聲。不月餘，塔正如初，覓其補綻痕跡，了不可得也。三事極相類，而皆出遊僧，尤奇。

至於浙人項升，為隋煬帝起迷樓，凡役夫數萬，經歲而成。樓閣高下，軒窗掩映。幽房曲室，玉闌朱楯，互相連屬；迴環四合，曲屋自通；千門萬牖，上下金碧。金虬伏於棟下，玉獸蹲於戶旁。璧砌生光，瑣窗射日。工巧之極，自古無有。人誤入者，雖終日不能出。帝大喜，因以迷樓目之云云。則雖失之導淫逢惡，然其經營締造之窮工極致，要亦迥乎弗可及矣。

竊意西人之於建築，唯是高堅巨麗，是其能事；若夫五步一樓，十步一閣，鉤心鬥角，藻周慮密，則吾中國古之良匠，殆未遑多讓焉。乃至喻皓、徐杲輩之神明變化，不可方物，不尤古今中外所難能耶。

三四七　十八般武藝

世俗稱美人之材勇，輒曰十八般武藝，無一不精。斯語也，傳奇演義家多用之，蓋在百年或數十年前。迄今滄桑變易，火器盛行，往往一彈加遺，烏獲孟賁無能役，快劍長戟失其利，即斯語亦等諸務去之陳言矣。考明英宗正統乙巳夏，詔陳懷井源等練京軍備瓦剌，招募天下勇士。山西李通者，行教京師，試其技藝十八般，皆無人可與為敵，遂膺首選。十八般之名，一弓、二弩、三槍、四刀、五劍、六矛、七盾、八斧、九鉞、十戟、十一鞭、十二簡、十三檛、十四殳、十五叉、十六杷頭、十七綿繩套索、十八白打。

三四八　于闐貢大玉重二萬餘斤

平南黎謙亭，乾隆戊子舉人，官涇州知州，著有《素軒詩集》梓行。其〈甕玉行〉有序云：「于闐貢大玉三，大者重二萬三千餘斤，小者亦數千斤，役人畜挽拽，率以千計，至哈密有期矣。嘉慶四年，奉詔免貢，詩以紀事。」詩云：

于闐飛檄馳京都，大車小車大小圖。
軸長三丈五尺咫，塹山導水堙泥途。
小玉百馬力，次乃百十逾。
就中甕玉大第一，千蹄萬靷行踟躇。
日行五里七八里，四輪生角千人扶。

又云：

詔書寶善不寶玉，嵯峨巨璞輕錙銖。
所到之處即棄置，毋重百姓罹無辜。

又云：

大玉雕琢鐫其瑜，小玉鏇鑿為龜趺。

大書己未恤民詔，金寒石泐玉不渝。

按：貢玉大至二萬三千餘斤，殆古昔所未有。此詩足備掌故，因節錄之。

三四九　吃醋考

俗謂婦妒為吃醋。按「吃醋」二字見《續通考》：「獅子日食醋酪各廿一瓶。」世以妒婦比河東獅吼，故有此語。嘗聞北地槖駝嗜鹽，日必飼以若干斤，否則遠行弗健。以槖駝吃鹽例之，則獅子吃醋，亦事所或有。

三五〇　秦檜夫婦鐵像

臨桂倪雲癯《桐陰清話》：

阮文達平蔡牽，得其兵器，悉鑄秦檜夫婦鐵像，跪於岳忠武廟前。好事者戲撰一聯，製兩小牌題之，作夫婦二人追悔口脗，其一繫秦檜頸上曰：「咳，僕本喪心，有賢妻何至若是。」其一繫王氏頸上曰：「啐，婦雖長舌，非老賊不到今朝。」公謁廟時見之，不覺失笑。

按：《簷曝雜記》：「李太虛，南昌人，吳梅村座師也。明崇禎中為列卿，國變不死，降李自成。本朝定鼎後，乃脫歸。有舉人徐巨源者，其年家子也，嘗撰一劇，演太虛及某巨公降賊後，聞大清兵入，急逃而南。至杭州，為追兵所躡，匿於岳墳鐵鑄秦檜夫人胯下，值夫人方入月，追兵過而出，兩人頭皆血污。此劇已演於民間，稍稍聞於太虛。」云云。據雜記，則岳墳鐵像明末清初已有之，倪云阮文達所鑄，未詳何本。

三五一　教坊規制及妓女名稱

《桐陰清話》又云：「秦淮舊院教坊規條碑，余嘗見其拓本。略云：『入教坊者，准為官妓，另報丁口賦稅。凡報明脫籍過三代者，准其捐考。官妓之夫，綠巾綠帶，著豬皮靴，出行路側，至路心被撻勿論。老病不准乘輿馬，跨一木，令二人肩之。』」云云。此碑入金石話，絕新。

三五二　秦淮名妓小五寶

某觀察號鳳樓，行五。光緒乙巳、丙午間，薄遊江南，參某督幕。公暇陶情絲竹，為秦淮名妓小五寶脫籍。其友某贈聯云：「小樓一夜聽春雨，五鳳齊飛入翰林。」署名「鳳倒鸞顛客」。扁云「二五為偶」。按：宋陳藏一《話腴》：「昌黎伯〈和裴晉公東征〉詩云：『旗穿曉日雲霞雜，山倚秋空劍戟明。』蓋以我之旗，況彼雲霞；以彼之山，況我劍戟，迴鸞舞鳳格也。」鳳倒鸞顛，略與迴鸞舞鳳，體格暗合。又小五寶之姊名小四寶，亦擅豔名，或贈以聯云：「小南強，大北勝。四美具，二難並。」亦工巧典雅。

三五三　張勤果「目不識丁」印

錢唐張勤果由軍功起家，官至河南布政使，為御史劉寶楠所劾。疏有「目不識丁」語，竟對調潮州鎮總兵，旋擢廣東提督，轉山東巡撫。勤果夙工書法，模〈聖教序〉，得右軍神髓，自被劾後，刻「目不識丁」小印，凡為人作書輒於署名下鈐用之。

三五四　李仙根戲刻「自成一家」印

江寧諸生李仙根，名光節。咸豐間，闔門殉髮賊之難，僅以身免。仙根工詩詞，擅丹青，跌宕饒風趣。有小印，文曰：「自成一家」。凡繪事愜心之作，輒鈐用之，殊忍俊不禁。

三五五　舒翁父女工瓷玩具

宋時廬陵永和市，有舒翁以陶器著稱，工為玩具。翁女尤善，號曰舒嬌。其壚甕諸色幾與柴哥等價。按：口書談瓷故者，世不多覯，間見數種，亦不具舒嬌之名，亟記之。

三五六　巨型元寶

前話載清乾、嘉間于闐國貢大玉，重二萬三千餘斤。自來玉之大者，殆無逾此。相傳內廷節慎庫有大銀，猶為明代遺物，其重幾何，弗可得而考也，陟其巔必以梯。曩余客京師，聞之友人云云。

三五七　花枝嫁接趣談

黃伐檀集《妒芽說》：「客有語予，人有以桃為杏者，名曰接。其法斷桃之本，而易以杏。春陽既作，其枝葉與花皆杏也。桃之萌亦出於其本，蓊然若與杏爭盛者。主人命去之，此妒芽也。」又《蜀語》：「七夕漬綠豆令芽生，名巧芽。」妒芽、巧芽，語並絕新。

蕙風曰：「吾廣右花匠最擅接花之技，如以櫻桃花接垂絲海棠，則先植櫻桃於盆，其本必蟠偪有姿致，僅留一二枝條，壯約指許。屆清明前，則就海棠擇其枝氣王者，壯相若者，與櫻桃之本姿致宜稱者，審定長短距離，削去其半，約寸許，同時於櫻桃枝近本處，亦削去其半，亦寸許，速就兩枝削處，密切黏合，以苧皮緊束之，外用海棠根畔土，調融塗護，勿露削口。若所接海棠枝距地較高，則植木為架，支櫻桃盆，務令兩花高下相若，無稍拗屈強附。迨至夏初，兩枝必合而為一，苧皮暫不必解，於海棠枝削口稍下，徐徐鋸斷。俾兩花脫離，即將削口稍上之櫻桃枝鋸棄，則本櫻桃而花葉皆海棠矣。他花接法並同。比見日本櫻花絕佳，竊意可以中國海棠之本接之。

三五八　閣中、少房

宋人稱他人妻曰閣中，孫覿《鴻慶集．與惠次山帖》云：「忽聞閣中臥病，何為遽至此也。伉儷之重，追慟奈何。」元人稱妾曰少房，黃溍為義門鄭氏撰〈青樾居士鄭君墓銘〉云：「娶傅福，字世昌，少房徐偉，字妙英，皆前君卒，同葬縣東金村。」又宋濂撰〈宣政院照磨鄭府君墓志〉云：「越四年，夫人吳氏卒。越一十五日，少房勞氏又卒，祔葬府君之穴。」

三五九　李滄溟寵姬賣餅為生

漁洋山人《詩話》云：「李滄溟先生身後最為寥落，其寵姬蔡，萬曆癸卯，年七十餘矣，在濟南西郊賣胡餅自給。叔祖季木考功見之，為賦詩云：「白雪高埋一代文，蔡姬典盡舊羅裙。」滄溟清節可知矣。《西山日記》云：「李于鱗解組後，構白雪樓，樓三層，最上其吟詠處，中以居一愛姬，最下延客。四面環以水，有山人來謁，先請投其所作詩文，許可，方以小舴艋渡之；否者，遙語曰：『亟歸讀書，不煩枉駕也。』山人所記賣餅蔡姬，豈即第二樓中人耶。」又於源《鐙窗瑣話》云：「嘉興張叔未解元嘗寓西埏里酒肆，其姬人母家也。後寓餅店內翟氏別業，有句云：『不妨司馬當壚客，來寓公羊賣餅家。』」是亦雅故關於賣餅者，而于鱗蔡姬事，尤令人棖觸。

三六〇　徐東癡

徐東癡隱君居繫水之東，高尚其志。李容庵為新城令，最敬禮之，與相倡和。李罷官，僑居歷下。繼之者東光馬某，亦知東癡之名，然每有詩文之役，輒發朱票，差隸囑其結撰，稍遲則簽捉無差限比。隸畏撲責，督迫良苦，東癡亦無計避之。時傅彤臣侍御里居，數以為言。馬唯唯，然終不悛也。容庵知之，乃遣人迎往歷下，及馬罷官始歸。此與周青士館嘉善柯氏園，月夜吟詩，被郡丞季某杖逐事絕類。雅流遇傖父，冰炭齟齬，率非情理可喻，思之令人軒渠。

三六一　〈別號舍文〉

清時以科舉取士，往往文人遣興，棘闈遊戲之作，或詩詞散曲，雖備極形容，太半俚詞滑調，不足登大雅之堂。偶閱《柳南隨筆》，載陳亦韓〈別號舍文〉，吐屬雅近名雋，風趣亦復乃爾，其辭曰：

試士之區，圍之以棘。矮屋鱗次，百間一式。
其名曰號，兩廊翼翼。有神尸之，敢告余臆。
余入此舍，凡二十四。偏袒徒跣，擔囊貯備。
聞呼唱喏，受卷就位。方是之時，或喜或戚。
其喜維何，爽塏正直。坐肱可橫，立頸不側。
名曰老號，人失我得。如宦善地，欣動顏色。
其戚維何，厥途孔多。一曰底號，糞溷之窩。

過猶唾之，寢處則那。嘔泄昏忳，是為大瘥。
誰能逐臭，搖筆而哦。一曰小號，廣不容席。
簷齊於眉，牆逼於跖。庶為僬僥，不局不脊。
一曰席號，上雨旁風。架構綿絡，藩籬其中。
不戒於火，延燒一空。凡此三號，魑魅所守。
余在舉場，十遇八九。黑髮為白，韶顏變醜。
逝將去汝，湖山左右。抗手告別，毋掣余肘。

陳作是文之年，丁雍正癸卯，是科受知北平黃昆圃少宰，聯捷禮部試，偶病足未與廷對而歸。益讀書講學，肆力古文辭云。

三六二　齋麵奇聞

《帶經堂詩話》又云：「朱相國平涵《湧幢小品》載其嘗館一貴人家，其人奉齋。一日怒廚人，凡易十餘品，俱不稱意。朱笑謂之曰：『何不開齋？』」茲語誠足解頤。相傳乾、嘉間，京師某大叢林方丈某僧，以高行聞於時，尤善圍棋，某樞相亦有棋癖，過從甚密。其香積所供素麵，風味絕佳，樞相食而甘之，輒命庖丁倣製。弗若也，則撲責之，屢矣，庖丁窘且憤，變姓名傭於僧。久之，乃得其法：則選雞雛肥美者，擘析其至精，縷而屑之入麵中，故汁濃而無脂，味鮮弗膩，蓋自是而高僧之譽驟衰矣。又輦下諸宅眷，一日，集某尼庵，為禮佛誦經之舉，虔誠齋潔。庖人以饌蔬至，經婢嫗輩露索，然後入，雖滌器之布，亦必易其新者，而不知此新布之兩面，即滿塗雞脂。入廚後，沃以沸湯，可得最濃厚之雞法，蓋非此則筍菌瓜瓠之屬，不能使之悅口。凡茲之類，皆甚可笑也。

三六三　權奸多奇女

金陵張可度，字罽筏。〈廬山〉詩云：「父居黃閣女崆峒，流水桃花石室中。多少男兒淪落盡，神仙卻讓李騰空。」見《漁洋詩話》。騰空者，林甫之女。李太白有〈送內之廬山訪女道士李騰空〉詩。相傳李林甫有女六人，各擅姿態，雨露之家，求之不允。於廳事壁間，拓一窗櫺，障以茜紗，日使六女戲於窗下。每有貴族子弟來謁，即使諸女於窗中，自擇當意者，托蹇修焉。若騰空固得道者，當不在此六女之列，其殆雞群之鶴耶。又茆山有秦檜女繡大士像甚靈異，居人不敢托宿，見《蔣說》。又王安石女最工詩，見《覺范》詩云云，此浪子和尚耳，見《能改齋漫錄》。又蔡卞妻，亦安石女，工文詞。何權奸之多奇女子也。

三六四　煙草短話

煙草名淡巴菰，又名金絲薰，明萬曆時始有之。崇禎嚴禁弗能止，《樊榭山房詞》序云：「自閩海外之呂宋國移種中土。」按：「姚旅露書，關外人相傳本於高麗國。其妃死，國王哭之慟，夜夢妃告曰：『塚生一卉，名曰煙草，細言其狀，採之焙乾，以火燃之，而吸其煙，則可止悲，亦忘憂之類也。』王如言採得，遂傳其種。」云云。煙草之生，其事絕韻，後人更美其名為相思草云。

三六五　程長庚與恭親王善

前話載梅巧玲義俠事，茲又得程長庚軼事一則，亦可以風勵薄俗，愧當世士夫，亟記之。方長庚之掌北京三慶班也，有道員某，以非罪被劾，當褫職，旨將下矣。某憤不欲生，兼仰事俯蓄，唯一官是恃，挽回乏術，則凍餒隨之，實亦無以為生也。戚友來慰問者，為之百計圖惟，殊未得一當。友人某，尤躊躇久之，忽拍案而起曰：「道在是矣！」則群起亟問之，友曰：「茲事回天大不易，非樞府斡旋不為功。方今黜陟大柄，操之恭王。唯程長庚，為王所最賞識，最信任。得其片言，冤可立白，曷姑試求之？」某亦瞿然曰：「誠然。幸嘗與長庚通鄭重。」則亟偕友往，婉切白長庚。長庚曰：「僕溷跡軟紅，唯曲藝進身是愧，自好益復斷斷，向於王公大人，雖促膝氏掌，未嘗干以私，尤不敢與聞官事。矧人微言輕，言之亦未必有濟，敢敬謝不敏，幸原諒，勿以諉卸為罪也。」某固請不已，友亦為之陳懇，至於再三。長庚曰：「幸被劾誠非罪，差可措詞，當勉效綿薄，視機會何如耳。」則亟謁恭邸，值王憩寢，良久，僅乃得達，王則訶謁者，謂將命胡遲遲也，並為長庚道歉仄。長庚白來意，主始有難色，謂旨已交擬，恐不易保全。既而曰：「爾固不輕干人，事雖難，吾當盡力圖之。」長庚稱謝肅退，王曰：「少休，勿亟，吾正欲與爾閒談也。」詰朝，諭旨下，竟無某道褫職事，則參摺已留中矣。某德長庚甚，賷厚幣，自詣謝。長庚拒弗見，餽物悉返璧，命侍者出傳語曰：「請某官還以此整頓地方公事，毋以民脂民膏作人情也。」且從此不與某道相見。有人問此事者，長庚力辨其必無云。長庚字玉山。

三六六　梅巧玲祖孫並名芳

梅巧玲名芳，其孫名蘭芳。按：王右軍父子，名並用之，例可通矣。

三六七　〈賭卦〉

〈賭卦〉，清初王先生戒子弟之作：

賭凶，無攸利。彖曰：賭，妒也。妒人之有，而先罄其藏。勝者偶而敗其常，獲者寡而失不可償。是以凶，無攸利。君子賭而業隳資亡，小人賭而離於桁楊，賭之為殃大矣哉。象曰：上慢下賊賭，後以嚴刑懲慝。初九，童蒙之嬉吝。象曰：童蒙之戲，漸不可長也。義方有訓，用豫防也。六二，誘賭以迷，往即於泥凶。象曰：誘賭，朋之傷也，往入其類，自戕也。六三，燕樂衎衎，乃賭乃戰，士以喪名虧行。象曰：燕樂衎衎，賭起爭也。喪名虧行，大無良也。六四，迷賭，晡不食，貲亡有疾。象曰：迷賭，夜以為明也，既亡其貲又疾，無常也。六五，夫迷不復，婦嗟於屋，良友弗告。象曰：夫迷不復，婦用傷也；良友弗告，不可匡也。上九，鑒賭有悔，出涕沱若，戚嗟若吉。象曰：自鑒其禍，斷用剛也，中心有悔，易否為藏也。正義曰：賭者，小人之事，陰之類也。童蒙之嬉，陰未甚盛，有義方之訓以豫防之，則初吝可以終吉。鑒賭有悔，來復之象，故初上皆陽爻。

三六八　弓鞋唐時已有說

西藏燈具，狀如弓鞋，俗傳為唐公主履，見《衛藏圖識》。夫曰俗傳，則其由來亦已久矣。是亦謂唐時已有弓鞋，不自南唐始也。

三六九　人有專長，則衆長為所掩

凡人有專長，則眾長為所掩。右軍善畫，而唯以書名；李白工書，而僅以詩顯。至如朱紫陽畫，深得吳道子筆法，則尤世所罕知矣。

三七〇　巫山神女為王母之女說

巫山神女朝雲暮雨之說，向來詞賦家多用之，豔矣，然而褻甚。按：路史《集仙錄》云：「雲華告禹曰：『太上愍汝之志，將授靈寶之文，陸策虎豹，水口蛟龍，醎邪檢凶，以成汝功。』因授上清寶文，又得庚辰虞余之助，遂導波決川。奠五嶽，別九州，天錫元圭，以為紫庭真人。」虞庚辰，據《楚辭》，乃益稷之字。雲華者，云王母之女，巫山神女也。據此，則巫陽之靈，上清莊嚴之神，詎可以褻語厚誣之。曩余作〈七夕〉詞，用銀河鵲駕等語，端木子疇前輩見而規誡之，評語云：「牛主耕，女主織，建申之月，田功告畢。織事托始，故兩星交會，明代謝以成歲功。世俗傳訛，以妃偶離合為言，嫚瀆甚矣。」余佩服斯言，垂三十年未嘗賦〈七夕〉詞也。

三七一　購汲古閣藏書者非王永康

阮吾山《茶餘客話》云：「毛氏汲古閣藏書甚富，模刻亦多。王駙馬以金錢輦之去，其板多在昆明。駙馬者，平西婿也。」按：王名永康，蘇州人，錢梅溪《履園叢話》云：「初，三桂與永康父同為將校，許以女妻永康，尚在襁褓。未幾父死，家無擔石，寄養鄰家。比長，飄流無依，年三十餘，猶未娶也。有親戚老年者知其事，始告永康。時三桂已封平西王，聲威赫奕。永康偶檢舊篋，果得三桂締姻帖，遂求乞至雲南，書子婿帖詣府門。越三宿，乃得傳進。三桂沈吟良久，曰：『有之。』命備公館，授為三品官，供應器具立辦，選日成婚，奩贈甚盛。一面移檄蘇撫，為買田三千畝，大宅一區，在齊門內拙政園，相傳為張士誠婿偽駙馬潘元紹故宅也。永康在雲南，不過數月，即攜新婦回吳，終未接三桂一面。永康既歸，窮奢極欲，與當道往來，居然列公卿間。後三桂敗，永康先歿，家產入官，真如邯鄲一夢矣。」按：據錢氏云云，永康在滇僅數月，阮云書板多在昆明，殆未必然矣。

三七二　亡靈現形

杭縣徐女士《彤芬室筆記》云：「長沙芙蓉鏡照相館曾為柳某攝照，其已故之妾，亦現影身側，形容宛肖。十年前，芙蓉鏡尚重攝以出售，湘人類皆知之。」茲事絕奇，其信然耶，則古者李少君、楊通幽、稠桑王老、趙十四輩召亡之術，何難能可貴之有。

三七三　蔡中郎原型為唐進士鄧厂

明高則誠撰《琵琶記》，演蔡中郎贅入牛府，屬假托非事實，前人辨之詳矣。或謂其罵王四，因琵琶二字有四王字，亦臆說，無確據。按：唐盧仝《玉泉子》「鄧厂」一則略云：「厂初比隨計，以孤寒不中第。牛蔚兄弟，僧孺之子，有氣力，且富於財，謂厂曰：『吾有女弟，未出門，子能婚，當為展力，寧一第耶。』時厂已婿李氏矣，有女二人皆善書，厂之行卷，多二女筆跡。厂顧己寒賤，私利其言，許之，既登第，就牛氏姻，不日挈牛氏歸。將及家，紿牛氏曰：『吾久不到家，請先往俟卿。』洎到家，不敢泄其事。明日，牛氏奴驅其輜橐直入，列庭廡間。李氏驚曰：『此何為者？』奴白夫人將到，令某陳之。李曰：『吾即妻也，又何夫人？』即拊膺哭頓地。牛氏至，知其賣己也，請見李氏曰：『吾父為宰相，兄弟皆在郎省，縱不能富貴，豈無一嫁處。其不幸豈唯夫人乎？夫人縱憾於鄧郎，寧忍不為二女計耶。』時李氏將列於官，二女共牽挽其袖而止。後厂以秘書少監分司。黃巢入洛，避亂於河陽，其金帛悉為群盜所得。」據此，則再婚牛氏，實鄧厂事。而院本以誣中郎，其故殆不可知。

三七四　蘇頲少時聰悟

唐蘇頲聰悟過人，才能言，有京兆尹過父環，命頲詠「尹」字。乃曰：「丑雖有足，甲不全身。見君地口，知伊少人。」即燈迷之拆字格也。

三七五　神授廉廣五色畫筆

江淹夢五色筆事，自昔豔稱。按：馬總《大唐奇事》：「廉廣者，魯人也。因採藥於泰和，遇風雨，止大樹下。及夜半雨晴，信步而行，逢一人若隱士，問廣曰：『君何深夜在此？』仍林下共坐。語移時，忽謂廣曰：『我能畫，可奉君法，與君一筆，但密藏焉。』即隨意而畫，當通靈，因懷中取一五色筆授之。廣拜謝訖，此人忽不見。爾後畫鬼兵能戰，畫龍能致雲雨，畫大鳥能乘之而飛，尋復見神還筆，因不復能畫」云云。此又一事也，特彼文筆此畫筆耳。

三七六　「律呂調陽」考

《千字文》「律呂調陽」，「呂」當作「召」。按：唐《南皐羯鼓錄》云：「玄宗洞曉音律，由之天縱，凡是管弦，必造其妙。若製作調曲，隨意即成，不立章度。取適短長，應指散聲，皆中點指。至於清濁變轉，律呂呼召，君臣事物，迭相制使，雖古之夔曠，不能過也。」律召，即「律呂呼召」意。

三七七　穆相提攜曾文正

道光季年，京師有人制聯云：「著、著、著，祖宗洪福穆鶴舫，是、是、是，皇上天恩卓海帆。」扁曰：「如何是好」。蓋二相饒有伴食之風，造膝時絕鮮獻替，唯阿容悅而已。然穆相嘗汲引曾文正，每於御前稱曾某遇事留心，可大用。一日，文正忽奉翌日召見之諭，是夕宿穆相邸。及入內，由內監引至一室，非平時候起處。逾亭午矣，未獲入對，俄內傳諭，明日再來可也。文正退至穆宅，穆問奏對若何，文正述後命以對，並及候起處所。穆稍凝思，問曰：「汝見壁間所懸字幅否？」文正未及對，穆悵然曰：「機緣可惜。」因躊躇久之，則召幹僕某，諭之曰：「汝亟以銀幣四百兩，往貽某內監，屬其將某處壁間字幅，炳燭代為錄出，此金為酬也。」因顧謂文正，仍下榻於此，明晨入內可。洎得覲，則玉音垂詢，皆壁間所懸歷朝聖訓也。爰是奏對稱旨，並諭穆相曰：「汝言曾某遇事留心，誠然。」而文正自是駸駸向用矣。

三七八　曾文正與江南人契合

曾文正初入翰林，僦居繩匠胡同伏魔寺，自顏所居之室曰藏雲洞，蓋寓出山為霖之意，及何桂清喪師失地，江南京僚聯銜請公督師，卒成偉業。故文正於江南人至為契合云。

三七九　曾文正遣僕無術

曾文正官翰林時，亦日書小楷，以備考差。適介弟忠襄讀書京邸。一日，有友薦僕至，文正不欲留用，而僕固求不已。文正曰：「此僕殊糾纏，吾竟無術遣之。」忠襄曰：「但以所書白摺示之，彼必恝然捨去也。」文正怒之以目，所謂善戲謔兮，此固無傷怡怡之雅。

三八〇　左文襄受知於駱文忠

咸豐初年，左文襄以在籍舉人就張石卿中丞之幕。張公去位，駱文忠繼之，信任文襄尤專。文忠每公暇適幕府，值文襄與幕僚數人，慷慨論事，援古證今，風發泉湧。文忠靜聽而已，未嘗置可否。世傳文忠一日聞轅門鳴炮，顧問何事。左右對曰：「左師爺發軍報摺也。」文忠頷之，徐曰：「盍取摺稿來一閱？」當繕發之前，未嘗寓目也。當時楚人或以「左都御史」戲稱文襄，意謂文忠官銜不過右副都御史，而文襄權尚過之也。文襄練習兵事，智深勇沈，感激文忠國士之知遇，為之集餉練兵，選用賢將，兩敗石達開數十萬之眾。復分兵援黔、援粵、援鄂、援江西，而即以為屏蔽吾圉之至計。文忠得以雅歌坐嘯，號為全楚福星。天下不患無才，患知才不能用，用才不能盡，若文忠之有文襄，信乎能盡其才者矣。

三八一　駱文忠平川

咸豐初年，蜀中童謠云：「四川軍務惡，硝磺用不著。若要川民樂，除非馬生角。」未幾，朝命蕭啟江、黃熙先後籌辦防剿，迄無成績。蕭黃、硝磺同音，所謂「硝磺用不著」也。迨駱文忠開府，內而藍朝鼎、李短衲成擒，外而石達開授首，星周甫易，而全蜀肅清。駱字從馬從各，蜀音各與角同，所謂「馬生角」也。華陽王息塵廉坊云：「文忠之薨也。先數日寢疾，息翁之居，距督署只赤。某夕深坐，俄聞靈風颯然，聲振屋瓦，若龍陣之驟驚也。頃之，聞節轅鳴炮九，知驂鸞騰天矣。」生為屏臣，歿為明神，可知傳說騎箕，詎謬悠之說耶。相傳文忠督川時，蜀民見其摧陷廓清，用兵神速，以為諸葛復生。其後雙目失明，僚屬來謁者，或手捫其面目，耳聽其聲音，輒辨為某人，與之談論公事，百不失一云。

三八二 駱文忠鴆殺石達開子

石達開，廣東花縣人，與駱文忠同縣。相傳達開被擒，有幼子，求文忠宥之。文忠留養署中數年，雖教誨備至，頗桀驁露圭角。或與之言志，則曰：「唯有為父復仇耳。」或以告文忠，乃揮涕密鴆之。達開固英物，擅文武才，甚可念。文忠之未能恝然，非必推情桑梓也。

三八三 李文忠生平未膺文柄

合肥相國李文忠，生平未膺文柄。光緒乙未春，由直督召入，寓賢良祠。令人於廠肆購《講義》、《制藝》等書，為會試總裁之預備。乃竟未得簡，亦缺憾也。

三八四 李文忠得先輩積善之蔭

李文忠之封翁，諱文安，道光戊戌進士。官刑曹時，為提牢廳坐辦，著有《提牢紀事詩》，蓋旨在恤囚也。吳縣潘尚書文勤為開板於京師。論者謂文忠位極人臣，為積善之餘慶云。

三八五 李文忠謝邊壽民之劾

李文忠督直隸時，某年，以「麥秀兩歧」入告，御史邊壽民劾之，有「陽為歸美於朝廷，陰實自譽其政績」之語，文忠致函謝過焉。

三八六　李文忠雅諧

李文忠任直督時，某年壽辰，僚屬製錦稱祝，天津守某領銜所撰壽文，先呈文忠閱定，文集葩經，用「我公東歸」句，誤作「我公西歸」，文公戲作公牘語批其後云：「本部堂何日西歸，仰該守查明稟覆。」太守見之，主臣無已。

三八七　潘蔚如一藝成名

蘇州潘蔚如中丞初以巡檢需次保定，每衙參，恒以市車往，有御者某姓輒受顧，習矣。某日，值某御者不在，潘遂顧用他車。越日見而問之，御者言：「因妻病，弗遑執鞭也。」問何病，則絆戀徂期。圜的不施，數閱月矣，於婦科為險證，往往弗治。潘固夙諳岐黃家言，謂御者：「我善醫，曷御我往診？」御者亟鞠跪謝，御潘至家，為診之。方再易而病癒。明年，潘補蘆溝橋巡檢，時那文誠總督直隸。一日，潘忽奉五百里札調，大驚，不解其故。星夜晉省，面謁首府探詢，亦不知所為。第為先容，則立予傳見。蓋文誠之女公子，已拴婚恭邸為福晉，嘉禮將屆，乃嬰疾，與某御者之妻同，坒歷諸醫，悉窮於術。適某御者執役督署，知潘之善醫也，輒稱道弗去口，輾轉達於文誠，故亟札調。洎入診，益復澄思研慮，竭盡所長，蓋未幾而霞侵鳥道，月滿鴻溝，女公子當浣濯矣。及既為福晉，德潘甚。旋恭邸枋鈞，潘蒙不次遷擢，竟開府貴州，所謂一藝成名者矣。

三八八　湯貞愍諧諷幕僚

武進湯貞愍由廕生起家武職，工詩善畫，篤嗜風雅、著有《琴隱園集》。咸豐初年，官江寧副將，日與赳桓者處。有寅僚某，好讀《三國志演義》，自詡知兵。一日談次，謂貞愍曰：「凡人作善，子孫亦必善人。故孔子之後，生孔明也。」忠愍微笑曰：「或亦未必盡然。孔子下便是孟子，何孟子之後，乃有孟德耶？」聞者為之忍俊不禁。

三八九　胡文忠與官文釋怨

相傳胡文忠撫鄂，長白文恭領兼圻，兩公稍不相能。既而文恭欲媾解，顧未得當。會文忠太夫人板輿就養，文恭親自督隊郊迎，文忠感其禮意，成見冰釋。由是事無巨細，悉銳身任之，遂成中興大業云。

三九〇　薛生善追魂術

王逋《蚓庵瑣語》云：「崇禎甲申，有吳江薛生號君亮者，能李少翁追魂之術，又善寫照。其法書亡者生歿忌日，結壇密室，懸大鑑於案南，設胡牀於案下，牀黏素紙，持咒焚符七七日。視鑒中煙起，則魂從案下冉冉而升，容貌如平生。對魂寫照畢，魂復冉冉而下。亡四十年外者，不能追矣。此可與長沙芙蓉鏡照相事消息互參。

三九一　陸稿薦熟肉奇聞

滬上熟肉店不下數十家，無一非陸稿薦者。相傳陸氏之先設肆吳閶，有丐者日必來食肉，不名一錢，主人弗責償也。後竟寄宿店廡，亦不以為嫌也。丐無長物，唯一稿薦，一日，忽棄之而去。久之，店偶乏薪，析薦以代，則燔炙香聞數十里，因以馳名。繼此凡營是業者，即非陸姓，亦假托冀增重云。

三九二　奇文〈彌子之妻題〉

從漚尹假觀秀水王仲瞿《煙霞萬古樓時文》，奇作也。其〈彌子之妻題〉一首尤藻彩斑連，如古蕃錦。甚惜。福州梁氏《制藝叢話》中乏此珍秘，亟錄如左：

倖臣得其女妻，怨耦也。蓋彌子嬖人，而妻則顏氏子也。妻者齊也，何其遇人不淑耶。嘗謂婦人從夫，淑女而竟適弄臣，亦閨房不幸事哉。腐木不可以為柱，卑人不可以為主，侲子狡童，袒腹而登丱女之牀，君子讀《詩》至「雉鳴求牡」，鮮不歎靜女仳離，而乃有東家之子，且為蛩蛩駏虛，負而走者。衛靈公，煬灶之君也，狎比狡童，老而好色，愛彌子瑕者，一朝眾蔽。而其時顏讎由，實有季妹，待年未嫁，瑕一美丈夫也。矯駕君車，入門布幣，爰是御輪三週，居然牢食，終成婦禮。衛人醜之，以為聘則為妻。彌子瑕之鄉里也，男子而行婦道，則淫而不交，人笑其臀無膚也。彌子私後車之情，豈不曰與為雞口，寧為牛後耶。婦人吉而夫子凶，君子不與艾豭慶家人之卜。丈夫而薦男歡，則女而不婦，人笑其尻益高也。彌子戀前魚之愛，豈不曰與為雄飛，寧為雌伏耶。子南夫而子皙美，君子且與婁豬傷歸妹之窮。夫彌子，以色事人者也，萬歲千秋之後，且樂得身蓐螻蟻，於妻何愛。則魚網鴻離，安知為彌子者。不巽在牀下，而彌子妻者，不鶼鰈鰈，東家食而西家宿也。烏鳥寵雌雄之愛，馬牛奔臣妾之風，此狡兔三窟，所謂高枕而臥者，亦彌子莫須有之計，而妻亦危矣。拔茅茹以其彙徵，使二難可並，何不貫魚而並寵，況鰥梁笱敝，君妃亦愛少男，則尤物移人，臣敢獨修其帷薄。而妻則愀然憂曰：「是謂我不祥人也，妾自明詩習禮以後，絕未嘗私遘狐綏，豈今日履兩捀雙，忽欲乞國母禁臠，分驪姬之夜半乎。」密雲不雨，命蹇而遇其配主，則怒呼役夫。一與齊而終身不改，此賈氏如皐，三年不笑者也。太甲戒比頑之箴，而女歡嘗不敝席，食含桃以其餘進，使兩美可合，何妨齧臂而同盟。況宋野人歌：「君淫又多外嬖，則雞晨家索。」臣敢不獻其衵衣。而妻則戚然悲曰：「彼何其不丈夫也。妾自施衿結縭以來，絕未始偷干罷吠，豈今日苕黃桑落，復欲托雌兔迷離，續枯楊之衰梯乎。」童牛不牿，色荒而見此金夫，則泣訕良人。吾見憐而何況老奴，此息嬀生子，三年不言者也。丹朱為朋淫之祖，而鳥獸猶不失儷。噫，連稱媵仲妹於宮，而顏氏棄其良娣，則當日鴆媒不好，亦宜如向姜絕莒而歸，而何以鶉雀無良，必欲同偕其老。聲伯嫁從妹於人，而顏氏愛其孌婿，則當日刲羊無衁，亦宜如紀姬寧鄁而去，而何以髧髦難棄，不能自下其堂。由此觀之，宋司徒女赤而毛，尚得自求佳配；徐吾犯妹喜而豔，猶能自擇良姻。顏非敝族，何至使靜女包羞，失身箕帚，反不如嬰兒子至死不嫁，為北宮氏之老女也。向使彌子瑕者，色不衰，愛不弛，靈公虎欲逐逐，蒙輦歸闕，則亦若齊懿公納閻職之妻，命其故夫驂乘，而彌妻脫簪珥待罪永巷，速蒯聵操刀之禍，亂豈不自婢子始哉。故曰：「倖臣得其女妻，怨耦也，非嘉耦也。」或曰：「彌子，賤臣也。室有伉儷，儼然與雞冠劍佩之大賢，爭良娣袂，夫亦何幸。」《詩》云：「瑣瑣姻婭，則無膴仕。」婦人從夫，而後人傷其失身，此士君子不求巷遇，大丈夫不肯枉尺而直尋。

三九三　朱一貴以兵法牧鴨

康熙六十年辛丑，臺灣民朱一貴作亂。先是，一貴於康熙五十二年之臺灣，居母頂草地，飼鴨為生。其鴨旦暮編隊出入，愚民異焉。相傳一貴能以兵法部勒其鴨，此視蝦蟆教書、蠅虎舞涼州，尤為奇絕。

三九四　包神仙退太平軍

咸豐辛酉十月，賊陷諸暨。有包立身者，縣之包村人，倡集義團，遠近附之。賊屢以大隊擊之輒敗。同治壬戌三月，偽侍王約湖州賊偽梯王，由富陽進攻包村，環數十里為營。立身善以少擊眾，相持數月，先後殺賊十餘萬人。是夏大旱水涸，汲道為賊所遏。村中人眾，食不繼，賊又絕其糧道，勢危甚。然主客萬餘人無一降者。七月朔，賊由隧道攻之，村陷，立身與妹美英率親軍潰圍出。賊追及之，立身中炮死。美英手刃數賊，知不免，自刎死。中興以來，世多知有包立身之名，乃諸暨人所傳，則其事甚怪。立身本農家子，形體甚長，高於常人者幾二尺許，有膂力，且善走。年二十許時，往往兀立田間，若有所思，見者咸以為癡。咸豐庚申六月，夜宿場圃，聞有呼其名者，視之，一老翁也。翁問：「識我乎？」曰：「不識。」翁曰：「某年月日，汝甫七齡，為牆所壓不死，我救汝也，頗憶之乎？汝他日當為大將，我汝師也。某日遲明，我待汝於紹興昌安門外石橋上，毋爽約。」言已別去，行數武，忽不見。明日，詢之父母，則幼時牆壓不死固有之。屆期，立身欲赴約，父母不可，是夜轉展不成寐。同榻者聞之，曰：「欲至紹興訪友，苦無舟資耳。」其人探枕底錢予之。雞初鳴，攜錢去，至山陰劉龔溪，適有小舟，遂乘之往。至昌安門，天未明也。自包村至紹興郡城，地近百里，亦不知何以迅速如此。而老翁已待於橋上，曰：「俟子久矣。」拉之行，至一山中，有廬，導之入，有二少年在焉。老翁出酒餚共食，酒色赤，肴則皆白。食畢，延入後堂，見西階下有大刀。翁曰：「試舉之。」力弗勝也。翁命一少年舉刀舞，光閃閃如電繞室，寒風肅然。翁曰：「余初授彼刀，彼亦如汝恇怯。天下事苟不畏難，自能勝之，汝曷再試一舉乎？」立身如其教，果輕如一鈎金矣。翁乃授以刀法及咒語曰：「此先天一目鬥咒也。」立身辭歸，則父母已遣其兄往尋之，至劉龔溪，問舟子，咸曰：「今晨無放棹者。」兄乃返，而立身已在家中矣。具道其事，共怪之。越日，又失立身，次日而返。詢之，謂翁引至諸暨南鄉門子岩，樓閣院宇，迥非人世。有數儒士讀書堂上，數武士角力堂下，皆翁之徒也。翁以香與之，曰：「焚此可降上界真仙。」又曰：「吾白鬣仙人也。明初助戰有功，受封金井。上帝使我掌霧於此，又使至岩巔望氣，見諸暨一邑，四面皆黑氣，惟東面稍淡。曰，此殺氣也。淡處當小滅耳。汝歸，宜勸世人勉為善事。」自是邑人皆呼為包神仙，遂緣此起義兵，臨陣白衣冠而出，賊輒披靡。戰前一夕，必焚紙錢，曰陰兵也。又或賊至不出戰。曰：「天香未發，非戰時也。」俄而曰：「可矣。」各鄉兵亦如聞異香，勇氣百倍。故戰無不勝，賊中訛傳包神仙能飛竹刀斷敵人頭云。

續眉廬叢話

癸丑、甲寅間，蕙風賃廬眉壽里，所撰《叢話》，以眉廬名。乙卯四月，移居迤西青雲里。客問蕙風：「《叢話》殆將更名耶？」蕙風曰：「客亦知夫眉壽之誼乎？眉於人之一身，為至無用之物，此其所以壽也。蕙風之居可移，蕙風之無用，寧復可改。」抑更有說焉：《洪範》：「五福：一壽二富。」蕙風之旨，將使二者一焉，其如青雲非黃金何。孔子曰：「富而可求也，雖執鞭之士，吾亦為之。」如不可求，續吾《叢話》。

三九五　九重開曙色，萬戶動春聲

咸豐初年，太考翰詹，詩題〈半窗殘月夢鶯啼〉。萬文敏時官編修，有句云：「九重開曙色，萬戶動春聲。」拔置第一，蓋題近衰颯，而句殊興會也。

三九六　集經句為試帖

臨川李小湖侍郎著有《好雲樓集》，嘗集經句為試帖，絕工巧，〈賣劍買牛〉題句云：「又求其寶劍，誰謂爾無牛。」〈善旌諫鼓〉題句云：「見羽毛之美，毋金玉爾音。」

三九七　陸羽洗南零水

前話載水洗水之法，謂水之上浮者輕清，下沉者重濁。按：《水經》云：「太宗朝，李季卿刺湖州，至維揚，遇陸處士鴻漸。李曰：『陸君善茶蓋天下，揚子江南零水又殊絕，今者二妙，千載一遇，何曠之乎？』命軍士信謹者挈瓶操舟，詣南零取水，陸挈器以俟。俄水至，陸以杓揚水，曰：『江則江矣，非南零，』似臨岸者。使曰：『某掉舟深入，見者纍百人，敢紿乎？』陸不言，既而傾諸盆至半，陸遽止。又以杓揚之，曰：「自此南零者矣。」使大駭，馳下曰：「某自南零賚至岸，舟蕩半，懼其鮮，挹岸水以增之。處士之鑒神鑒也，其敢隱欺乎？」　據此，則又以下沉者為佳，二說未知孰是，然而陸說古矣。

三九八　「大江風阻，故爾來遲」

常州府屬縣八，唯靖江介在江北。清之初年，某親貴出守常州，聲勢烜赫，僚屬備極嚴憚。一日，以壽演劇，七邑皆來稱祝。靖江令獨後至，懼甚，囑閽者為畫策，遂重賂伶人。時方演《八仙上壽》劇，七人者先出，李鐵拐獨後，七人問曰：「來何暮也？」鐵拐曰：「大江風阻，故爾來遲。」閽人即於是時，以靖江令手版進。太守大喜延入，盡歡而罷。

三九九　莊存與智投骰子

常俗有搖會之說，其法數人醵錢，取決於瓊叒，色勝者得之。相傳莊殿撰存與，將計偕入都，苦乏資斧，不得已，糾合一會。屆期，戚友咸集，僕告主人有疾，不可以風，請諸客先擲，而主人於帳中擲之。蓋殿撰仿狄武襄兩面錢故智，預置一骰盆同式者，布置六赫，俟移盆帳中，故為一擲，俾眾聞聲，則亟易預置之盆，出以示客，弗疑也，咸稱賀，遂得資。洎客散，視頃間故擲之盆，則亦六色皆緋，殊自喜。是科以第一人及第。

四〇〇　將錯就錯

萍鄉文道希學士，夙負盛名。壬辰廷對，誤書「閭閻」為「閭面」，經讀卷大臣簽出。而常熟翁叔平協揆言：「『閭面』二字，確有來歷。」或猶稍爭曰：「殆筆誤耳。」協揆曰：「曩吾嘗以閭面對檐牙，詎誤耶。」廷式竟以第二人及第。

四〇一　薛福成薦吳傑

寧波招寶山為浙海形勝地，中法之役，敵艦來犯，知府杜冠英、參將吳傑施巨炮擊中之，並有殲其大將孤拔之說。當是時，朝命旌二臣功，得畫像紫光閣。未幾，吳為某營統領，而提督歐陽利見，竟劾罷之。適寧紹臺道薛福成奉召入都，將出使，力言吳之功，得旨送部引見，賞還游擊，薦升總兵，終於管帶寧波炮臺之任，不竟其用，時論惜之。杜亦未聞通顯。

四〇二　北京倉場廒變異聞

瓷器之有窯變，舊矣。曩北京倉場，有廒變之說，亦異聞也。南漕供各官食俸，而京倉紅朽實多。相傳御膳房所供玉食，或為某廒某倉所變，則一廒之米，悉成潔白圓勻。倉丁白坐糧廳，糧廳白倉督，取以進御。而各官於此廒中演劇稱慶，相沿為故事。蓋廒之變屢矣，非若窯變之偶然也。或曰：「直隸玉田縣所產米，較南漕所運，實更粲美，先期儲蒔廒中也。」

四〇三　左書妙手

世傳張文敏晚年右臂不能書，易以左臂，書尤遒勁。又高西園能左手書，大抵皆行草耳。唯張涇南司寇，方奉敕書〈落葉倡和詩〉，俄墜馬傷右臂，遂用左手作小楷，極端凝蘊藉之致。張南華學士贈以詩云：「驟馬天街一蹶中，險將折臂兆三公。翻身學士疑成瓦，擎掌仙人不是銅。漫笑莊生虛攫右，早誇杜老妙書空。斷碑半截渾難補，天遣重完賴國工。」

四〇四　萬文敏雅量

萬文敏官尚書時，自起宅第，高其閈閎。其對門旗人某所居殊卑隘，惑於風水之說，嫉萬宅軒峻，勢若憑陵己也，日必詈於其門。公子輩欲與校，文敏則設几門內而坐鎮焉，諭闔宅人等毋許出外與人爭。久之。詈益肆，語侵及所生。公子曰：「至是寧尚可忍乎！」文敏曰：「彼所詈者若而人，我非若而人，則彼非詈我也。何不可忍之有？」公子輩聞之釋然，所謂非義相干，可以理遣者也。

四〇五　唐懋公妒三子入翰林

吾廣右灌陽唐氏，薇卿、文簡、禹卿當同治朝，同懷昆季，先後入翰林。其封翁猶應禮部試，屢下第，輒憤懣無已。每值考試試差，封翁則几於門而坐焉，尼公子輩毋許赴試，恐獲分校會闈，則親父須回避也。未幾，遇覃恩，膺誥命，封翁則盛怒，索大杖，杖三太史。亟走避，並浼同鄉數輩為之緩頰再三，僅乃得免。

四〇六　閻文介自比王安石

朝邑相國閻文介，光緒初年告歸里門，屢徵不起。其謝摺中有云：「宋臣王安石，小官則受，大官則辭，況臣不及安石萬一乎？」名臣引退，在昔多有，乃以拗相公自況，絕奇。

四〇七　以拽大木罰庶士

明初，秀才襴衫，飛魚補，騎驢，青絹傘。永樂朝，教習庶士甚嚴，曾子啟等二十八人不能背誦〈捕蛇者說〉，令拽大木。何秀才之幸，而翰林之不幸也。

按：明祝允明《猥談》云：「諺語起於今時者，永樂中取庶吉士，比二十八宿，已具。周文襄公乞附列，時稱挨宿，遂乞今名強附麗者。」曾子啟等二十八人，殆即上應列宿者非耶。乃拽大木，何前榮而後辱也。彼附列之周文襄，容亦不得免焉，不甚悔多此一乞耶。

四〇八　女子男裝

比年滬上行院中人競效男裝。按：《路史後紀》云：「帝履癸伐蒙山，得妹嬉焉。一笑百媚，而色厲少融，反而男行，弁服帶劍。」此女子男裝之初祖也。

四〇九　甌香館非惲南田自有

洪北江《外家紀聞》：「甌香館為穎若字啟宸從舅氏宅中臨溪小築，惲南田居士貧時常賃居之，故所作書畫，多署甌香館。余幼時曾於外祖父亂書帙中，得南田居士《乞米帖》，今尚存。字仿褚河南，古秀入骨，故世傳南田三絕」云云。

據此，則甌香館並非南田所自有。近人江浦陳亮甫撰《匋雅》，謂館名甌香，是甌香，非茶香，殆未必然也。《乞米帖》可與雅宜山人藉銀券並傳，惜未得見。

四一〇　王仲瞿奇行怪跡

王仲瞿以「煙霞萬古」名所居樓，樓無梯，飲饌皆縋而上。客至，則仲瞿躍而下，與立談；稍不入耳，聳身遽上，不復顧客，客逡巡自去。或片言契合，則臂挾與俱升，必傾談屢日夕，然後得去。去亦仲瞿挾與俱下。仲瞿之興未盡，客欲去，末由也。相傳顧梁汾詒納蘭容若登樓去梯，深談屢日，兩事皆可喜。容若款深，仲瞿豪宕。

四一　以小姐稱宦女

小姐非宦女之稱，說見前話。以小姐稱宦女，不知始自何時，按：明楊循吉《蓬軒吳記》：「孟小姐，校官澄女，嘗過慧日庵訪某女冠，書其亭曰：『矮矮圍墻小小亭，竹林深處晝冥冥。紅塵不到無餘事，一炷香消兩卷經。』此詩殊雅。」云云，則明時有此稱矣。

四二　咸豐戊午科場案始末

咸豐戊午科場案，諸傢記述詳略不一，茲貫穿其說如左：戊午順天鄉試，監臨梁矩亭、提調蔣霞舫，甫入闈，即以供應事，議論不合，互相詆諆。八月初十日，頭場開門，蔣貿然出。各官奏參，蔣褫職，梁降調，識者已知其不祥。榜發，謠諑紛起，天津焦桂樵時以五品卿充軍機領班章京，為其太夫人稱壽湖廣會館，大僚太半在座。程楞香，本科副主考也，談及正主考柏公有改換中卷事，載垣、端華、肅順，皆不滿於柏，思中傷之，以蜚語聞。適御史孟傳金奏，第七名舉人平齡，素係優伶，不諳文理，請推治。上愈疑，飭侍衛至禮部，立提本科中式朱墨卷，派大臣復勘，簽出詩文悖謬之卷甚多。載垣等乘間聳動，下柏相家人靳祥於獄，旋褫柏職。特派載垣、端華、全慶、陳孚恩會訊，又於案外訪出同考官浦安與新中式主事羅鴻繹交通關節。鴻繹對簿，吐供不諱，而居間者乃鴻驛鄉人兵部主事李鶴齡也，於是並逮鶴齡。時羅織頗嚴，都城內外，無敢以科場為言者。未幾，察出程楞香子炳采有收受熊元培、李旦華、王景麟、潘敦儼並潘某代謝森墀關節事，程父子亦入獄。訊程時，程面語孚恩曰：「公子即曾交關節在我手。」孚恩嗒然。翌日具摺檢舉，並請回避。得旨逮孚恩子景彥，孚恩勿庸回避全案。孚恩以兒子事甚不樂。潘某者，侍郎某之子，孚恩知潘與程往來密，遂以危詞挾侍郎自首。侍郎恐，如其教，而某亦赴獄中矣。李古廉侍郎告病在籍，程供牽連其子旦華，解京審辦，古廉憂懼病劇死。己未二月，會訊王大臣等，請先結柏與鴻繹等一案。上御勤政殿，召諸王大臣入，皆惴惴，麟公魁竟至失儀。旨下，柏與浦安、鴻繹、鶴齡同日棄西市。刑部尚書趙光偕肅順監視行刑。是日，柏相坐藍呢後檔車，服花鼠皮褂，戴空梁帽，在半截胡同口官廳坐候諭旨。浦安等皆坐席棚中，項帶大如意頭鎖，數番役夾視之。肅順自圓明園內閣直廬登輿，大聲曰：「今日殺人了！」錢揆初中翰在直廬親聆之。抵菜市下輿至官廳，與柏攜手寒暄數語，出會同趙公宣旨，意氣飛揚，趙唯俯首而已。先是，是年彗星見，長亙天，肅順等建言必殺大臣以塞天變。及獄成，文宗流涕曰：「宰執重臣，豈能遽殺耶？」肅順言：「此殺考官，非殺宰相也。」陽湖呂定子編修乃道光丙午科，柏相與趙蓉舫尚書同典江南鄉試所取士也。趙告呂曰：「皇上昨日問我，曩與柏葰同為考官，柏之操守如何？」光對：「柏葰身充軍機大臣，何事不可納賄，必於科場舞弊，身犯大辟乎。」文宗頷之，方冀柏之可邀末減也，詎談次忽接孚恩密柬，言某人駢首，朱革職，缺明日放，趙持柬慟哭，即囑定子往為料理云云。秋七月，庭桂父子案結，載垣等以刑部定擬未平允，奏稱送關節，無論已未中，均罪應斬決。孚恩先乞憐於兩王，乃先開脫送關節之陳、潘、李諸人，而以程父子擬斬決。旨下，決庭桂子炳采，發庭桂軍臺效力。庭桂出獄，暫寓彰儀門外華嚴寺。孚恩飛輿來候，一見即伏地哭不起。庭桂曰：「勿庸勿庸，你還算好，肯饒這條老命。」孚恩赬顏而去。此案主考柏正法，程發遣，唯朱僅褫職，旋即以侍講學士銜，仍直書房，蓋清名素著也。同考監試及收掌、彌封、謄錄、對讀等官處分殆遍。自是，孚恩一意諂事肅順。及文宗升遐，端、肅等偽詔顧命，逆謀叵測。俄兩宮內斷，雷霆驟驚，肅順大辟，孚恩遣戍。肅之就戮也。

趙尚書仍為監斬官，遣人邀柏相之子，侍郎鐘濂，載諸車中，同往菜市。俾目睹元惡授首，少紓不共戴天之恨，事之相去僅二年耳。其陳孚恩新疆遣戍之日，即程庭桂軍臺賜環之日，天道好還如此。

四一三　陳孚恩忘恩負義

陳孚恩之人直樞廷也，江寧何愼恪嘗汲引之。某日同僕直，何步履稍龍鍾，行時偶觸銅爐，鏘然作響。孚恩於愼恪固誼托師門，徐曰：「老師，衹有人讓火爐，火爐不能讓人也。」何知陳將排己，遂伊鬱遘疾。昔人有句云：「直到天門最高處，不能容物衹容身。」慨乎其言之已。

四一四　九尾神龜

近人所撰新小說，有名《九尾龜》者，書中某回自述命名所由，蓋托誼罕譬。不知九尾龜，固確有是物。明吳郡陸粲《庚巳編》云：「海寧百姓王屠與其子出行，遇漁父持巨龜，徑可尺餘。買歸，繫著柱下，將羹之。鄰居有江右商人見之，告其邸翁，請以千錢贖焉。翁怪其厚，商曰：『此九尾龜，神物也。欲買放去，君縱臾成此，功德一半，是君領取。』因偕往驗之。商踏龜背，其尾之兩旁，露小尾各四。便持錢乞王，王不肯。遂烹作羹，父子共啖。是夕，大水自海中來，平地高三尺許，床榻盡浮，十餘刻始退。明日及午，翁怪王屠父子不起，壞戶入視之，但見衣衾在床，父子都不知去向。人咸云，害神龜，為水府攝去殺卻也。吳人仇寧客彼中，親見其事。」

四一五　異鳥名

鳥名絕韻者，如綠毛么鳳，桐花鳳，詞賦家嚮來豔稱。又桃花鵽出儀徵，桃花盛開，輒來翔集。又有鳥長尾五色，如錦雞而小，每於盛夏菱葉冒水時，因叢葉之凹，伏卵出雛，人謂之菱雛。

四一六　明末禁煙無效

明清末季皆禁煙，特煙之品類不同耳。明王逋《蚓庵瑣語》：「煙葉出自閩中，邊上人寒疾，非此不治。關外人至以馬一匹易煙一斤。崇禎癸未，下禁煙之令，民間私種者問徒，法輕利重，民不奉詔。尋令犯者斷，然不久因邊軍病寒無治，遂停是禁。」云云。

四一七　徐枋〈討蟣虱檄〉

長洲徐俟齋《居易堂集》有〈討蟣虱檄〉，典贍可誦，移錄如左：

爾麽蟲蟣虱者，身慚蚊睫，質細蟭螟。夤緣線索以為生，依附毫毛而自大。聚族而處，豈知蛾子之君臣；遷徙不常，詎有蜂王之國邑。紀昌善射，懸之而貫心；王猛雄談，捫之以揮麈。固垢穢之滋孽，實鋒鏑之餘生。將軍有血戰之功，汝依甲冑；窮士貴蠖藏之用，爾處褌襠。厥有常居，毋宜越境；苟為曼衍，必致侵漁。故設湯鑊之嚴刑，重捕獲之功令。十日大索，五丁窮追，爾無捍茲三章，人亦寬其一面。爾乃頭足方具，便爾鴟張；耳目未定，胡然作孽。慘人肌膚以為樂，吮人膏血以自肥。腹既果然，貪饕未已；形同混沌，蹣跚可憎。投隙抵巇，無微不入；呼朋引類，實煩有徒。時尋蠻觸之爭，罔睹蜉蝣之旦。以鶉衣為兔窟，高枕安眠；望毛孔為屠門，朵頤大嚼。但知口腹，不畏死亡。爾常噬臍，人猶芒背。遂使縕袍之士，手不停搔；伏枕之夫，臥難帖席。不耕而食，徒知膏吻磨牙；剝床以膚，自侈茹毛飲血。猶恨天衣之無縫，生憎荀令之薰香。嗜膚比於割鮮，矢口矜其食肉。蠕蠕蠢動，曾玷叔夜之龍章；點點殷紅，時污麻姑之鳥爪。朗誦阿房之賦，正如蒼蠅之泄赦文；僭登宰相之鬚，何異妖狐之升御座。罪維滿貫，惡極滔天，誠罄竹難盡，續發莫盡者也。茲者，渠魁既獲，斧鉞將施，事急求生，乞憐恨其無尾。計窮就戮，大患以我有身。或憤燃其臍，或戲切其舌。或咀其肉以雪恨，若劉邕之嗜痂；或數其罪而甘心，若張湯之磔鼠。然而未為合律，不足蔽辜。乃選五輪以為兵，排左車以為陣，斂祅成甲，褰裳作旗，巨擘若博浪之椎，利齒同斬蛇之劍。雷訇電擊，風掃雲馳。夫以槐安國之岩城，猶然截醜；兜離國之形勝，尚爾犁廷。況乎烏合一旅之師，群居四戰之地，裸身無蜣甲之蔽，脆弱無螗臂之搏。將視斬級功多，眾擬長楊之獻馘。血流漂杵，慘同雲夢之染輪。仗我爪牙，窮其巢穴，無易種於新邑，必殄滅之無遺。提湯趣烹，殺之無赦。

四一八　女尼廣真興衰記

都門三間地方，雖在軟紅塵中，饒有水鄉風趣。每值春光明媚，遊女如雲。其地有靈官廟，香火稱盛。道光時，住持女冠廣真者，姿首修婷，幽扃梵唄，徒侶綦繁。其居室則繡幕文茵，窮極侈麗。往還多達官貴人，而莊邸與容貝子過從尤密，物議頗滋。往往巨公宅眷，入廟燒香，輒留飫香積，羅列珍羞，咄嗟而辦。尤奇者，其酒易醉，醉必有夢。廟中器具，率容貝子喜捨。相傳有榻名幻仙，機括靈捷，殆出鬼工，則醉者憩焉。事秘，弗可得而詳也。廣真又交通聲氣，賄結權要，朝士熱中干進者，日奔走其門，冀繫援致通顯。或師事母事之，勿恤也。

有御史馮某，久困烏臺，亦竭蹶措資，囑廣真為道地。某日通謁，適廣真以事它出，其徒二尼留御史飯，意殊殷懇。酒數行，尼忽愀然曰：「以君清秩令名，而顧為是齷齪行，詎倚吾師為泰山耶。幸不可長，恐冰山弗若耳。」馮愕眙，亟請其說。尼曰：「君為言官，寧不能擿奸發伏，以直聲邀主知，致卿相耶？」遂舉廣真奸狀，及賄賂各節，均有記錄，悉以付之，且曰：「止此已足，君幸好自為之，毋瞻顧。幸得當，毋相忘。」御史果幡然變計，促駕歸，炳燭屬稿，待旦封奏。事聞，上震怒，有旨派九門提督、順天府尹拿問廣真情實，立正典刑。莊王褫爵，容貝子圈禁高墻。御史馮某以直言敢諫，不避親貴，得晉秩躋九列，亟輾轉為二尼營脫，置少房焉。

四一九　「杜煎」考

滬上藥肆，輒大書其門曰「杜煎虎鹿龜膠」，或問余「杜煎」之意，弗能答也。漚尹言，杜煎，猶杜撰，即自煎，吳語也。蘇州蹋科菜有二種，本地自種曰杜菜，自常州來曰客菜。客菜佳於杜菜，以「杜」對「客」而言，可知與「自」同意。

四二〇　臺灣淘金

《臺灣志》言，其地產金沙，然金沙出則地必易主。曩邵筱村撫臺時，金沙遍地，土人淘金者赴撫署領照，每人納制錢二百文，歲可贏十餘萬云。

四二一　川民製金箔

蜀友某言，四川省城外有隙地數十畝，附近居民專以金葉鍛紅，槌成金箔。計金一兩，可成箔闊如三畝，無論何官鹵簿經過，砰訇之聲，未嘗或輟，唯總督過，則停讓三槌以致敬。此專門工業也，亟記之。

四二二　蜀南產墨猴

蜀南產墨猴，大如拳，毛如漆，性嗜墨，置之案頭，硯有宿墨，則舔咂淨盡，可代洗滌。

四二三　朽思巧合

相傳閩縣王可莊修撰會館課，賦題〈輔人無苟〉，押「人」字韻云：「危不持，顛不扶，焉用彼相；進以禮，退以義，我思古人。」觸閱卷者之忌，以竟體工麗，得置一等末云云。按：錢塘梁晉竹《兩般秋雨庵隨筆》「四書偶語」一則，有〈拄杖銘〉云：「用之則行，捨之則藏，惟我與爾有是夫；危而不持，顛而不扶，則將焉用彼相矣。」晉竹道光朝人，時代在可莊之前，可莊賦句，殆構思暗合耶？又某說部云，當時閱卷者，為吳縣沈文定，頗賞其寄托遙深，並無觸忌之說。可莊之一麾出守，蓋別有為。

四二四　王鶚與仙女張笑桃傳奇

閱四川《巴州志》，載一事絕豔異：

巴州，隋之恩陽縣也，縣治有恩陽山，山有高低三峰，其最高峰上建一閣，環閣植梅，因名曰紅梅閣。巴州刺史王，有子名鶚，讀書山下，每課餘遊覽，步至閣前，忽見閣上窗櫺悉啟，有一紅衣女郎俯眺山下，蓋絕代姝也。鶚以此閣終年扃鐍，四無居人，心頗異之。潛謀移居閣中，了無所見。唯閒步山坳回時，每於窗畔，見女郎在焉，及入室則闃無其人。值梅盛開，鶚流連樹下，見梅一樹，花獨繁密，鶚因折取，插於瓶中。一日偶自外歸，見案上素紙題句云：「南枝向暖北枝寒，一樣春風有兩般。步上高樓莫吹笛，大家留取倚闌干。」下署款張笑桃，墨瀋未乾，袖香猶口。鶚諷誦再三，極意豔羡，爇香禱之。越日薄暮，鶚自外歸，躡跡登樓，果見女郎拈毫伏案，鶚突前抱持，極道愛慕。女郎亦不避匿，自道姓名為張笑桃，由是兩情歡洽，再易庚蚩。某日，鶚與笑桃攜手遊行，俯視山下，笑桃神色忽異，顧謂鶚曰：「君知黑霧彌漫者何也？」鶚謂此或雲氣使然。笑桃曰：「嘻，吾兩人情緣殆將盡矣。」鶚亟問其故，笑桃曰「此山有洞，名為巴洞，蛇精名巴潛者居之，修煉數百年矣。能幻形為人，覬覦妾貌，強委禽焉。以彼蘊毒之尤，純陰之類。實生深山大澤，習居豐草長林。妾誠蒲柳之姿，亦何至為蔦蘿之托。巴潛涎甚滋恚，必欲得妾而甘心。今知侍君巾櫛，益復妒媚，以故噴薄妖氛，冀墮君五里霧中，因而攝妾。君以血肉文弱之軀，萬不能當其狂焰，宜速下山謹避。明年大比，君必連捷成進士，外授峨嵋縣令。倘不忘故劍，抵峨嵋時，暫緩赴官，迂道峨嵋山下，見鐵冠道人趺坐蒲團，君以情哀告，當得援手。或使我兩人破鏡重圓也。」言次，霧益騰湧，蔽山谷，笑桃促鶚速行，鶚揮淚下山，數十步間，回首瞻戀，猶見笑桃凝顰佇立，淒黯如霧中花也。逾日再至，則林壑依然，人面不知何處去矣，懊喪垂絕。爰謝絕人事，閉幃攻苦，翌歲登第授官，悉如笑桃言。往訪峨嵋山下，果道人鐵冠者在焉。鶚陳意敦懇，道人曰：「巴潛何敢乃爾，吾念汝至誠，今付汝寶劍一，靈符三。汝即至恩陽山下，斬荊闢萊，覓得巴洞，以一符置洞門，又一符焚化吞之，仗劍入洞，必得與意中人相見也。」鶚如其教，入其洞，綿亘數里，豁然開朗，有屋舍華美，珠簾四垂，則笑桃在焉。相見之下，悲喜交集，問知巴潛外出，亟挈笑桃以行，之官四年，燕好綦篤。一日晨興，笑桃忽謂鶚曰：「妾近屢心悸，若有奇警，恐巴潛詗知所在，未能漠然於懷也。」屬鶚劍勿去身，戒閽人：「有巴潛者來，務拒勿納。」

無何，鶚鶚在典室，有投刺者，未及置詞，而客已闖然入，厲聲語鶚曰：「吾巴潛也，王鶚何人，奪人之室而據為己有，久而不歸，直是理乎？」鶚急起索劍與鬥，而巴潛已入內室，指顧腥霾四合，衹赤不辨面目，雖傔衛畢集，舉徨惑無能為力。頃之，霧消客去，而笑桃亦杳矣。鶚竟棄官再訪峨嵋，則空山無人，曩道人鐵冠者，亦無復蹤跡。雖真真萬喚，唯有空谷應聲，泉咽雲荒，悵惋而已。

右據州志原文，潤色十之四五。竊意笑桃，其殆仙乎。其於王鶚，殆有前緣，緣到則合，緣盡則離，巴洞蛇精，峨嵋道人，舉非真有，大抵仙家幻化之妙用。

所以澹鶚之感戀，而振拔之情網之中也。不然，巴潛之初攝笑桃，何必待二年之後；再攝笑桃，何必待四年之後，矧笑桃固有道者，素紙題句，不昧慧根，登第授官，更能預決。何獨對於巴潛，略無自衛之力，欲攝則竟攝之耶，是皆可尋之間也。夫笑桃知鶚之必感戀，而預示幻化以澹之，何情之一往而深也。事具志乘，未必為無稽之談，梅閣之遺址尚存乎，殊令人低徊欲絕已。

四二五　妒婦笑談

光緒中葉，吏部有二雷：一名天柱，陝西人，一名祖迪，廣西人，皆官文選司主事。陝西雷之夫人奇妒，常恐外子或有藏嬌謬舉，別營金屋，爰是外而僕御，內而婢媼，日必屢諄飭。稍有可疑，必詗以聞。僕媼輩夙嚴憚之，微特罔敢徇隱，或猶欲因緣以為功。廣西雷早斷弦不復續，一妾隨侍京邸，寓城西羊肉胡同。

都門舊習，曹司揭紅箋於門，題曰某署某寓。二雷之門，則皆曰吏部雷寓也。陝西雷之僕某，不知其主同官別有廣西雷也。偶過羊肉胡同，見門箋而疑焉。亟詢諸比鄰，則曰：「吏部雷老爺亦太太之居也。」則亟歸報夫人。夫人震怒，趣駕車往。廣西雷之如夫人，以謂女賓至也，亟整衣出迎。詎來者一見即痛摑之，重之以辱詈，絕愕眙不知所為。來者益勃谿呶，弗容辯，辯亦弗聞，沸騰久之。

俄廣西雷自署歸，來者覺有異，稍鎮靜，因諮白得其情，始自知誤會，窘怍幾無所容。如夫人者徐曰：「夫人幸息怒，主人固在是，請毋敘伉儷情。繼自今，賤妾不敢當夕。」則垂首至臆弗能仰，汗出如瀋，繼之以泣。廣西雷尤局促難為情。俄陝西雷衣冠至，蓋亦甫自署歸。門者以告，遽踉蹌奔赴，欲更衣未遑也。二雷寅好故款洽，而是時相見，不無強顏，道款仄者，覺向來無此歉仄；致遜謝者，覺茲事難為遜謝。情至不平，不能怒，不怒何以堪；一堪發噱，不能笑，不笑不可忍。幸如夫人者謹而願，客至斂抑遽入，夫人者亦為傭嫗牽挽登車。陝西雷稍從旁促之行，第聲色弗敢厲也。既媾解，二雷復枝梧數言。洎客去，廣西雷仍門送如儀焉。尤足異者，陝雷妻之始肆也，粵雷妾頗順受。蓋粵雷妾，固量珠燕市者，性又近溫婉，頗疑粵雷舊有嫡室，向或匿不以告，今乃至自南中，其忍辱弗與較，蓋亦由於誤會。然而賢矣，倘並事白之後，揶揄之數言，而亦無之，詎不理厚而莊乎。唯是綠衣抱衾之儔，何能以純特之行為責備也。此事絕新奇，當時傳播殆遍，軟紅香土中，往往茶餘酒半，資為談柄云。

四二六　都門三絕

同治朝，吳文節直諫垣，以烏魯木齊提督成祿縱兵戕戮平民數千，具摺嚴劾，有「請斬成祿之頭，以謝無辜百姓；並斬臣頭，以謝成祿」等語。廷議以謂訐刺時政，飭回原衙門行走，而此摺為時傳誦，朝野想望風采。同時有雲南舉人謝煥章年逾六十，甫捷鄉闈，入都會試，其復試題「性相近也」二句。謝文理境深奧，閱卷者李某幾不能句讀，以為文理欠通，竟坐褫革。謝固滇中名宿，有及門八人，同上公車，咸憤不與試，群起揭控。事聞於朝，特派大臣復閱，謝得開復，作為本應罰停會試一科，而開復已後試期，應無庸再議，然謝之文名由是盛傳日下。人言李某誠疏陋，適以玉之於成焉。而菊部名伶十三旦者，亦於是時以色藝特聞。時人為之語曰：「都門有三絕：吳侍御之摺，謝煥章之文，十三旦之戲也。」

四二七　咸豐帝自號「且樂道人」

清文宗之季年，東南淪胥於太平，京津見逼於英艦。內憂外患，宵旰靡寧，駕幸熱河，以「且樂道人」自號，帝王處境一至於斯，自古罕有。

四二八　部院衙門當直次序

清時「宮門鈔」，有「某日推班」云云。考舊制，部院衙門當直日，堂官各將銜名書牌進呈，是日召見何人，即將其牌提出，奏事處即遵照名次宣入。直日次序：首吏部翰林院侍衛處，次戶部通政司詹事府，次禮部宗人府欽天監，次兵部太常寺太僕寺，次刑部都察院大理寺，次工部鴻臚寺，次內務府國子監，次理藩院鑾儀衛光祿寺。每九日一轉，若奉旨推班，則本日當直者，推下一日。翰林院直日，侍讀學士遞牌，緣掌院學士，乃兼官也。滿稱翰林院為筆帖黑衙門，稱侍讀學士為筆帖黑答，翰林院之長也。

四二九　丁寶楨斬安得海秘聞

同治初年，丁文誠撫山東，俄同監安得海由都南下，在德州登陸，儀從喧赫，並有女樂一部，載之以行。時德州知州為趙晴嵐，具稟以聞。時安已過東昌，文誠飛檄截留，並專摺糾參，有「查例載凡內監出京六十里，即斬罪。該太監如此喧赫，水陸登程，公然南下，顯違祖制。必矯詔所為，可否由臣拿獲，就地正法，抑解內府，請旨辦理」等語。時恭邸暨相國文忠枋樞要，奏入，亟請示慈宮。玉音第云：「如所奏。」殆竟欲殺之耶。則遽出擬旨，着山東巡撫及江督蘇撫一體截拿，就地正法，如有疏虞，惟該撫等是問。」旨下，安已行抵泰安。知縣何毓福，詭詞誘之到省，其輜重凡大車八輛，轎車二十輛，均留泰安。安至省謁文誠，僅立談數語。文誠曰：「吾已具奏，汝第歸寓所候旨可耳。」文誠以月之初八日拜摺，十五日奉批，中間一來復，寢不安席，食不甘味，慮或奉諭解京，則安固側媚工讒，充其造膝之陳，切膚之訴，其為禍殆不可測。時德州趙牧密晉省，夕詣節轅，為文誠謀：「安若奉諭解京，則文誠三月內必乞退，萬不可留。」文誠曰：「汝將奈何？」趙言：「新一小知州，渠未必介意，唯是除惡務盡，寧我謀人，任彼跋扈飛揚，不容越山東一步。」蓋趙已決策，不即梟者，必鴆之矣。文誠嘉其能斷，與趙約為昆季，迨就地正法之旨下，則亦以僥天之幸交相慶也。初，安之至德州也，索供張無饜，且呵斥官吏。趙稟有云：「其在舟中，品竹傳歌，連宵達旦。尤敢陳設龍衣，招搖震炫，兩岸觀者如堵。其自泰安至省，何令躬伴送之；在逆旅中按牙譜曲，宴飲甚歡，並言回京後當令超遷不次。」又言：「渠曾求帝御書，帝書『女』字與之。『女』乃『安』字無頭，意者非佳讖耶。」而不知即應於目前也。安正法後，文誠並令暴屍三日，途人好事者，輒褫其下裳觀之，則信蠶室之刑餘也。其輜重車輛，押至省城，文誠派委員八人，在濟南府署查點，寶器珍玩，多目所未睹。有良馬日行六百里，身純黑而四銀蹄，其尾閭別生毛一簇，以紅絲綰之，步視神駿，據稱得自內廄。及其女樂一部，小內監四名，悉解回京，保鏢者八人。當地發落。是役也，文誠丰采動宇內，同時曾、李諸賢，尤極意推重云。

四三〇　諡法「襄」字最隆重

諡法「襄」字最隆重。咸豐三年十月，壽陽祁相國文端面奉諭旨：「文武大臣或陣亡，或軍營積勞病故，而武功未成者，均不得擬用『襄』字。」自是無敢輕擬矣。同光重臣，如曾忠襄，岑襄勤，左、張二文襄，皆美諡也。考《諡法・臣諡》：「闢地有德曰襄，甲冑有勞曰襄，因事有功曰襄。」

四三一　清代婦人得易謚止三人

嘉慶朝，強剋捷子逢泰之妻徐氏，道光朝，方振聲之妻張氏，陳玉威之妻唐氏均蒙特旨予謚節烈。有清一代婦人得謚止此，方僅佐萃，陳尤末弁，夫婦雙烈，誠佳話也。

四三二　清代賜謚法規

清制：內閣擬謚，舊隸典籍廳。咸豐初，卓相國改歸漢票簽，祇遵飾終諭旨褒嘉之語，每謚撰進八字，選用二字，唯「文正」不敢擬，悉出特旨，得者以為殊榮焉。凡圈出之二字，列第二第三者居多，亦故事也。

四三三　賜謚外人之制

朝鮮國王謚號嚮由內閣撰擬，後因所擬之字有誤用該國王先代名諱者，改由該國自行撰擬八字進呈，恭候欽定。又凡誥敕文字，向亦閣臣所司。光緒甲午，萬壽覃恩，總稅務司赫德頻年宣力，屢晉崇階，至是依例具呈，請領誥軸。內閣以無故事可循，其制詞由典籍廳移請總理衙門撰擬，取其槃敦素嫻，篇中命意遣詞，易合客卿性質，於恩禮之中寓懷柔之旨焉。

四三四　索尼以武臣謚文忠

清制：大學士及翰林授職之員，始得謚文。至庶吉士、翻譯翰林，並由部郎改官翰林者亦不謚文，蓋隆重之至。按：《謚法考》：「康熙朝，賜號巴剋式領侍衛內大臣，一等公索尼，謚文忠」

有清二百數十餘年，文臣諡武多有，武臣諡文，僅此一人，誠異數也。巴剋式即筆帖式，為滿人進身之初階。然索尼以上公之尊，而膺此賜號，則亦鄭而重之矣。又順治朝，文館大學士達海，額爾德尼本游擊副將世職，以精通國書，追贈巴剋式，後改筆帖式，亦見《諡法考》。其筆帖式夷為末秩，大約自雍、乾後矣。

四三五　乾隆朝某典籍官軼事

相傳純廟於歲暮偶微行至內閣，見一典籍官，獨宿閣中，寒瘦如郊島，彼不識聖顏也。問何不回寓度歲，對曰：「薄宦都門，妻子均未至，重以檔案填委，職掌乏人，懼萬一疏虞，因留宿閣中耳。」純廟頗重之，詳詢其籍貫科分，並志其年貌，於次日召見。某趨入，天顏溫霽，知即昨與接談者，屏營之下，蒙賜一封口函。諭云：「速持至吏部大堂，但有堂官在，即傳旨面交。」某叩頭遽出，亦未喻何意。將出東華門，俄腹痛奇劇，僵仆道旁，屢掙扎弗能興，慮封函關機要，脫遲誤干未便也。傍徨無策間，適同官某經過，呼而告之，托其將封函投交，千萬毋誤。及部堂啟視，乃朱諭：「本日如有知府缺出，即著來員補授。」於是吏部遵旨銓註。越日謝恩，乃並非其人，問之，始據實陳奏，純廟喟然曰：「《語》云，君相不能造命，其信然耶。」

右據近人筆記，潤色入《叢話》，竊意茲事未必盡然，召見面交之欽件，何能付托於同官，典籍雖末曹，亦嘗簪豪中秘，何至模棱乃爾。當雍、乾全盛時，此等事容或有之，中間情節或傳聞異詞，無庸丁確而求其必是也。

四三六　辦事翰林與清秘堂

翰林院例於編檢中，奏派四人辦理院事，謂之辦事翰林，遇京察，皆保列一等，此道府之基也。每議派既定，掌院以名柬延請，使者曰：「請赴清秘堂，不以公牘。」尊而重之也。清秘堂，辦事處也。有高尚其志不屑外任者，則先事辭之。又道、咸以前，翰林傳御史，亦薄為小就，其志趣高邁者雖掌院保送，往往考試屆期，謁假弗與。晚季四五十年，絕不聞此高風。至於清秘堂，尤百計營謀　不可得，亦斷無不營謀而得者。

四三七　借書亦須勢力

《池北偶談》載歸熙甫與門人一帖云：「東坡《書》、《易》二傳，曾求魏八不與。此君殊俗惡，乞為書求之。畏公作科道，不敢秘也。」漁洋山人以藉書亦須勢力為嘆，鄙意竊不直藉書者，昔人有豪奪，此非豪藉耶？

四三八　試題不明出處

阮文達嘗教習庶吉士，大課詩題〈天下太平〉，皆不知出處。納卷後，方悟是《禮記・孔子答子張問政》：「君子力此二者，以南面而立，夫是以天下太平也。」又某年，金臺書院開課，詩題〈冰與水精比玉〉，亦無知出處者。詩皆類於詠物，不知出《孟子序說》，程子曰：「且如冰與水精，非不光，比之玉，自是有溫潤含蓄氣象，無許多光耀也。」六經之文，甚非秘籍，讀者往往忽略，自不記省耳。

四三九　燭臺考

世俗祀神，案上正中設爐焚香，爐之兩旁設臺燃燭，不知何自仿也。宋人小說載司馬溫公在永興，一日，國忌行香，幕中客某，有事欲白公，誤解燭臺，倒在公身上，公不動，亦不問，知北宋時已然矣。

四四〇　元寶之名由來

前話載北京節慎庫有大銀，自註：「即俗所謂元寶。」以元寶字俗不入文。按：《續通考》：「至元三年，楊湜上言，平準行用白金，出入有偷盜之弊，請以五十兩鑄為錠文曰元寶。」元寶之名始此，亦已古矣。

四四一　海棠木瓜

海棠木瓜，出南京明孝陵衛，花如鐵梗海棠，實較尋常木瓜大者約十分之二。香淡永，微酢澀，以嵐鼻煙陳乾者良。比閱《摶沙拙老日記》：「木瓜必偕鐵梗海棠對栽方茂，否則結實不緐，且易隕落，聞之曹州人說。」據此，則木瓜之於海棠，信有氣類相需之雅，乃至舊京嘉植，能兼華實於春秋，幾與化工而競巧。世謂草木無知，草木無情，殆猶格致之學，有未至耳。

四四二　唐熙朝有兩于成龍

唐熙朝有兩于成龍，一字北溟，山西永寧人，官至兩江總督，諡清端。一字振甲，漢軍旗人，官至河道總督，加兵部尚書，諡襄勤。古今同姓名者夥矣，兩公時代官位並同，殊僅見。

四四三　綠營由來

清時各直省軍府，例稱綠營。緣其旗纛通用綠，唯於邊際以紅緍飾之。

四四四　同治甲子重開鄉試盛況

同治甲子剋復金陵，曾文正建議開科。於十一月中，舉行鄉試，上下江士子，北闈下第者悉赴試南旋。有人於臺兒莊旅店見題壁詩云：「萬山叢裏駕雙驘，斷澗危橜次第過。落日牛羊西下急，秋風鴻雁北來多。霜餘村屋留紅葉，獲後田園覆綘莎，此去果然歸故土，年華且喜未蹉跎。」十一月初五六等日，和煦如仲春，至初八日，群集龍門下，則漸聞淅瀝聲，知已雨雪，至初十日晴霽。是時貢院新修，朱闌綠曲，明蟾照映，多士角逐文壇，復睹承平景象。雖嚴寒砭骨，亦欣欣若挾纊焉，則五十年前之天時人事，固如是也。

四四五　同治順天鄉試案

同治癸酉，順天鄉試，都下喧傳熒惑入文昌，科場有不利。是科中式第十九名徐景春，以策內不識《公羊》為何書，竟將《公羊》二字拆開，為廣東梁伯器所磨勘。梁初簽出，禮部查則例，徐景春應罰停會試三科，主考官降二級留任，同考官革職留任。照此辦理，片咨吏部。詎吏部咨行禮部，必欲將徐景春褫革。禮部覆稱，如革徐景春，則主考皆應降調。時吳縣潘文勤署吏部右侍郎，一日，文勤到署，司官持稿回堂。潘怒，投稿於地曰：「吾知有人圖全小汀缺耳。」蓋其時全文定為協辦，而寶文靖官吏尚也。方齟齬間，文靖適至，問司官因何遺稿在地，司官以潘語質告，文靖默然。未幾，景春竟斥革，同考陸編修亦革職，主考全文定、胡總憲、童、潘侍郎皆降二級調用。

適潘文勤管戶部三庫，三庫印忽失落。事覺，文勤革職留任。至是又得降調處分，遂無任可留，因而革職，旋特旨賞編修，仍在南書房行走。胡小蘧總憲降調後，又因與江西巡撫劉忠誠以田賦事互揭，部議劉革職，胡再降四級調用，終鴻臚寺少卿。

四四六　同治朝科舉磨勘綦嚴

徐景春既因磨勘褫革，內簾各官降革有差，是科各直省試卷磨勘綦嚴。於是江南則革去舉人楊楫，以其《春秋》題，集經為文，語欠聯貫，謂為文理荒謬。而江西全榜中式墨卷，其第二開，首行之首，末行之末，皆各塗改一字。若人之名號拆開者然，謂是筆誤，何以每卷皆同；以文理論，則又必無誤書此二字之理，情弊顯然，無可徇隱，因請旨暫行斥革。一面行文確查，實則士子與謄錄生為識別，囑其加意精寫，唯恐目迷五色故也。然此事頗難斡旋，兼值功令森嚴，幾無復保全之策。嗣監臨撫臣覆稱：「該省試卷紙質最薄，其紅格兩面一式，而印卷官關防在卷後幅，士子入闈，匆遽之中，往往反寫，故領卷後，即各於第二開寫此二字，以別正反。歷屆相沿，亦不自本科始，實屬無關弊竇。」云云。奏入，事乃得解。是由撫署司章奏者善於措詞，否則一榜皆占澤火之象矣。

四四七　陳六舟罷官

光緒朝，揚州陳六舟京兆巡撫安徽，條陳便民如干事，有「令民稱貸公家，春藉秋還」一條。得旨中飭，謂直是宋臣王安石青苗法矣，以是改任浙江學政。當是時，合肥伯府族人某擅殺人，知縣宋某必欲置之法，伯府大嘩，宋竟罷斥。太邱適於是時改官，人咸謂得罪巨室使然，而不知其別有為也。施轉順天府尹，稱疾南歸，頗極林泉頤養之樂。

四四八　都門各衙署小禁忌

都門各衙署，舊有小禁忌。三十年前，落拓軟紅，猶及聞之。內閣大堂有泥硯一方，相傳為嚴分宜物，胥役人等般弄無妨，唯官僚切忌入手。新到閣者，前輩輒申誡焉。翰林院衙門，大門外有壘培，高不逾尋，環柵以衛之，置隸以守之。

相傳中有土彈，形如卵，能自為增減，適符闔署史公之數，或有損壞其一，則必有一史公赴天上修文者。又有井名劉井，新到館庶常，或俯而照影，則必無留館之望。刑部衙門有「順天無縫，直隸不直」之說，順天司中門終年扃閉，司務廳每日必以紙黏之，如稍漏縫，則印稿必獲處分。直隸司向不設公座，設則必興大獄。又刑部大堂為白雲亭，亭前影壁有一方孔，每早晚司務必躬自掃除之。據云，其中或留纖芥，則不利於堂官。又刑部當月司員，監管堂司各印，印各緘縢，千萬不可啟視。如啟視，則必有監犯病斃，屢經試驗，其理殊不可解。

四四九　某士人善作對聯

合肥龔芝麓尚書女公子卒，設醮慈仁寺，一士人寓居僧寮，僧倩作輓對。集梵筴二語曰：「既作女子身，而無壽者相。」公詢知作者，即並載歸，面試之。時春聯盈几，且作且書，至溷厠聯云：「吟詩自昔稱三上，作賦於中可十年。」乃大咨賞，許為進取計。按：《兩般秋雨盦隨筆》：「魏善伯徵士題范覲公中丞厠上對云：『成文自古稱三上，作賦而今遇十年。』」即僧寮士人之作，僅有數字不同耳。

四五〇　鄒壯節軼事

無錫鄒壯節初授廣西桂林知府，薦擢巡撫，以髮逆之亂罷歸，掌教東林書院。偶因細故與諸生齟齬。某日，忽見廳事題一聯云：「部院難為為掌院，桂林不守守東林。」公曰：「是不可一日居矣。」遂出而從戎。後殉難，易名壯節，並開復原官，人謂諸生一激之力也。

四五一　無愧我心

咸豐間，有廣東運使鍾建霞者，起家寒微，以賣油為業。時漕運方盛，日必擔油赴糧艘沽售。一日，以索值往，適司帳者方句稽款目，盤珠格格不已，鍾覗其旁久之。司帳者問何人，以索油值對，並謂君帳某某等處有誤，故不符合。司帳囑鍾代算，其數悉付，則大喜，詢其姓名里居，留之舟中，相助為理，月酬薪金，視擔油豐且逸矣。數年後糧艘裁撤，司帳者言：「吾今亦無所事，我二人盍業賈？」遂托以三千金，往來販運，贏利倍蓰。其人欲與均分，鍾不可，但計月取薪資，固與而固辭焉。因為納粟得巡檢，選授湖北副底司。未幾，胡文忠駐兵新堤，餉糈支絀，鍾以隨辦捐輸，保升沔陽州同，旋擢知州，積官至廣東運使，養尊移體，以精明綜核見稱。其餘事尤兼工染翰，新隄州同署中有所書「無愧我心」四字，筆力遒勁，非尋常俗吏克辦，而謂出自錐刀競貿者流，鮮不目為齊東野人之語矣。

四五二　劉葆楨因名應讖

武進劉葆楨檢討，光緒戊子會元。於會試前，自更此名，同人莫之知也。及榜發首捷，報錄至青厂武陽會館，館人曰：「吾武陽無此劉可殺也。」由是人輒以「可殺」戲呼之，劉每忽忽不樂，常攬鏡自照曰：「吾名詎真成讖耶？」庚子拳匪亂作，葆楨先已出京，俄復折回，亂後蹤跡杳如，傳聞於通州遇害矣。

四五三　王半塘應試

同邑王半塘侍御，光緒庚辰應禮部試，詩題〈靜對琴書百慮清〉，得「清」字，乃末聯用「離、塵」二字叶韻。卷經房薦，而堂批謂此卷擬中三日，復閱詩末出韻，擯之可惜。半塘雅擅倚聲，夙研宮律，四聲陰陽，剖析精審，乃至作試帖詩而真庚混淆，詎非咄咄怪事耶。半塘嘗曰：「進士者，器之貴重而華美者也。是有命焉，不可幸而致也。」

四五四　曾文正「內疚神明，外慚清議」

李文忠於曾文正為年家子，甫通籍，即赴曾營，文正每言李志盛氣銳，思有以挫抑之，俾成大用。洎削平髮逆，文正由直督調兩江，文忠竟代其任。文正之督直隸也，因法教士豐大業一案，以天津守令遣戍，頗不滿於眾望。湘籍京官聯名致書詆諆，並將湖南全省會館中所有文正科第官階匾額悉數拆卸，文正鬱鬱無如何。及調任兩江，與知交書，有「內疚神明，外慚清議」語。值六旬壽誕，方演劇稱觴，忽遞到一封口文書，亟拆閱之，僅詩一首云：「笙歌鼎沸壽筵開，丞相登壇亦快哉。誰念黑龍江畔路，漫天風雪逐人來。」文正亦不究所從來，亟納諸袖以入，自是目疾增劇，俄薨於位。文正筆記曾力辨泰西教堂中刳眼剖心之事之誣，著為論說，惜其稿失傳。當時亦以豐大業案，有為而發也。

四五五　楊繼業佘太君考

宋雲州觀察使楊業，戲文中稱楊繼業，又稱業妻曰佘太君，不知何本。按：《遼史・聖宗紀》及《耶律斜軫傳》俱作楊繼業，鎮洋畢秋帆尚書《關中金石記・折武恭公剋行神道碑跋》云：「折太君，德扆之女，楊業之妻也。墓在保德州折窩村。」折、佘殆音近傳誤。又《續文獻通考》云：「使槍之家十七，一曰楊家三十六路花槍。」《小知錄》曰：「槍法之傳，始於楊氏，謂之曰梨花槍。」小說家盛稱楊家槍法，蓋亦有本。

四五六　金頭朱家

無錫朱氏，相傳其先世業農，偶掘地，得一人頭，乃金所鑄成，不知何代物也。朱氏因居積致富，族姓綦蕃，號為「金頭朱家」云。

四五七　回教諸肉不食

回教之初入中國也，所訂教規曰諸肉不食。嗣徒黨不能遵守，乃改為豬肉不食。或駁是說，謂回語名彘，不曰與諸同音之豬。然對於中國教徒而言，固宜作中國語矣。凡由回籍服官者，薦擢至三品，即須出教。以例得蒙賞吃肉，不能辭也。

四五八　朱竹垞高見

朱竹垞《靜志居琴趣》，〈繡鞋詞〉云：「假饒無意與人看，又何用描金攧繡。」語意刻深，令人無從置辯，羅泌〈詠釣臺詩〉云：「一著羊裘便有心。」通於斯旨矣。

四五九　楊慎九言詩

九言詩，昔人間有作者。長句勁氣，於古體為宜，若作九言律體，亦如七言律之妥貼易施，則求之名人集中，殆亦僅見。明楊升庵〈詠梅花〉云：

元冬小春十月微陽回，綠萼梅蕊早傍南枝開。
折贈未寄陸凱隴頭去，相思忽到盧仝窗下來。
歌殘水調瀋珠明月浦，舞破山香碎玉凌空臺。
錯認高樓三弄叫雲笛，無奈二十四番花信催。

是詩余舊喜誦之。

四六〇　趙爾巽巧用偽工

相傳趙次山尚書開潘皖省時，訪聞有偽造關防者，以象箸合併鍥刻成文，無繭發踐縊。箸凡二十一，不用，則二十一人分藏之，亦防其敗露也。尚書偵得其鈐用之頃，掩捕之，無一脫者，皆自知罪重，涕泣莫敢仰視。尚書第令立焜其箸，其人則發往書局，供剞劂之役，皆巧工也。

四六一　忠敏詩

溴陽托活絡尚書忠敏生平撰著，以考訂金石為大宗，其它有韻妃孋之文間見一二，率工整熨貼，甚似詞流藻構，不類屏臣政暇之作。〈遊盤山〉詩云：

十萬松聲夕吹哀，稠雲大霧一時開。
方知雨後淒涼絕，悔不花時次第來。
壘石成棋天景巧，結松如笠化工才。
田盤仙去田疇老，空見巋然般若臺。

黃鶴樓集句楹聯云：「我輩復登臨，昔人已乘黃鶴去；大江流日夜，此心吾與白鷗盟。」

四六二　南書房翰林

康熙十六年，內廷始設南書房，凡供奉之員，不論官職崇卑，統稱南書房翰林，內廷供奉，唯南書房翰林稱之。上書房行走者，不得同此稱也。

四六三　廩餼之稱

清制：各直省儒學廩膳生員歲支廩餼。翰林院庶常館，月之所支亦曰廩餼。雍正十年，張相國文和議奏：「庶吉士廩餼銀每人每月四兩五錢。」蓋庶常未經散館，官未真除，其隸翰林院亦猶夫肄業生也。

四六四　李臣典助曾忠襄克江寧

友人廣德李曉暾奉其先德忠壯公家傳書後，囑節要入《叢話》。公諱臣典，先是，從曾忠襄吉安軍轉戰數省，每上功輒首列，屢拯忠襄於危。從攻江寧，圍合，久不下。時蘇、常俱復，忠襄恥獨後，憤欲死之，再鑿龍膊子地道，募死士先登，公與諸將誓如約。地道火發，城揭二十餘丈。公冒煙火磚石直進，傷及要害，城克而病，遂死。去城破僅十許日，曾文正上公首功。奉諭：「李臣典誓死滅賊，從倒口首先衝入，眾軍隨之，因而得手。實屬謀勇過人，著加恩封一等子爵，賞穿黃馬褂，並戴雙眼花翎。」而公已先殞，不及拜命。忠襄咨於文正，奏請優恤。有旨將戰功宣付史館，並於吉安、安慶、金陵建立專祠。一時公私記載咸無異同。雲南鶴麗鎮總兵朱公洪章者，先登九將之一也。後諸將死，濩落不偶，與劉公聯捷，為忠襄檄留江南防營，陰以報之。劉死，朱留營如故。甲午，張文襄權江督，令朱募十營守吳淞，以創發卒於軍。朱在江南久，鬱鬱不自得，念昔與李公誓死登城，李獨膺懋賞，身猶碌碌與偏裨伍，所奉主帥及同列諸將無一在者。思傾李為己地，昌言於人。謂「曩者之役，余實先登，李貲高，適猝死，主帥與朝廷務張之，以勵將士，故李獨尸大名。李克城次日傷殞，忠襄慰己，以李列首。後謁忠襄，語稍不平，忠襄出靴刀授之曰：『奏名易次，吾兄主之，實幕客李某所為，盍刃之？』又言王氏闓運《湘軍志》乖曾氏旨，後囑王氏定安改訂，亦沿官書未改」云云。其盡屏文正原奏，及公私紀載，為此繫風捕影之詞，甚可駭怪。夫攻金陵，提鎮效命者甚夥，何獨於公以死旌伐。文正手書《日記》云：「至信字營見李臣典，該鎮為克城第一首功。日內大病，甚為可憫。」又云：「聞李祥雲病故，沅弟傷感之至。蓋祥雲英勇絕倫，克復金陵，論功第一。」據此，則奏名列首固忠襄意。幕客李者，中江李鴻裔也。論功之奏，核及殿最，李安敢以私見撓之。又王氏定安修《湘軍記》時，忠壯子孫不在顯列，無所顧忌。湘潭之志，既乖曾旨，本非官書，東湖覬再起，一意媚曾，又何不可改之有。凡此皆不考情實之過也。

蕙風按：薛福成《庸庵筆記》：「曾威毅之圍金陵也，既克偽天堡城，即所謂龍膊子者，在太平門外。高踞鍾山之巔，俯瞰城中。提督李臣典與曾公密商，排巨炮三層於其上，晝夜對城轟擊，此發彼貯，無一息停，城堞皆眾。賊不能立足，始下令軍士各持柴草一束，擲之城下，高與城齊，若為恃此登城者，賊並力嚴備，不暇他顧。又隔於柴草，不能瞭望。山下舊有隧道，乃前數月所開，被賊覺察而中廢者。至是，賊不復防此道，派遣千人，接續開掘，至於城下，實火藥三萬斤於其中。築完以土，封固以石。口門留一穴，以大布若干匹，包火藥入粗竹為導綫。竹長數丈，貫穿穴中。及期，各軍嚴陣以待。火始入時，但聞地中隆隆若殷雷，俄而寂然，眾以為不發矣。頃之，砰訇一聲，震撼坤軸，城垣二十餘丈，隨煙直上。大石壓下，擊人於二三里外，死者數百人。諸軍由缺口衝入。」

云云。據此，則掘隧轟城，發策實由忠壯，何止奮勇先登而已。故朝廷亦有謀勇過人之諭，推為功首，孰曰非宜。

四六五　李曉暾嗜歌

曉暾嗜歌，歌者樂得而從之遊，遂亦善歌。某夕，興之所至，竟結束而登滬張園之歌臺。余愧非知音，幸此曲之得聞焉。寧鄉程子大賦長句贈之，有云：「有時舉酒歌莫哀，酒酣還上海邊臺。天吳象罔作儔侶，乃自驚濤落日之中來。」曉暾之歌之聲情激越，吾得而聞之，而其中之所蘊蓄，則吾子大知之矣。

四六六　明代孫文

閱近人某筆記，有「二百四十年前之孫文」一則，略云：「水月老人，姓孫，名文，字文若，水月其號也，會稽人，明末諸生。」。蓋隱逸者流而狷介之士也。見王文簡《池北偶談》及吳穀人《祭酒詩集》。按：《明外史・俞孜傳》：「孫文，餘姚人，幼時父為族人時行棰死，長欲報之而力不敵，乃偽與和好，時行坦然不復疑。一日，值時行於田間，即以田器擊殺之，坐戍。未幾，遇赦獲釋。」此又一孫文，嘉靖間人也。見《圖書集成·氏族典》。

四六七　黃種

又《圖書集成》引《陝西通志》：「黃種，隆德人，永樂中貢士，除戶科給事中，資性鯁介不苟合，久居清要。及歸，行李蕭然。」按：今日所稱黃種，明朝人心目中，斷無此等詞意，當是讀作種植之種耳。

四六八　張文達激賞魏耀庭

晚季春明巨公往往有戲癖。光緒庚寅、辛卯間，戶部有小吏曰魏耀庭，能演劇飾花旦。似聞其人年近不惑，及掠削登場，演《鴻鸞禧》等劇，則嫣然十四五娃也，惜齒微涅不瓠犀耳。南皮張相國文達極賞之。相國書畫至不易求，有人見其贈魏耀庭精箑，一面蠅頭小楷，一面青綠山水，並工緻絕倫。

四六九　閻文介張文達暮年入軍機

光緒初年，朝邑相國閻文介，南皮相國張文達同入軍機。閻字丹初，年六十八，張字子青，年七十二。時尚書烏拉布，孫毓汶查辦江皖贛豫事件未歸，烏字少雲，孫字萊山，有人集杜詩為聯云：「丹青不知老將至，雲山況是客中過。」絕渾成工巧。

四七〇　牡丹又名唐花

冬月所鬻之牡丹、碧桃等，宋周公謹《癸辛雜識》謂之馬塍塘花，今都門名曰唐花。「唐」即「塘」之本字，可通也。

四七一　葉德輝〈奐彬買書行〉

癸丑、甲寅間，余客滬上，始識長沙葉奐彬。素心晨夕，一見如故，窮不見疑，狂不為牾，是在氣類，弗可強為謀也。奐彬有書癖，書在長沙，其收藏如何美富，余未得見也。所著《藏書十約》，無一語不當行。又《書林清話》尤瞻博精審，稿將及寸，余曾暇觀。當時尚未卒業，刻未審鍥行否矣。閱近人某筆記，載有〈奐彬買書行〉一首，書癡面目，刻書妙肖。余喜誦之，移錄如左：

買書如買妾，美色自怡悅。妾衰愛漸弛，書舊香更烈。
二者相頡頏，妄念頗相接。有時妾專房，不如書滿篋。
買收如買田，連床抵陌阡。田荒防惡歲，書足多豐年。
二者較得失，都在子孫賢。它日田立券，不如書易錢。
吾年已半百，終日為書役。大而經史子，小者名家集。
二十萬卷奇，宋元相參積。明刻又次之，嗜古久成癖。
道藏及佛經，儒者偶乞靈。藏本多古字，佛說如座銘。
百川匯巨瀣，不擇渭與涇。竭來海舶通，日本吾元功。
時有唐卷子，撫刻稱良工。新法頗黎版，貌似神亦同。

俾我肆饕餮，四庫超乾隆。又有敦煌室，千年藏秘密。
忽然山洞崩，光焰燭天日。魯殿絲竹遺，汲塚科斗跡。
疆吏誠瞶聾，坐令懷寶失。西儒力搜求，傳鈔返趙壁。
此事頗稀聞，朝士言紛紜。輶軒使者出，殘篇稍得分。
我友王柯輩，持贈殊般勤。列架充遠物，豈是坊帕群。
譬如豪家子，戀色拌一死。粉黛充後庭，復重西方美。
更變東都姬，愛聽橐橐履。書中如玉人，真真呼欲起。
又如多田翁，槁臥鄉井中。一朝發奇想，乘槎海西東。
胡麻獲仙種，玉樹來青蔥。不問誰耕種，倉廩如墉崇。
買書勝買妾，書淫過漁色。朝夕與之俱，不聞室人謫。
買書勝買田，寢饋在一氈。祈穀長恩神，報賽脈望仙。
吾求仙與神，日日居比鄰。有棗必先祀，有酒長先陳。
導我琅環夢，如此終其身。一朝隨羽化，洞犬為轉輪。
世亂人道滅，處富不如貧。買書亦何樂，聊以酬癡人。

四七二　吳淞間有巨蜃吐珠之異

相傳吳淞間，有巨蜃吐珠之異。崇明與吳淞相隔百里，一水相望，海上屢見珠光，見則數日內必有風雨。其色紫赤，上燭霄漢，倏忽開闔，不可名狀。其光若此，珠之大不知凡幾，蜃之巨更不知凡幾也。海舟篙師，長得見之。見光而已，不見珠與蜃也，謂之野火。見則三二年中，其地必有漲沙，成沃壤焉，屢驗不失。

天蜃樓考之志乘，唐武德中，海上巨蜃吐氣成紫雲，即有漲沙，名以天賜，實為崇邑所自始。天蜃樓海市，皆幼境也，乃至漲沙，因而置邑，則真而非幻矣。龍之靈可以興雲雨，蜃之氣更能拓幅員。充類至義，則夫鰲戴四維，知非謬悠之說矣。

四七三　〈秋雁詩〉

昔人以詩得名，如崔鸚鵡、鄭鷓鴣之類，載籍多有，唯閨秀殊僅見。長洲李紉蘭著有《生香館集》，其〈秋雁〉詩最佳，名李秋雁，見錢塘陳雲伯《頤道堂》詩自註，〈秋雁詩〉二首云：

無端燕市起悲歌，帶得商聲又渡河。
千里歸心隨月遠，一年愁思入秋多。
水邊就夢雲無影，天際驚寒夜有波。
屈宋風流零落盡，那堪重向洞庭過。

又：

誰倚高樓一笛橫，憑空吹落苦吟聲。
能鳴未必真為福，有跡多嫌纍此生。
入世豈容矰繳避，就人終覺羽毛輕。
越鳧楚口從題品，識字何曾為近名。

見完顏惲珠《閨秀正始集》。又長洲陳琳簫〈秋雁〉二首云：

洞庭昨夜逗微霜，回首天涯合斷腸。
瞥眼無非黃葉渡，安身除是白雲鄉。
流年逝水催何速，病翮西風怯乍涼。
一宿荒池菱芡密，雙棲猶得傲鴛鴦。

又：

一行秋影渡銀河，又向滄江尾棹歌。
矰繳有人何太急，稻粱昔歲已無多。
忽驚葭葦花如雪，正是關山月始波。
早識天南蕭瑟甚，回峰門絕悔經過。

其第二首，用紉蘭第一首韻，當是紉蘭囑和之作，詩亦工力悉故。

四七四　古硯

《正始集》撰錄錢塘江允莊詩，有〈秦溝粉黛磚硯歌〉，序云：

皖涇某氏藏古硯，澄泥也。紅白青翠，斑剝錯落若珠璣，上有建業文房印，余忠宣銘註，以為秦阿房宮溝，宮人傾粉澤脂水所成，誠異物也。紀之以詩，句云：「四圍錯落珠璣細，粉暈斑斑黛痕翠。臨波想見捲衣人，玉薑豔逸文馨麗。

曩余藏《絕妙好詞》初印本，每詞皆用脂粉相和圈斷句，自始至終，不遺一闋。蓋出閨人手筆，香豔絕倫。惜不獲與此硯並陳几案間也。汪允莊，陳雲伯子裴之室，著有《自然好學齋詩集》，曾選《明人三十家詩》。

四七五　李香君詩

秦淮古佳麗地，樓臺楊柳，門巷枇杷，丁明季稱極盛。李香君以碧玉華年能擇人而事，抗卻奩之義，高守樓之節，俠骨柔情，香豔千古。康熙間，曲阜孔東塘撰《桃花扇》院本以張之。唯其兼通詞翰，則向來記載，未之前聞。《正始集》有香君詩一首，亟錄如左，〈題女史盧允貞寒江曉泛圖〉：

瑟瑟西風淨遠天，江山如畫鏡中懸。
不知何處煙波叟，日出呼兒泛釣船。

四七六　張芬迴文詩詞

唐王之渙〈出塞〉詩，可作長短句讀。彼特七絕，隨意讀作長短句，詞譜固無是調也。《正始集》有張芬〈寄懷素窗陸姊〉七律一首，迴文調寄〈虞美人〉詞，聲調巧合，尤見慧心。詩云：

明窗半掩小庭幽，夜靜燈殘未得留。
風冷結陰寒落葉，別離長望倚高樓。
遲遲月影移斜竹，疊疊詩餘賦旅愁。
將欲斷腸隨斷夢，雁飛連陣幾聲秋。

詞云：

秋聲幾陣連飛雁，夢斷隨腸斷。欲將愁旅賦餘詩，疊疊竹斜，移影月遲遲。
樓高倚望長離別，葉落寒陰結。冷風留得未殘燈，靜夜幽庭，小掩半窗明。

芬字紫蘩，號月樓，江蘇吳縣人，著有《兩面樓偶存稿》。

四七七　閨秀吟詠

紅閨吟詠，大都穎慧絕倫，故凡雜體之作，尤為可喜。《正始集・吳學素小傳》云：「字位貞，江蘇婁縣人，編修顧偉權室，著有《蔭綠閣詩草》。位貞詩才敏捷，相傳徐澹園尚書雅集東山，以〈閨怨〉命題，限溪、西、雞、齊、啼韻，中用一、二、三、四、五、六、七、八、九、十、百、千、萬、兩、丈、尺、半、雙等十八字。一時名宿均棘手，顧太史以語位貞。援筆伸紙，立就一律，藝林傳誦。詩云：

百尺樓頭花一溪，七香車斷五陵西。

六橋遙望三湘水，八載空驚半夜雞。
風急九秋雙燕去，雲開四面萬山齊。
子規不解愁千丈，十二時中兩兩啼。

又《正始續集》載藍燕同題同體一首，自註見茅應奎絜吳羹，詩云：

六七鴛鴦戲一溪，懷人二十四橋西。
半生書斷三秋雁，萬里心懸五夜雞。
蠶作百千絲已盡，烏生八九子初齊。
誰憐方寸愁盈丈，刀尺拋殘雙玉啼。

又許琛〈和閨詞〉八音體云：

金烏乍墜到窗西，石徑清幽碧草萋。
絲管誰傢風細細，竹床深院月低低。
匏尊燈下三更酒，土鼓聲敲半夜雞。
革得塵心無一事，木棉花底聽鵑啼。

琛字德瑗，號素心，福建侯官人，著有《疏影樓稿》。

又張嗣謝〈擬閨情用花名〉云：

躑躅閒庭思悄然，合歡無計祇高眠。
夜殘子午迷蝴蝶，花謝長春怨杜鵑。
流水空傳桃葉渡，歸人何處木蘭船。
抽將碧玉簪頭鳳，卜當金錢問遠天。

嗣謝字詠雪，號小韞，安徽桐城人，著有《繭松閣遺稿》，見《正始續集》。
又汪紉蘭〈曉起〉五平五仄體云：

木落野鳥散，天高寒風鳴。
遠樹日未出，重樓山初晴。
塞外雁影亂，江邊蘆花聲。
曉起有靜趣，憑闌新詩成。

蘭字佩之，號畹芬，江蘇吳縣人，著有《睡香花室詩稿》，見《正始續集》。
又黃卣〈詠愁〉一字至七字體云：

愁，旅館，吟樓。閒處惹，冷相句。曲傳心孔，重壓眉頭。鵑啼黃葉雨，蟲語碧梧秋。華箓軍中按拍，琵琶江上停舟。金釵暗卜人千里，玉杵敲殘月半鈎。

卣字秬香，浙江富陽人，見《正始續集》。

又無名氏〈閨怨〉，以霜、飄、枝、結、淚、花、落、蝶、含、愁十字仿離合體，選錄其二云：

雨滴空階落井梧，木蘭枝上咽啼烏。
目中愁見清秋景，霜染楓林落葉枯。

木樨花發奈秋何，十幅鸞箋寫恨多。
又向紅闌閒處立，枝頭風露濕輕羅。

見《正始續集》。自註：「見女史完顏兌《花堁叢談》。」

又女史楊繼端〈口占漫成〉云：

十二闌干水半溪，千紅萬紫六橋西。
兩峰黛黯三春夢，一院花飛五夜雞。
鶴到九霄雙翮健，書分四體八行齊。
道人般七歸何處，百尺高枝鶯又啼。

此詩亦限溪、西、雞、齊、啼韻，中用一、二、三、四、五、六、七、八、九、十、百、千、萬、兩、半、雙、尺等十七字，視前吳學素、藍燕兩媛之作，僅少用一丈字耳。見《雜體詩鈔》。繼端字古雪，四川遂寧人。

又范姝〈閨怨詞〉調寄夏初臨〈集藥名和周羽步〉云：

竹葉低斟，想思無限，車前細問歸期。織女牽牛，天河水界東西。比似寄生天上，勝孤身，獨活空閨。人言郎去，合歡不遠，半夏當歸。

徘徊鬱金堂北，玳瑁床西。香燒龍麝，窗飾文犀。稿本拈來，緗囊故紙留題。五味慵調，㶊病，沒藥能醫。從容待，烏頭變黑，枯柳生稊。

姝字洛仙，江蘇如皐人，著有《貫月舫集》。此詞見《眾香集》。

又湯萊〈春閨詞〉調寄滿庭芳〈集美人名〉云：

曉霧非煙，朝雲初霽，枝頭開遍紅紅。莫愁春去，梨雪未飛瓊。誰控雙鈎碧玉，見小小，檐雀窺籠。傷情處，無知小妹，琴操弄焦桐。

東東，卻渾似，琵琶抱月，簫管翾風。奈鴛鶯語澀，燕燕飛慵。欲寫麗春無計，正桃葉。飛下花叢。紅橋畔，芳姿灼灼，清照碧潭中。

萊字萊生，江蘇丹陽人，著有《憶蕙軒詞》見《眾香集》。

四七八　貧女善吟詩

芝草無根，醴泉無源，即閨秀何莫不然。吳荔娘，字絳卿，福建莆田人，本庖人女，幼敏慧，有潔癖，著有《蘭陂剩稿》，〈春日偶成〉云：

曈曈曉日映窗疏，荏苒韶光一枕餘。
深巷賣花新雨後，閒門插柳嫩寒初。
鶯兒有語遷喬木，燕子多情覓舊廬。
那用踏青郊外去，芊芊草色上階除。

見《正始集》。又蔣氏，安徽和州人，《水曹清暇錄》，稱氏父業縫皮匠，夫業箍桶，而氏獨通文墨，殆天授也。〈昭關懷古〉云：

潰楚復親仇，當年氣吐不。
英雄知父子，臣道失春秋。
山自無今古，祠誰定去留。
不知經此者，又白幾人頭。

見《正始續集》。

四七九　柳汁染衣預示狀元及第

《三峰集》：「李固言未第前，行古柳下，聞彈指聲，問之，曰：『吾柳神九烈君也，以柳汁染子衣矣，科第無疑，得藍袍，當以棗糕祀我。』固言許之，未久狀元及第。」《正始集・周瑤小傳》云：「瑤字蘩卿，浙江嘉善人，尚書姚文田室，文田嘉慶己未狀元。蘩卿未笄時，嘗夢柳汁染衣袂。于歸後，姚果大魁，與古事合，亦佳話也。」蘩卿〈寄外詩〉云：「香撥金猊冷，春深子夜中。一襟楊柳月，雙鬢杏花風。鴛繡此時倦，魚箋幾日通。嬌兒方睡穩，緘意托飛鴻。」殊婉麗可誦，末聯尤情景逼真。

四八〇　詩題有絕絕豔新者

詩題有絕絕豔新者，《正始集》錄邱卷珠詩，有題云〈拾花瓣砌情字，忽被東風吹去〉詩云：

為情憔悴口言情，聊把閒情付落英。
香雨團成絲一縷，雪泥證到夢三生。
芳菲已謝空憐惜，飄泊難禁易變更。
寄語封姨更吹聚，前生元是許飛瓊。

卷珠字荷香，福建閩縣人，著有《荷窗小草》。

四八一　張船山夫人妒而能詩

張船山夫人林氏性奇妒，事見前話。據《正始集》，夫人名佩環，順天宛平人，布政使女，有〈夫子為余寫照，戲題絕句〉云：

愛君筆底有煙霞，自拔金釵付酒家。
修到人間才子婦，不辭清瘦似梅花。

曩余撰《蕙風簃二筆》，一則云：

嘗記某說部云，毛西河夫人絕獷悍，西河藏宋元版書甚夥，摩挲不忍釋手。夫人病焉，謂此老不恤米鹽生計，而般弄此花花綠綠者胡為也。一日，西河出，竟付之一炬。又云，西河五官並用，嘗右手改門生課作，左手撥算珠，耳聽門生背誦，目視小僮澆花，口旋答門生問難，旋與夫人詬誶。夫人告門生曰：「汝輩謂毛奇齡博學乎？渠作二十八字詩，輒獺祭滿几，非出自心裁也。」又西河姬人曼殊，為夫人凌虐致死，此事尤於記載中屢見之。比閱《閨秀正始集》，乃有夫人詩一首。夫人姓陳，名何，蕭山人。〈子夜歌〉：「一去已十載，九夏隔千山。雙珥依然在，如何不得環。」又：「白露收荷葉，清明種藕枝，君行方歲暮，那有見蓮時。」夫人既能詩，何至為焚琴煮鶴之事。各說部所云，殆未可盡信耶，抑西河不止一夫人，有元妃繼室之殊耶？當再詳考。

茲以張夫人事例之，大抵能詩自能詩，妒自妒，妒才非必不能詩，容或能詩乃益妒，未可以常情衡論耳。

四八二　龔芝麓夫婦豪而雅

《眾香集・顧媚小傳》云：「媚字眉生，號橫波，秦淮名校書，歸合肥龔尚書芝麓。尚書雄豪蓋代，視金玉如泥沙，得眉娘佐之，益輕財好客，憐才下士，名譽盛於往時。丁酉歲，尚書挈橫波重過金陵，寓市隱園。值夫人生辰，張燈開宴，召賓客數十輩，命老梨園郭長春等演劇。酒客丁繼之、張燕筑及二王郎串《王母瑤池宴》。夫人垂珠簾，召舊日同居南曲呼姊妹行者與宴。時尚書門人楚南嚴某赴浙監司任，逗遛居尊下，褰簾長跪捧卮，稱賤子上壽，坐客皆離席伏。夫人欣然，為罄三爵，尚書意甚得也。陳其年、吳園次、鄧孝威、余曼翁並作長歌紀其事，藝林傳為佳話。按：朱遠山夫人有《千秋歲詞》，題云〈別橫波龔年嫂南歸〉。據此詞題，知橫波當日，儼然敵體端毅。嚴某之造膝稱觴，蓋禮亦宜之矣。遠山南昌宗媛，侍朗李元鼎室，尚書振裕母，著有《鏡閣新聲》。

四八三　董小宛等著述

在昔閨秀撰述，有但聞其名，而其書不可得見者，殊令人作滄海明珠之想。據《正始集》小傳，如皐董小宛有《奩豔》，滿洲完顏悅姑有《花堁叢談》，並裒集古今閨幃軼事。金匱楊蕊淵曾輯古今閨閣詩話，為《金箱薈說》。安嶽蔡玉生選錄古才媛百人，各繫以詩，名《百玉映》。已上各書世間容有傳本，亦可遇不可求。比歲冒鶴亭刻《冒氏一家集》，亦未能得《奩豔》，付諸手民也。

四八四　名流詩社佳話

曩嘉、道、咸、同間，往往湖山勝處，名流雅集，有西泠七子，明湖四客，[木黏]湖十子等名目。《正始集・林以寧小傳》：「以寧字亞清，錢唐人，與同里顧啟姬、柴季嫻、馮又令、錢雲儀、張槎雲、毛安芳倡蕉園七子之社，執騷壇之牛耳，傳彩筆於娥眉，尤藝林佳話也。

四八五　閨秀之文武兼備者

古今閨秀以材武著稱者，間見載籍，若能詩而兼有勇，則尤罕覯。《正始集・小傳》云：「畢著，字韜文，安徽歙縣人，布衣王聖開室。韜文年二十，隨父宦薊邱。父與流賊戰死，屍為賊擄，韜文身率精銳劫賊營，手刃其渠。眾貴，輿父屍還，葬金陵之龍潭。于歸後，夫婦偕隱。」沈來遠序其詩稿，有「梨花槍萬人無敵，鐵胎弓五石能開」云云。又許氏，奉天鐵嶺人，鎮平將軍一等男謚襄毅徐治都夫人，精韜鈐，善騎射。偕襄毅出兵，每自結一隊，相為犄角，以故戰功居最。康熙十三年，吳逆犯湖南，襄毅往援彝陵，夫人駐防江口。十五年，鎮將楊來嘉叛應譚洪，夫人脫簪珥犒師，曉以大義，沿江剿殺，屢卻之。八月，猝犯鎮署，夫人中炮歿。將軍蔡毓榮等具狀以聞，特旨優恤，予雲騎尉世職，以次子永年襲。又高氏，四川華陽人，大將軍威信公謚襄勤岳鍾琪夫人，嫻弓馬，善理軍政，亦能詩。襄勤著有《薑園蛩吟》二集，多與夫人唱和之作。考《正始集》二十二卷，《續集》十二卷，著錄閨秀，最一千五百二十六家。據《小傳》所稱，兼精韜略，僅此三人。其確有事實可紀，尤畢、許二氏而已。蓋才兼文武，求之鬚眉猶難，況巾幗乎？畢韜文以綠鬢韶年，手刃悍賊，輿返忠骸，孝女奇才，尤不可及。其自作紀事詩云：

吾父矢報國，戰死於薊邱。
父馬為賊乘，父屍為賊收。
父仇不能報，有愧秦女休。
乘賊不及防，夜進千貔貅。
殺賊血漉漉，手握仇人頭。
賊眾自相殺，屍橫滿坑溝。
父屍輿櫬歸，薄葬荒山陬。
相期智勇士，慨然賦同仇。
蛾賊一掃盡，國家固金甌。

讀之凜凜有英氣。徐夫人〈馬上吟〉云：

快馬輕刀夜斫營，健兒疾走寂無聲。
歸來金鐙齊敲響，不讓鬚眉是此行。

蜀錦征袍，桃花駿馬，亦復英姿颯爽，不可一世。

四八六　斷炊猶讀書

閨秀王瑤娟，漢軍人，有〈斷炊日讀書歌〉，悅其風味與余略同也，亟錄如左：

塵世渾渾兮俗眼茫茫，乾坤浩大兮各有行藏。
至人存誠兮不在色莊，大道昭昭兮修之吉祥。
我心自許兮坦然順適，冰霜貞潔兮堪比圭璋。
蓮葆馥郁兮名方君子，不染污泥兮豈並群芳。
誰能識我兮與我無與，不是知音兮於我何傷。
恕人責己兮能耕方寸，去短存長兮何用不臧。
境之不足兮惟富與貴，志不在此兮饑餓何妨。
包函宇宙兮人天莫測，樂我詩書兮發其古香。

詩境衝澹，求之閨閣中，未易多得。

四八七　少女詩人

閨人幼慧者，多靈秀之所鍾毓也。陽湖惲清於，年十三即作畫，花卉翎毛，能傳南田翁家學，作已輒題小詩，風韻蒼秀。

桐廬殳墨姑，七歲通《孝經》，九歲能詩。年十五，隨父母入九峰山，製〈步虛詞〉，有「多緣誤折瓊枝樹，謫下瓊臺十五年」句。

興化李韞庵，九歲賦〈落花詩〉，有「鶯聲喚轉夢中人」句。

錢塘陸纘任，七歲〈同父母兄姊送呈公錦雯司李吳郡〉絕句云：

自憐嬌小不知詩，執手臨行強置詞。

盼煞歸鴻傳錦字，吳江楓落正愁時。

錢塘顧重楣，年十二，即能應聲詠梅花云：「小閣月初斜，東風透碧紗。枝頭應有信，春意在梅花。」

太原張羽仙，十歲為〈採蓮賦〉，兼工繪事。

桂林劉智圓，十歲能背誦《全唐詩》千首。

婁縣王蕙田，七歲作〈夜坐偶成〉詩，有「月上千峰靜」句。

錢塘周吉媛，年十二，呈其戚某公歸林下者云：

久辭榮祿賦歸田，瀟灑林泉志渺然。
一路雲山尋勝景，小園燈火話當年。
消寒最好三杯酒，掃雪剛逢二月天。
窗外梅花開遍否，草堂今夕臥詩仙。

常熟蘇紉香，知州去疾女。去疾字園公，有文名。紉香幼而穎悟，九歲時，值中秋夜月，園公抱置膝上，命即景賦詩，應聲成絕句云：

秋宇極高迥，月華明且清。
瓊樓在何處，昨夜夢瑤京。

錢塘孫碧梧年八歲，父春岩出對云：「關關雎鳩。」即應聲曰：「雍雍鳴雁。」大奇之。德州宋素梅，乾隆十六年，聖駕南巡。素梅年甫十二，迎鑾獻詩。召入內帳，又面試一律，賚賜甚厚。〈迎鑾詩〉云：

海晏河清代，堯天舜日時。
不辭川路遠，肯慰士民心。
紫氣欽皇輦，黃雲護聖騎。
迎鑾來獻頌，萬壽浩無涯。

〈應詔詩〉云：

山左群情切，江南望幸頻。
九重深保大，五載舉時巡。
浩蕩韶光麗，蔥蘢物色新。
彩雲晴有象，瑞靄靜無塵。
淑氣迎仙仗，祥風繞御輪。
衢歌欣擊壤，共祝萬年春。

吳縣董綺琴十歲時，塾中以「闌中蘭」屬對，即應聲曰：「簾外蓮。」頃之，又曰：「籬外梨。」錢塘汪允莊著有《自然好學齋詩》，其卷首十六章，皆十歲已前作。七歲〈賦春雪〉云：

寒意遲初燕，春聲靜早鴉。
未應吟柳絮，漸欲點桃花。
微濕融鴛瓦，新泥濘鈿車。
何如謝道韞，群從詠芳華。

吳縣戈如芬，諸生載女，〈詠鳳仙花九歲作〉云：

鳳在丹山穴，仙尋碧海家。
如何謫塵世，偏作女兒花。

臨桂況月芬，蕙風詞隱之女兒也。年十二三，作楷仿率更，手抄《爾雅》全部，秀勁可喜。嘗秋日侍先母疾，夜半起煮茗，仰見彩雲如摺疊扇，繞月不周半輪，賦詩云：

冰輪皎潔彩雲開，疑是嫦娥倚扇才。
我欲筆花分五色，瓣香低首祝瑤臺。

四八八　高其倬夫人具卓識

閨秀擅清才者夥矣，而唯具卓識者僅見。蔡琬，字季玉，漢軍人，尚書謚文良高其倬夫人，著有《蘊真軒詩草》。夫人才識過人，魚軒所至，幾半天下，文良名重一時，奏疏移檄，每與夫人商定，闈閣中具經濟之才者。《隨園詩話》載文良與某要津不合，屢為所撼，嘗詠白燕至第五句云：「有色何曾相假藉」，沉思未對。夫人至，代握筆云：「不群仍恐太分明。」蓋規之也。

四八九　木蘭身世考

明徐文長撰《四聲猿》院本四折。其第三折《替父從軍》演木蘭事。據曲中關目，木蘭立功寧家，與王司訓之子成婚。王中賢良、文學兩科，官校書郎云云。按：嘉興沈向齋《濼源問答》云：

> 問：《木蘭詞》，說者謂唐初人記六朝事，別有事跡可徵否？答曰：少聞之吾鄉前輩諸草廬先生云：木蘭，隋煬帝時人，姓魏，本處子，亳之譙人也。時方徵募兵，木蘭痛父耄，弟妹皆稚呆，慨然代行。服甲冑，操戈躍馬而往。歷十二年，閱十有八戰，人莫之識。後凱旋，天子嘉其功，除尚書郎不受，奏懇省視。及還，釋戎服，衣女衣，同行者駭然。事聞，召赴闕，煬帝欲納之。對曰：「臣無媲君之禮。」拒迫不已，遂自盡。帝驚憫，贈孝烈將軍。土人立廟，以四月八日致祭，蓋其生辰也。

據此，則院本云云，唐突已甚矣。惜沈氏所引草廬之說，未詳何本。

四九〇　高郵露筋寺考

吳槎客《拜經樓詩話》引初白庵主云：

> 高郵露筋祠本名鹿筋梁。相傳有鹿至此，一夕為白鳥所嘬，至曉見筋，故名。　事見《酉陽雜

俎》及江德藻《聘北道記》，不知何時始訛為女郎祠也。初白詩曰：「古驛殘碑幼婦詞，飛蚊爭聚水邊祠。人間多少傳訛事，河伯年年娶拾遺。」詩見《敬業堂手稿》。

按：露筋祠有米海嶽所書碑，則茲事沿訛，亦已久矣。

四九一　香光居士者有二

明時自稱香光居士者有二。一董文敏，夫人知之矣。《拜經樓詩話》云：

明明秀上人，號雪江，嗣法於海鹽天寧寺。嘗與朱西村、陳句溪諸老結社唱和。予嘗得其手跡《蘿壁山房圖詩並記》，略云：「《蘿壁山房圖》，乃香光居士為元津濟公所繪，筆法精妙。國初諸老宿皆賦詠之。若干年，為西宗意公所得，亦有紀識。復若干年，傳於大雲慶公。今歸東啟昕公，昕因號之曰蘿壁，蓋有慕於昔人者也。嗚呼，未百五十年，此卷不知幾易主，慨時異世殊，而人生猶夢幻也。然則此卷閱人，誠一傳捨耳。東啟聊亦坐香光之境，觀諸老之言，而進於清淨法性中，則斯卷之功不為少矣。嘉靖七年三月，題於嘉會堂。」記中所謂香光居士者，王叔明也。

按：元王蒙，字叔明，吳興人，號黃鶴山樵，趙松雪之外孫也。素好畫，師巨然、王維，秀潤深至，以黃鶴山樵著稱，其一號香光居士，世殆鮮有知者。

四九二　李虯更名而登第

《拜經樓詩話》云：「唐詩人李蠙，本名虯，將赴舉，夢名上添一畫成「虱」字。及寤，曰：虱者，蠙也。乃更名，果登第。可補《唐詩紀事》之遺。」按：昔人命名，取用麟、鳳、龍、虎等字夥矣。即龜字，宋已前人猶多用之，不以為諱。至降而用玄眇之昆蟲，若蚔龜，范蠡、田蚡，大都近古樸質之風，即亦不甚多見。唐則僅有高蟾、韋蟾，宋有劉蛻，「蛻」從虫旁，非蟲名也，此外無聞焉。更名必托意於「虱」，詎非奇絕？且必更名與「虱」同訓之字，乃得登第，其理尤不可解。考今字書，「蠙」亦無「虱」訓。《玉篇》云：「珠名。」《書・禹貢》「淮夷　珠暨魚」疏：「蠙是蚌之別名，字又作『蚍』。」《韻會》又作玭。《廣韻》、《集韻》並同《玉篇》，無它訓。李蠙唐人，當時所據字書，容有訓「蠙」為「虱」者，今其書已佚矣。

四九三　陳繼昌連中三元

在昔科舉之世，士子因夢兆更名，往往擢高第，記載非一，絕無理解可言。意者，適逢其會，因而故神其說，藉驚世駭俗耶。吾邑陳哲臣先生嘉慶癸酉以第一人舉於鄉，名守叡。迨庚辰春，更名繼昌，亦以夢，是科遂捷會狀。有清一代，三試皆元者，唯先生與長洲錢棨二人而已。邑故因山為城，東北曰伏波門，有山曰伏波，山下有洞瀕江曰還珠。明正德二年，雲南按察司副使包裕石刻詩云：

岩中石合狀元徵，此語分明自昔聞。

巢鳳山鍾王世則，飛鸞峰毓趙觀文。

應知奎聚開昌運，會見臚傳現慶雲。
天子聖神賢哲出，廟廊繼步策華勳。

後註云：「伏波岩有石如柱，向離石二尺許。讖云：『岩石連，出狀元。』先生大魁之歲，石果相連，蓋滴乳積漸黏屬也。」先生名與字之四字，見於包詩後四句者凡三，亦奇。又先生初應童子試，縣府院試皆第一，時謂「大小三元」云。

四九四　王昭平與妻書

王昭平先生寄內書見《拜經樓詩話》，樸而雅，語淺而情深，讀之令人增伉儷之重，離合之感。書云：

深秋離家，今又入夏，京中酷暑，五月如伏。每出門灰汗相並，兩鼻如煙，黏塗滿面。冷官苦守，殊可嘆，殊可笑。屈指歸期，尚須半載。日望一日，月望一月，身則北地，夢則家鄉，言之則又可悲也。你第二封書久已收，第一封目下才到，寄物尚未收。每欲寄你書，動筆增淒楚，勉強數字，真不知愁腸幾回，故不多寄，非忙也，非忘也。你當家辛苦不必言，況未足支費。我一日未歸，遺你一日焦心耳。新兒安否？善視之。計我歸，已周歲，可想離別之感。老娘常接過，庶慰我念。祇簡慢不安，夜間失被，且念及新兒之母，何況於兒，不相顧奈何。我自拜客應酬，強親書籍之外，唯有對天凝思，仰屋浩嘆而已。近來索書者甚多，案頭堆積，總心事不舒，皆成煩擾。幸我身如舊，不必念我。唯願你善攝平安，勝於念我。八姑好否？常隨你身伴，勿嬉笑無度，勿看無益唱本。

先生少倜儻，脫略邊幅，攻詩古文，能書，嗜詞曲，雅擅登場，舉天啟辛酉經魁。榜發，方雜梨園演《會真記》「草橋驚夢」齣，飾張君瑞，關目未竟，移宮換羽間，促者屢至，遂着戲衣冠，周旋賀客，時目為狂。見查東山《浙語》。

四九五　韓偓詩三絕

韓冬郎《香奩詩》：「蜂偷崖蜜初嘗處，鸚啄含桃欲咽時。」槎客謂即古樂府「寧斷嬌兒乳，不斷郎殷勤」意。思之思之，誠豔絕膩絕緻絕，非三生閱歷，半生熨貼不能道。

四九六　豔詩警句

向來豔體詩，無過「束皙補白華，鮮侔晨葩，莫之點辱」二語。描摹美人姿態，無過曹子建《洛神賦》「動無常則，若危若安；進止難期，若往若還」四語。

四九七　馬雞

馬雞出秦州，大倍於常雞，形如馬，遍體蒼翠，耳毛植豎，面足赤若塗朱。宋荔裳觀察在北平時，署中嘗畜之，為之賦詩。錢塘李考叔和作云：

珍禽元不產龍城，隴右攜來司五更。
種並岐陽丹鳳出，名同天廄血駒生。
耳毛削竹青驄立，距汗夭桃赤兔行。

我亦不甘終伏櫪，披星擁劍待伊鳴。

按：「馬雞」可對「櫱鳥」。郭璞〈翡翠贊〉：「翠雀櫱鳥，越在南海。」

四九八　齣字辨誤

雜劇、傳奇之屬，元人分若干折，後人作。明王伯良校註古本《西湘記》凡例，謂：「元人從折，今或作出，又或作齣。出既非古，齣復杜撰，字書從無此字。近詅《癡符傳》，以為『齣』蓋『齝』字之誤，良是。其言謂牛食已復出嚼曰齝，音『笞』，傳寫者誤以『台』為『句』。『齣』、『出』聲相近，至以『出』易『齝』。」又引元喬夢符云「『牛口爭先，鬼門讓道』語，遂終傳皆以『齝』代折。不知《字書》『齝』本作『𪘏』，又作『哃』，以『哃』作『𪘏』，筆畫誤在毫釐，相去更近，非直『台』、『句』之混已也。即用『𪘏』，元劇亦不經見。故標上方者，亦止作折」云云。蓋元明人製曲以通俗為得體，遣詞且然，何論用字。必欲一一訂正之，或詞意轉不可曉，聲調亦復失諧，大抵梨園傳讀之本，詎可與若輩談小學耶。

四九九　羅思舉軼事

東鄉羅提督戰功見於魏默深《聖武記》詳矣。相傳羅公臨陣不避槍炮，所服戰袍為鉛丸火燒圓孔無數，然卒不死。嘗云：「自顧何人官爵至此，若得死於疆埸，則受恩當更渥，苦我無此福分耳。」以不能死於兵為無福，誠忠勇之言也。　富陽周蕓皐述其逸事一則：公嘗率兵入南山搜餘賊，村人苦猴群盜食田糧，晨發火器驚之。公問故，令獲一猴來，剃其毛，畫面為大眼，備諸醜怪狀，銜其口。　明晨，俟群猴來，縱之去，皆驚走。猴故其群也，急相逐，益驚，越山數十重，後竟不復至。茲事頗涉遊戲，然亦足徵智計云。

五〇〇　同光五狀元

同、光朝狀元：戊辰洪鈞、辛未梁耀樞、甲戌陸潤庠、丙子曹鴻勳、丁丑王仁堪。都門有人出對云：「五科五狀元，金木水火土。」或對云：「四川四等位，公侯伯子男。」蜀人膺爵賞者，威信公岳鍾琪、昭勇侯楊遇春、壯烈伯許世亨、子爵鮑超，男爵未考。

五〇一　查繼佐案秘聞

查伊璜識吳順恪於風雪中，迨後因史案罹禍，順恪為之昭雪，僅乃得免，茲事豔稱至今。然據伊璜所作〈敬修堂同學出處偶記〉，似乎並無是說。豈當日以其既貴，而故為之諱耶？記云：

> 己亥，余客長樂，潮鎮吳葛如以厚幣邀余至其軍，為語南鄙夙昔艱難諸狀。方在席無所指顧，而境內不軌，猝縛至階下。告余曰：「吾征發而彼遁矣。吾密行內間，不失一矢。未幾，而不軌之所恃豪，為戢它不靖幾圍，奉飛符報命。」葛如曰：「是又內間之轉行也。吾左右尚不知之。」葛如能詩，自比武侯，故以六奇為名。大率用兵以計勝，顧名知之矣。時令其長君啟晉，晉弟啟豐，偕侍余座。晉字長源，啟字文源。長源已登丁酉賢書生，而韶秀玉立，工詩，所至輒流連興懷古昔，疾行五指，篇什繁富，不勝舉也。余嘗敘其為文，有關戢安之大者，嗣余詩可之選，凡仕宦遊歷所賦無不及之。專帙東粵，遂入葛如〈湞陽峽〉一詩。別久之，投余遠問，則葛如病而長君晉已修文去矣。葛如隨物故，世相傳余初有一飯之德，葛如方布衣野走，懷之而思厚報，其實無是事也。

順恪字葛如為它書所未見。按：某說部云：

吳興莊某作《明史》，以查伊璜列入校閱姓氏。伊璜知即檢舉，學道發查存案。次年七月，歸安知縣吳某，持書出首，纍及伊璜。伊璜辯曰：「查繼佐係杭州舉人，不幸薄有微名。莊某將繼佐列入校閱，繼佐一聞，即同檢舉，事在庚子十月。吳令為莊某本縣父母，其出首在辛丑七月。若以出首早為功，繼佐之功當在吳某上；若以檢舉遲為罪，則繼佐早而吳某後，吳某之罪不應在繼佐下。今吳某以罪受賞，而繼佐以功受戮，則是非顛倒極矣。諸法臺幸為參詳。」各衙門俱以查言為是。到部對理，竟得昭雪。遂與吳某同列賞格，分莊氏籍產之半。

據此，則伊璜連係，緣庭辨得脫，信無順恪為力之說矣。竊意當時文網峻密，奉行者尤操切，苟非強有力者為之斡旋，雖欲置辯，詎可得乎？矧英石峰巋然尚存，是其一證矣。

五〇二　陳翠君工詞

閨秀陳翠君，海鹽馬青上室，工長短句。〈蝶戀花過拍〉云：「郎似東風儂似絮，天涯辛苦相隨處。」為吳兔床所擊賞。曩閱清初人詞，有〈減字浣溪沙換頭〉云：「妾似飛花郎似絮，東風攪起卻成團。」語非不佳，惜風格落明已後，視翠君詞句渾成不逮也。

前話錄閨秀詩，有限溪西雞齊嗁韻，嵌用數目丈尺等字。作者極見巧思，檢雜體詩鈔，又有徐兆奎閨怨二首，亦昉此體。萬里三州百粵溪，樓臺六七畫橋西。八千書寄九秋雁，十二腸迴五夜雞，何日半簾雙膝並？幾時一案兩眉齊，纖纖丈室尋刀尺，散四愁懷嬌淚嗁。又、兒童六七戲前溪，二八佳人住閣西。尺素夢萊千里鯉，半牀愁絕五更雞，九秋十稔期難定，四達三條路不齊。百萬迴腸繞丈室，一檯兩眼淚雙啼。

五〇三　徐兆奎限韻閨怨詩

前話錄閨秀詩，有限、溪、西、雞、齊、啼韻，嵌用數目、丈、尺等字，作者極見巧思。檢《雜體詩鈔》，又有徐兆奎〈閨怨〉二首，亦仿此體：

萬里三州百粵溪，樓臺六七畫橋西。
八千書寄九秋雁，十二腸迴五夜雞。
何日半簾雙膝並，幾時一案兩眉齊。
纖纖丈室尋刀尺，散四愁還嬌淚啼。

又：

兒童六七戲前溪，二八佳人住閣西。
尺素夢來千里鯉，半床愁絕五更雞。
九秋十稔期難定，四達三條路不齊。
百萬迴腸繞丈室，一擡兩眼淚雙啼。

五〇四　朱舜水軼事

明餘姚朱先生，字魯璵，號舜水，謚文恭。係出玉牒，避地日本，客於水府以歿。遺命必俟清室運終，然後歸骨中土。比歲癸丑，克踐斯言，卜佳城於杭之西湖。翌歲甲寅，日人猶有來拜祠墓者。北總原善公道號念齋者，彼都績學士也，著《先哲叢談》，專錄日東耆宿嘉言懿行，先生與焉。所錄凡十三條，節錄如左：

舜水家世官於明，父正，字存之，號定寰。為總督漕運軍門。舜水生萬曆二十八年，早喪父。及漸長從朱永祐、張肯堂，吳鐘巒學，遂擢恩貢生。尋屢徵不就，以故被劾，乃避之舟山，而始來此邦。移交趾，復還舟山。是時國祚既蹙，舜水知事不可為，將之安南，而風利不便。再來此邦，不久又還舟山。其意素在得海外援兵以舉義旗，乃三來此邦，而援兵不可得。去復至安南，欲尋歸故國，以察民情。時清既混壹四方，義不食其粟，四來此邦，終不復還，時萬治二年也。

又云：

至安南日，館人供張甚盛，舜水從容不撓。安南王召見，欲令拜，而長揖不屈。其人或以為不解事至此，畫沙作一「拜」字以見之。舜水即加「不」字於其上。於是怒囚之，遂將殺，而守死自誓，王終感動赦死，以嘉其義烈。此事舜水自錄之，名《安南於役紀事》。

又云：

舜水冒難而輾轉落魄者十數年，其來居此邦，初窮困不能支，柳河安東省庵師事之，贈祿一半。久之，水戶義公聘為賓師，寵待甚厚，歲致饒裕，然儉節自奉無所費，至人或詬笑其嗇也。遂儲三千餘金，臨終盡納之水戶庫內。嘗謂曰：「中國乏黃金，若用此於彼，一以當百矣。」新井白石謂舜水縮節積餘財，非苟而然矣，其意蓋在充舉義兵以圖恢復之用也。然時不至而終，可憫哉。

又云：

在彼與經略直浙兵部左侍郎王翊同志，偕謀恢復，而翊與清兵戰敗而死，實八月十五日也。數年後，舜水聞之於邑，作文祭之。從是，每歲中秋，必杜門謝客，抑鬱無聊。〈答田犀書〉曰：「中秋為知友王侍郎完節之日，慘逾柴市，烈倍文山。僕至其時，備懷傷感，終身遂廢此令節。」

又云：

舜水有二男一女，長大成，字集之，次大咸，字咸一，共殉節不事清，而先舜水卒。大成亦舉二男，曰毓仁，曰毓德。延寶六年，毓仁慕舜水而來長崎，義公遣今井宏濟往通消息，然終不得與舜水相見而歸。

又云：

安澹泊《湖亭涉筆》曰：「文恭酷愛櫻花，庭植數十株，每花開賞之，謂覺等曰：「使中國有之，當冠百花。」乃知或者仞為海棠，可謂櫻花之厄。義公環植櫻樹於祠堂旁側，在遺愛也。

又云：

舜水居東歷年所，能倭語，然及其病革也，遂復鄉語，則侍人不能瞭解。

又「安東守約」一條云：

歲在乙未，朱舜水來長崎，時人未及和其學，唯省菴往師焉。時舜水貧甚，乃割祿之半贈之，至今稱為一大高誼。其詳見舜水〈與孫男毓仁書〉中，曰：「日本禁留唐人，已四十年，先年南京七船，同往長崎，十九富商連名具呈懇留，累次不准。我故無意於此，乃安東省菴，苦苦懇留，轉展央人，故留駐在此，是特為我一人，開此厲禁也。既留之後，乃分半俸供給我，省菴薄俸二百石，實米八十石。去其半，止四十石矣。每年兩次到崎省我，一次費銀五十兩，二次共一百兩。苜蓿先生之俸，盡於此矣。又土宜時物，絡繹差人送來。其自奉敝衣糲飯菜羹而已，或時豐腆，則魚鰯數枚耳。家止一唐鍋，經時無物烹調，塵封鐵銹。其宗親朋友，咸共非笑之，諫沮之，省菴夷然不顧。唯日夜讀書樂道已爾。我今來此十五年，稍稍寄物表意，前後皆不受。過於矯激，我甚不樂，然不能改。此等人中原亦自少有，汝當銘心刻骨，世世不忘也。此間法度嚴，不能出境奉候，無可如何。若能作書懇懇相謝甚好，又恐汝不能也。」

五〇五　武林陳元贇傳藝日本

武林陳元贇，字義都，號既白山人，丁明清之間，亦避地日本，客於尾藩。《叢談》云：

元贇不詳其履歷，生於萬曆十五年，崇禎進士弗第。及其國亂，逃來此邦，遂應徵至尾張，乃後時時入京。又來江戶，與諸名人為文字交。初，萬治二年於名古屋城中，與僧元政始相識，契分尤厚。其平生所唱酬者，彙為《元元唱和集》行於世。

又云：

元贇能嫻此邦語，故常不用唐語，元政詩有「人無世事交常澹，客慣方言譚每諧」句。

又云：

元贇善拳法，當時世未有此技，元贇創傳之，故此邦拳法，以元贇為開祖矣。正保中，於江戶城南西久保國正寺教授生徒，盡其道者，為福野七郎左衛門，三浦與次右衛門，磯義貝次郎左衛門。國正寺後徙麻布二本榎，多藏元贇筆跡，燬於火，無復存者。

夫日本，以其所謂武士道雄環瀛，不圖其武技，有創傳自我者，出於彼都儒者之記載，是誠信而有徵矣。我則放廢所自有，歷久而並不自知，則夫積強弱之勢，匪伊朝夕之故矣。

五〇六　儒士笑談

向來劬學嗜古之士，大都矻矻孜孜，唯日不足，其心力有所專營，其精神無暇旁騖，乃至人情物曲，輒昏然若無所知，當時傳為笑談，後世引為佳話。比閱《原氏叢談》，不圖中東耆宿，乃有異地同符者。趙鼎卿《鷃林子》云：

嘗聞莆田學士陳公音終日誦讀，脫略世故。一日往謁故人，不告從者所之，竟策騎而去。從者素知其性，乃周回街衢，復引入故舍。下馬升座曰：「此安得似我居？」其子因久候不入，出見之曰：「渠亦請汝來耶？」乃告以故舍，曰：「我誤耳。」又嘗考滿當造吏部，乃造戶部。見徵收錢糧，曰：「賄賂公行，仕途安得清？」司官見而揖之曰：「先生來此何為？」曰：「考滿來耳。」曰：「此戶部，非吏部也。」乃出。

《原氏叢談》云：

仁齋自幼挺發異群兒，始習句讀，已欲以儒焜耀一世。稍長，堅苦自勵，而家素業賈，故親串以為迂於利，皆沮之，而其志確乎不變。嘗過花街，娼家使婢邀入，仁齋不肯。婢曰：「小憩而去，於事無害，郎君其勿辭。」直牽袂上樓。仁齋固不知為娼家，心中私揣：「是非內交於吾，又非要譽於鄉黨朋友，蓋輕財敷德，施及路人也。」啜茶吃煙，厚致謝而去。渠亦見其狀貌，殊不類治郎，不強留也。仁齋歸，謂弟子曰：「今日偶過市，一家使小女迎余途，延上其樓。則綺窗繡簾，殆為異觀，書幅琴箏，陳設具趣。而婦女六七人，盛妝豔服，不知其內人耶，將其閨愛耶，出接余頗款洽。臨去瞯其庖中，亦美酒嘉餚，備辦宴席。不意今之世，有樂善好施如此者。」

又云：

東涯經術湛深，行誼方正，粹然古君子也。嘗謂集會弟子曰：「昨買一匣於骨董肆，置之几側，以藏鈔冊甚為便。」乃使童子取之，陳於前曰：「余欲令工新製如是器者有年，不意既有鬻者也。」弟子視之，則藏接柄三弦之匣也。於是，互相目而不答。奧田三角進曰：「先生未知耶？此物娼妓藏三弦之匣，請卻。」東涯正色曰：「小子勿妄語，三弦柄長，奈何藏此短匣？」

原氏所述兩伊藤先生逸事如此，則吾國陳先生之流亞矣。之三君者，時代不甚相遠，模棱闊疏，亦復相類。設令雲萍遇合，晤對一堂，則夫周旋酬答間，必有奇情妙論，超軼耳目恆蹊者。其在如今，此風已古，凡號為惺惺者，其瞶瞶乃滋甚，即彼都亦何莫不然。

五〇七　施公生祠及筍仙山亭

雍、乾間，漕督施公，靖海侯施襄壯之次子也。先是，歷守揚州、江寧，子諒正直，不侮鰥寡，不畏強御，所至民懷。將去任，士民遮道乞留，不得請，乃人投一錢，建雙亭以志去思，名一文亭。又大興朱竹君編修督學福建，於使院西偏為小山，號筍仙山，諸生聞之，爭來，人致一石，刻名其上，凡九府二州五十八縣咸具，刻名地三百餘人，因名其山之亭，曰三百三十有三亭，而為之記。兩事相類，皆可傳也。

五〇八　開源勝於節流

光緒季年，閩人某太史督學中州，卸任回京，道出保定，宴於某方伯衙齋。太史與方伯舊交也，酒間，方伯笑問：「此行宦囊幾何矣？」太史則據實以二萬金對，蓋應得之數，無庸諱者也。又問：「將何所用之？」對曰：「冷官清苦，回京後，十年樵米資取辦於此。十年之內，或冀續放差。否則比其罄也，亦去開坊不遠矣。」方伯覺怫然，搖其首者再，仍笑謂曰：「幸勿責冒昧，吾兄殆無志於大有為也。」言之，又重言之。太史瞿然請問：「如尊旨奚若？」方伯曰：「一言以蔽之，曰：『花』，且以速為貴。」太史曰：「奚為繼矣？」方伯曰：「公獨未知花之為道，與其效耳。舉二萬而花之，則四萬至；又花之，則八萬至。循是有加無已，花無盡數亦無盡。則推行盡利，左右逢源，得心應手之妙，有非可意計言詮者。第患花不勝花耳，而於為繼乎何有？」語畢，仍搖其首而笑謂曰：「吾兄殆無志大有為也。」太史生於世傢，才具發皇，襟抱開展，而方伯顧不滿之若是。方伯由七品官，五年而薦陟兼圻，凡其所言，皆得自躬行實踐，而非漫為閎議也。唯是壺觴談宴間，片言而心傳若揭，雖曰微舊交之誼弗及此，要猶有直諒之風焉。曩張相國文襄督鄂日，嘗考官僚月課，策題〈問理財之道開源與節流孰優〉，試卷中凡注重開源，力闢節流者悉高第，是亦以花為宗旨者也。

五〇九　陳氏安瀾園，范氏天一閣

乾隆時，海寧故相陳氏之安瀾園，圓明園中，曾仿其景而構造之。迨後圓明園被外兵焚掠，安瀾園亦蕪廢，房廊樹石，為其後人拆賣幾盡，論者謂園囿之興廢，關家國之盛衰。觀於兩國之已事，有若銅山西傾，洛鐘東應，是亦奇矣。又鄞縣范氏《天一閣書目》阮元序云：

其藏書在閣之上，閣通六間為一，而以書廚間之。其下乃分六間，取「天一生水，地六成之」之義。乾隆間詔建七閣，參用其式。乾隆三十九年六月奉上諭：「浙江寧波范懋柱家所進之書最多。聞其家藏書處曰天一閣，純用磚瓷，不畏火燭，自前明相傳至今，並無損壞，其法甚精。著諭寅著親往該處，看其房間製造之法若何，是否專用磚石，不用木植，並其書架款式若何，詳細詢察，燙具準樣，開明丈尺呈覽。」云云。

當時尚方營繕，取裁於閥閱舊家，蓋建築胥關學術，丘壑別具胸襟，乃至縹緗藏弆之精，尤非悉心研究不辦。若夫名園如夢，傑閣僅存，則右文稽古之流澤孔長也。

五一〇　兩宋宗室命名絕奇

古今人命名絕奇，無過兩宋宗室。嘗閱《宋史・宗室世系表》，其命名所用字，屬字書所無，不可識無音義者，尤觸目陸離，指不勝僂矣。即以其命意審之，亦多反常觸諱，微特無當於雅訓，抑且大拂乎世情。姑略舉如左，不具十之一二也。如希瑩、希怨、希偽、希吝、希褥，伯迫，師僕、師裙、師桌、師槍、師辱、師崽，與駝、與擠、與拚、與謐，善詛、善訃、善眚、善俘、善拐、善彪、善斫、善終，孟逝，崇俘、崇垩、崇扒、崇掠，必跛、必扯、必滾、必垩，汝坑、汝毚、汝花、汝惛、汝奧、汝懟、汝撲，儓夫、鄙夫、否夫、鬧夫、誑夫、怒夫，溷夫、詛夫、莠夫、若溲、若逃之類，皆甚足異也。蓋當時玉牒宗親，子生，則入告宮府而賜之名，大抵幡帑字書，隨檢一字與之，而於字義奚若，未經斟酌選擇耳。

五一一　名奇絕者

宋葉夢鼇，建安人，應聘赴臨安，少帝北行，遂隱於西甌，以講學為事。有《經史旨要》及文集。明董轟，字文雷，奉化人，博通經史。永樂朝為承天門待詔，有集三卷。此二名亦甚新。

五一二　四夢劇有二組

《玉茗堂四夢》，明臨川湯若士撰，曰《牡丹亭》、曰《紫釵記》、曰《邯鄲記》，曰《南柯記》，蜚聲曲苑久矣。明上虞車柅齋亦有《四夢》，曰《高唐》、曰《邯鄲》、曰《南柯》、曰《蕉鹿》，特玉茗《四夢》係傳奇，而柅齋所作雜劇耳。

五一三　日本倭歌者

日本有所謂倭歌者，彼都人士能為之。《原氏叢談》中不一見，而曾經自譯者二首。「鳴鳳卿」一條云：「錦江又善倭歌，傳自冷泉公，其集名曰《密鬱訥捺密》，言三代波也。蓋歷泉家三代點定，故以名云。屋木歇獨木，肹篤訥襪蘉昵襪，葛及慄遏慄，質葛刺屋速謁鬱，遏嶬貲質訥葛密。斯枯捺兒屋，偢木兒篤吉結跋。捺匿蘾篤木，葛密匿偢葛斯兒，密谷速鴟斯結列。」移錄如右，備洽聞者參考焉。

五一四　妓馬湘蘭名硯名印

在昔狹斜才女，銅街麗人，其香奩中物流傳至今，令人摩挲想望不置。據余所見聞，以馬湘蘭之物為最多。一阿翠像硯，高六寸七分，寬四寸四分，厚一寸五分。背面刻阿翠像，左方題「咸淳辛未阿翠」六字，分書。右側題云：「綠玉宋洮河，池殘歷劫多。佳人留硯背，疑妾舊秋波。己丑三月得此硯，墨池魚損去之，背像眉目似妾，面右頰亦有一痣，妾前身耶。阿翠疑蘇翠，果爾當祝髮空門，願來生不再入此孽海，守貞記。」「馬」字朱文橢圓小印，余藏有拓本。一薰爐，銘曰：「薰透鴛衾，香添鳳餅，一點春犀管領。」迴環刻於蓋側，貴池劉蔥石藏，余有詞詠之，調〈綠意〉。一「聽鸝深處」印，石方徑一寸弱，高一寸七分強，白文，邊款：「王百谷先生索篆贈湘蘭仙史，何震。」今年五月，吳遯庵購得於杭州，余有詞詠之，調〈眉嫵〉。一星星硯，硯背有雙眼，並王百谷小篆「星星」二字。湘蘭自銘云：「百谷之品，天生妙質。伊以惠我，長居蘭室。」錢塘項蓮生《憶雲詞乙稿》有〈高陽臺〉詠之。一「浮生半日閒」印，壽山石，方徑寸四五分，厚三分餘，瓦紐，白文，邊款「壬子穀日，偕藍田叔、崔羽長、董元宰、梁千秋社集西湖舟中，女史馬湘蘭索刊，雪漁。」見南昌彭介石《搏沙拙老筆記》。一牙印，余侶梅以唐蘭陵公主碑宋拓本，就趙晉齋易馬湘蘭牙印，錢塘陳雲伯有詩賦其事，見《頤道堂集》，至湘蘭所畫蘭花，近人書畫記，著錄非一，茲不具述。

五一五　石家侍兒印

南陵徐積餘得小銅印，文曰「石家侍兒」，白文方式，以拓本見貽。報之以詞，調〈四字令〉：

石家侍兒，綠珠宋褘。當年畢竟阿誰，捺銀箋紫泥。
香名未知，鄉親更疑。願為宛轉紅絲，繫裙腰恁時。

五一六　陳無已卻半臂

宋陳無已宿齋宮騤寒，或送綿半臂，卻之不服。按：宋子京不敢着半臂事，人皆知之，此事罕有知者。

Do歷史48　PC0561

民初大詞人況周頤說掌故：
眉廬叢話（全編本）

原　　著／況周頤
主　　編／蔡登山
責任編輯／洪仕翰
圖文排版／周政緯
封面設計／蔡瑋筠

出版策劃／獨立作家
發 行 人／宋政坤
法律顧問／毛國樑　律師
製作發行／秀威資訊科技股份有限公司
地址：114 台北市內湖區瑞光路76巷65號1樓
電話：+886-2-2796-3638　傳真：+886-2-2796-1377
服務信箱：service@showwe.com.tw
展售門市／國家書店【松江門市】
地址：104 台北市中山區松江路209號1樓
電話：+886-2-2518-0207　傳真：+886-2-2518-0778
網路訂購／秀威網路書店：https://store.showwe.tw
國家網路書店：https://www.govbooks.com.tw

出版日期／2016年5月　BOD一版　**定價**／400元

獨立作家
Independent Author
寫自己的故事，唱自己的歌

民初大詞人況周頤說掌故：眉廬叢話 / 況周頤原
著；蔡登山主編. -- 一版. -- 臺北市：獨立
作家, 2016.05
面； 公分. --(Do歷史；48)
BOD版
ISBN 978-986-92963-0-4(平裝)

1. 詞論

823.88　　105004829

國家圖書館出版品預行編目

讀者回函卡

感謝您購買本書，為提升服務品質，請填妥以下資料，將讀者回函卡直接寄回或傳真本公司，收到您的寶貴意見後，我們會收藏記錄及檢討，謝謝！如您需要了解本公司最新出版書目、購書優惠或企劃活動，歡迎您上網查詢或下載相關資料：http:// www.showwe.com.tw

您購買的書名：______________________________

出生日期：_________年_________月_________日

學歷：□高中（含）以下　□大專　□研究所（含）以上

職業：□製造業　□金融業　□資訊業　□軍警　□傳播業　□自由業

□服務業　□公務員　□教職　□學生　□家管　□其它_____

購書地點：□網路書店　□實體書店　□書展　□郵購　□贈閱　□其他

您從何得知本書的消息？

□網路書店　□實體書店　□網路搜尋　□電子報　□書訊　□雜誌

□傳播媒體　□親友推薦　□網站推薦　□部落格　□其他__________

您對本書的評價：（請填代號　1.非常滿意　2.滿意　3.尚可　4.再改進）

封面設計____　版面編排____　內容____　文／譯筆____　價格____

讀完書後您覺得：

□很有收穫　□有收穫　□收穫不多　□沒收穫

對我們的建議：______________________________

____

____

____

請貼
郵票

11466
台北市內湖區瑞光路 76 巷 65 號 1 樓
獨立作家讀者服務部 收

（請沿線對折寄回，謝謝！）

姓　　名：________________　年齡：______　性別：□女　□男

郵遞區號：□□□□□

地　　址：________________________________

聯絡電話：(日) ________________ (夜) ________________

E-mail：________________________________